KB109976

韓國古典文學 100

32

朴氏夫人傳
玉娘子傳
柳文成傳

編者
文學博士 金 起 東
文學博士 全 圭 泰

瑞 文 堂

● 차　례

책머리에

우리 古典文學을 현대화하는 방법에는 여러 가지가 있을 것이다. 우선 그 어려운 古文을 現代 綴字法으로 옮겨 독자들이 쉽게 읽도록 하는 방법이 그 첫째의 단계라고 생각한다.

이와 같은 고전문학의 現代化作業은 우리 學界에 꾸준히 진행되어 왔으나 현재 그 절반도 미치지 못하고 있는 實情이다.

현존하는 300여 편이나 되는 방대한 고전소설만 하더라도 현재 시판되고 있는 〈韓國古典文學全集〉에서는 40여 편만이 현대화되어 있을 뿐이다.

이에 우리는 현존하는 모든 고전소설을 현대 철자법으로 개편하되 원문에 충실하여 學的 價値가 있도록 하였고, 漢文小說은 번역하여 수록했으며, 독자의 편의를 위하여 어려운 漢字語를 노출시켰을 뿐 아니라 어려운 漢文語나 人名·地名 등 故事에는 脚注를 달았다.

부디 이 〈韓國古典文學〉이 많이 읽혀져 현대인이 가질 수 없는 우리 先人들의 인생관을 되찾아서 새로운 민족문학의 전통을 수립하는 데 이바지할 수 있다면 다행으로 여기겠다.

1984. 1.

編者 識

朴氏夫人傳

〔해　설〕 朴氏夫人傳

——병자호란을 수습한 조선왕조의 여걸

이 작품은 인조조의 병자호란을 제재로 한 역사소설이다. 남주인공은 인조조의 명사인 이시백(李時白)이요 여주인공은 그의 아내 박씨이나, 실제 인물은 윤씨이다.

전반에서는 남녀 주인공들의 결연담을 결구해 놓았는데 박씨가 천하의 추물이요 박색으로 태어나, 이시백과 결혼을 하여 첫날 밤부터 소박을 당하나, 박씨는 도술(道術)에 능하고 선견지명이 놀라운 여걸(女傑)이다.

인간의 액운을 다 면한 박씨는 부친의 도술로 인하여 미인으로 변신한 후로부터 부부간의 금실이 좋아지거니와, 병자호란을 예측하고 시부로 하여금 군량을 준비하게 하고, 이시백 장군과 임경업 장군을 암살하러 온 호국 공주의 정체를 밝혀 혼내 주고, 남한산성에 피란해 있는 인조에게 밀서를 보내어 화친하게 하고, 호국의 부원수 용골대를 죽이고, 또 대원수 용울대를 도술로 혼내 주고 조선으로부터 호군을 철수하게 하는 등 박씨의 음성적인 활동은, 조선 왕조에도 국난을 타개하는 여성이 있었다는 것을 우리에게 보여 주고 있다.

朴氏夫人傳(박씨부인전)

第一回

李公(이공)이 仙人(선인)을 만나 바둑과 퉁소로 서로 화답하며 時白(시백)이 金剛山(금강산)에 들어가 朴氏(박씨)와 成親(성친)하다.

화설, 我朝(아조) 仁祖大王(인조대왕) 시절에 漢陽城內(한양성내) 北村(북촌) 安國坊(안국방)에 一位(일위) 宰相(재상)이 있으되 姓(성)은 李(이)요 名(명)은 貴(귀)니, 어려서부터 학업을 힘써 십세 전에 총명이 과인하여 文武才德(문무재덕)이 일국에 으뜸이라. 벼슬이 일국 재상에 居(거)하여 나라를 충성으로 섬기고 백성을 인의로 다스려, 위엄과 명망이 四海(사해)에 진동하더라.

상공이 仁厚才德(인후재덕)으로 貴子(귀자)를 두었으되, 이름은 時白(시백)이라. 어려서부터 총명 영리하여 聞一知十(문일지십)하고, 年光(연광) 三五(삼오)에 杜牧之(두목지) 풍채와 문장은 李杜(이두)*를 압두하고, 필법은 王羲之(왕희지)*를 본받고 지혜는 諸葛武侯(제갈무후)*를 效則(효칙)하매, 겸하여 楚霸王(초패왕)의 勇(용)을 가졌으니, 公(공)이 금옥같이 사랑하고 뉘 아니

---

* 이두 : 이백(李白)과 두보(杜甫).
* 왕희지 : 진나라의 유명한 서예가.
* 제갈무후 : 중국 삼국시대 촉한(蜀漢)의 승상 제갈량(諸葛亮).

칭찬하리오. 이러므로 명망이 조야에 덮였더라.

차설, 공이 바둑 두기와 퉁소 불기와 달 아래 고기 낚기를 좋이 여기더니, 한 도인을 찾아 퉁소를 비교한즉 조화 무궁하여 명월을 희롱하니, 화원에 피었던 꽃이 퉁소 소리에 홍을 못 이기어 떨어지는지라. 이런 재주는 一國(일국)에 일인뿐이라.

바둑 두기와 퉁소 불기에 敵手(적수) 없음을 한하더니, 일일은 어떤 사람이 弊衣破冠(폐의파관)*으로 형모가 초췌하고 와서 일야 유하기를 청하거늘, 공이 자세히 본즉 비록 의관은 남루하나 범인과 다른지라. 상공의 明鑑(명감)으로 이 같은 도인을 모를소냐. 한 번 보고 내념에 생각하되,

「저 사람 근본이 村人(촌인) 같으면 어찌 당돌히 당상에 오르리오. 분명 범인은 아니로다.」

하고 상공이 가로되,

「어떠하신 귀객인지 모르거니와 이처럼 누추한 데 辱臨(욕림)* 하시니 황공하도소이다.」

하고 당에 오르기를 청하니, 그 사람이 당에 올라 좌정 후 서로 성명을 통할새 기인이 가로되,

「貧人(빈인)*은 본디 부산인으로 명산 대찰을 찾아다니며 彌勒(미륵)을 벗을 삼아 세월을 보내옵더니, 지금은 천한 나이 많기로 널리 놀지 못하고 한갓 금강산에 住點(주점)하여 죽기만 바라고 사오되, 성은 朴(박)이요, 세상 사람이 부르기를 處士(처사)라 하나이다.」

공이 가로되,

「나의 성은 李(이)요, 세상 사람이 부르기를 得春(득춘)이라 하나

* 폐의파관 : 떨어진 옷과 갓.
* 욕림 : 남이 찾아옴을 높여서 하는 말.
* 빈인 : 자기 자신을 낮추어 하는 말.

이다.」

하고 斂膝(염슬) 對曰(대왈),

「귀객이 어찌 누지에 임하시나이까.」

처사 대왈,

「나는 산중에 처해 바둑 두기와 퉁소 불기를 좋아하옵더니, 풍편에 듣자오니 상공께옵서 날과 같이 바둑 두기와 퉁소 불기를 좋아하신다 하옵기로 불원 천리하고 상공 문하에 구경코자 왔나이다.」

공이 기인의 언어 정직함을 보고 쾌히 기이한 사람인 줄 알고 공이 避席(피석) 對曰(대왈),

「어찌 人間庸夫(인간용부)*가 선인의 문답을 대하리오.」

하고 공이 遜辭(손사) 曰(왈),

「평생에 적수가 없음을 한탄하더니 처사를 대하오니 반가움을 이기지 못하여 하옵던 차, 선생의 높은 퉁소를 어찌 따라 화답하오리까마는 용렬한 사람을 가르치심을 본받을까 하와 주인이 먼저 시험하나이다.」

하고 한 곡조를 부니, 청아한 소리 구름 속에 사무치는지라. 其歌(기가)에 왈,

「창 앞에 모란화 송이 다 떨어져 花階(화계) 위에 가득하도다.」

하였더라.

처사가 그 노래를 다 듣고 稱讚不已(칭찬불이)하다가 가로되,

「객이 주인의 노래만 듣기 미안하오니 퉁소를 빌리시면 객도 미련한 곡조로 화답할까 하나이다.」

공이 불던 옥적을 전하니, 처사가 받아 한 곡조를 화답하니 기가에 왈,

---

* 인간용부 : 평범한 보통사람.

「청천에 날아가는 청학·백학이 춤추고, 화원의 꽃이 피어 가득가득하도다.」

하였더라.

듣기를 다하고 大讚不已(대찬불이) 曰(왈),

「날 같은 庸鈍(용둔)한 재주로도 세상이 칭찬하였는지라. 나의 퉁소소리는 다만 꽃송이만 떨어질 뿐이거늘 선인의 적소리는 봉황이 춤추고 낙화를 附發(부발)하오니, 옛날 張子房(장자방)*의 곡조도 비할 수 없나이다.」

하고 못내 칭찬하더라.

이러므로 주객 되어 바둑과 퉁소로 소일하더니, 일일은 처사가 상공께 청하여 왈,

「듣자오니 상공께 귀자가 있다 하오니 한번 보기를 청하나이다.」

공이 허락하고 아자 시백을 부르니, 공자가 승명하고 들어와 예하거늘, 처사가 예를 받고 자세히 본즉 萬古英雄之材(만고영웅지재)요 一代豪傑(일대호걸)이며 出將入相(출장입상)할 기상이 미안에 은은히 나타나니, 마음에 기쁨을 이기지 못하여 즉시 상공께 청하여 왈,

「卑人(비인)이 상공을 찾아옴은 다름아니라 상공께 부탁하올 일이 있사와 왔나이다.」

공이 대왈,

「무슨 말씀인지 자세히 듣고자 하나이다.」

처사 왈,

「비인이 한 딸이 있사오니 연광이 이팔에 가연을 정치 못하였기로 두루 광구하였다가, 다행히 존문에 들어와 귀자를 보온즉 마음에 합당한지라. 여식이 庸鈍質朴(용둔질박)하

* 장자방 : 한고조(漢高祖) 때의 충신 장량(張良).

오나 존문에 용납할 만하오니, 정혼함이 외람하오나 어떠하시니까.」

상공이 생각한즉,

「처사의 도덕이 저러할진대 여아가 범연할 리 없으리이다.」

처사 대왈,

「상공은 일국 재상이요, 나는 산중의 미천한 촌부의 여식을 존댁에 구혼함이 不可不可(불가불가)하오나, 버리시지 아니시면 한이 없을까 하나이다.」

상공이 기꺼하여 혼인을 허하거늘, 처사가 반겨 즉시 택일한즉 이에 삼삭을 격하였더라.

혼인을 완정하고 주찬을 내와 서로 권하며 바둑 두기와 明月紗窓(명월사창)에 옥퉁소로 즐기더니, 일일은 처사가 작별하기를 청하거늘 상공이 못내 창연하나 부득이 分手相別(분수상별)하고 처사가 산중으로 돌아가니라.

차설, 상공이 제족을 모아 처사의 여식과 정혼함을 설화하니 부인과 제족들이 혼인 정함을 듣고 대책 왈,

「혼인은 人倫大事(인륜대사)라, 어찌 재상가에서 산중 처사의 근본도 모를 뿐 아니라 제족도 모를 일이 많사오니 아지 못게라, 어찌 하심이니이꼬.」

상공이 웃고 왈,

「들으니, 박처사의 여식이 재덕과 인물이 요조 숙녀라 하기로 허혼하였다.」

하고 제족의 식견을 탄하더라.

일기가 임하매 혼인을 할새 위의를 갖추어 혼행을 발하는데, 공이 친히 後陪(후배)를 서 데리고 길을 떠나니, 신랑이 駿驄(준총)에 관복을 갖추고 대로상으로 완완히 행하니, 소

년의 풍채가 선인 같더라.

여러 날 만에 금강산에 다다라 보니, 山川景槪(산천경개)도 絶勝(절승)하고 各色花草(각색화초)는 만발한데 蜂蝶(봉접)은 쌍쌍이 날아들어 꽃송이를 보고 춤도 추고, 綠楊(녹양)은 늘어진데 황금 같은 꾀꼬리는 화성을 높여 喚友(환우)하여 사람의 흥미를 돕더라. 경개를 구경하며 점점 들어가니, 인적이 고요하고 소행이 무적이라 찾을 길이 없어 주점을 찾아 쉬고, 이튿날 다시 보행하여 산곡으로 들어가니, 인적은 전혀 없고 층암은 주춤하여 병풍을 두른 듯하고 간수는 잔잔하여 남청을 부르는 듯, 비죽새는 슬피 울어 허황한 일을 비황하는 듯, 두견성은 처량하여 사람의 우회를 돕는 듯하더라. 공이 自己事(자기사)를 돌아본즉 도리어 허황하여 후회 막급이라, 심중에 의아한지라. 어언간에 日落西山(일락서산)하고 月出東嶺(월출동령)이라, 할일 없어 또다시 주점을 찾아 쉬고, 이튿날 산곡으로 찾아들어가니 심산 궁곡에 갈 바를 생각하니 행할 곳이 바이없어 진퇴 유곡이라. 공이 동을 바라보고 생각하되,

「漢室(한실) 宗親(종친) 劉皇叔(유황숙)*은 南陽(남양) 땅에 三顧草廬(삼고초려)*하여 臥龍(와룡)을 만났다 하더니 내게는 허황하도다.」

하고 주저하더니, 문득 산곡으로 幽人曲(유인곡) 노래하며 목동 삼인이 내려오니 공이 반겨 왈,

「저기 가는 아이들아, 게 좀 섰거라.」

하고, 공이 아이더러 왈,

「前道(전도)를 가르쳐 행객의 약한 마음을 명백히 인도함이 어떠하뇨.」

초동이 대답하여 왈,

---

* 유황숙 : 중국 삼국시대 촉(蜀)나라 임금 유비(劉備).
* 삼고초려 : 촉나라 유비가 제갈량의 집을 세 번이나 찾아서 자기의 큰 뜻을 말하고 그를 초빙하여 군사(軍師)로 삼은 일.

「이곳은 금강산이요, 이 길은 박처사 사는 곳을 통한 길이요, 우리가 박처사 사는 곳으로 내려오나이다.」

공이 반겨 문왈,

「지금 박처사가 댁에 계시더냐.」

초동이 다시 답왈,

「계시단 말은 옛 노인이 들으시기를 수백년 전에 이곳 있는 사람이 構木爲巢(구목위소)*하고 食木實(식목실)하여 尊號(존호)를 박처사라 이르고 사옵더니 간 곳을 모르노라 하고 말씀하는 것만 들었삽고 지금 사는 말은 금시초문이로소이다.」

하거늘, 공이 들으매 더욱 정신이 비월한지라 또 문왈,

「처사가 그곳에서 산 지는 몇 해나 되느뇨.」

동자가 미소 왈,

「게서 산 지는 三千三百年(삼천삼백년)이라 하더이다.」

다시는 묻는 말 대답치 아니하고 가거늘, 공이 이 말을 들으매 더욱 의심하여 仰天大笑(앙천대소)하여 왈,

「세상에 허탄한 일도 많도다.」

하고 주저타가 다시 생각고 주점에 돌아와 유할새, 시백이 또한 부친을 위로하되,

「옛 말로, 후회하실 것 없이 도로 回程(회정)하시니만 같지 못하오이다.」

공이 웃어 왈,

「그저 회정하여도 남의 웃음을 면치 못할 것이요, 회정치 아니하자 한즉 허황이 막심이라, 명일은 곧 奠雁(전안)* 날이라.」

하고, 그 이튿날 노복을 데리고 길을 재촉하여 반일을 산

* 구목위소 : 나무를 얽어서 집을 짓고 나무 열매를 먹으며 생활하는 것.
* 전안 : 혼인날 신랑이 신부 집에 기러기를 가지고 가서 상에 올려 놓고 하느님께 재배하는 예절.

중으로 왕래하여 기진토록 찾더니, 오후는 하여 한 사람이 葛巾野服(갈건야복)*으로 죽장을 짚고 산중으로 내려오니, 이는 곧 박처사라. 처사가 상공을 보고 반겨 왈,

「날 같은 사람을 인연하여 여러 날 심산 궁곡에서 심사가 과히 불편히 지내셨을 듯하니 황공 무지로소이다.」

공이 웃고 서로 설화한 후, 처사가 공을 데리고 산중에 들어가니 이때는 정히 삼춘이라, 화초는 좌우에 만발한데 봉접은 쌍쌍이 날아들어 꽃을 보고 반겨 춤도 추고 노송은 늘어지고, 楊柳(양류)는 細柳(세류) 되고, 그 중에 황금 같은 꾀꼬리는 세류 중으로 왕래하여 琴聲(금성)이 난만하니, 공이 헤오되 진실로 진세를 떠나 선경을 범한 듯하더라.

처사가 공더러 왈,

「나는 본디 빈한하여 객실도 없고 달리 유접할 집도 없사오니 잠시 석상에 안접하소서.」

하고, 낙락 장송 밑에 석탑을 정결히 모았는 데 좌를 정하고 처사가 왈,

「산중에서 예도를 갖추는 수 없사오니, 미안하옵기 측량없사오나 성례를 되는 대로 하사이다.」

하고 성례를 할새, 공이 시백을 데리고 交拜席(교배석)에 들어가니 신랑을 인도하여 내당으로 들어가고 후객은 석탑으로 나아가 앉았더니, 이윽고 처사가 나와 松花酒(송화주)를 권하여 왈,

「山中之物(산중지물)이 無別味(무별미)하오니 허물치 말으소서.」

하고 수삼배를 서로 권하니라. 처사가 석반을 차려 먹인 후 다시 또 공을 권하니, 술이 대취하여 다시 먹을 뜻이 없는지라. 공과 노복 등이 술을 이기지 못하여 혼돈하여

---

*갈건야복 : 은사의 의복으로 칡으로 만든 건과 베옷.

졸더니, 식경 후에 깨어 보니 날이 이미 밝았는지라. 처사를 청하여 왈,

「작일에 먹던 술이 실로 인간 술은 아니요, 짐짓 仙家(선가)之酒(지주)인가 하나이다.」

처사가 웃어 왈,

「송화주 일배에 그대도록 취하여 계시니이까.」

공이 답왈,

「하계 범인이 선인의 일배주를 당돌히 마시니 진실로 과하더이다.」

하고 서로 담화하다가 이날 회정하기를 청한대, 처사가 왈,

「이곳은 심산이 심원하오니 이번 길에 여식을 데리고 가소서.」

공이 옳이 여겨 허락하고 처사가 행구를 수습할새, 신부의 낯을 나삼으로 가리어 전신을 남이 보지 못하게 하고,. 공더러 왈,

「가신 후에 다시 만나사이다.」

次下(차하)를 분석하라.

第二回

渾室(혼실)이 신부의 貌(모) 醜陋(추루)함을 웃으며
李公(이공)이 식견이 있어 時白(시백)을 크게 꾸짖다.

차설, 공이 分手作別(분수작별)한 후에 자부를 데리고 그 산 동구에 내려오니 일락서산하매 주점을 찾아 쉴새 그제서야 신부의 용모를 본즉, 얽은 중에 麤鄙(추비)한 때는 줄줄이 맺혀 얽은 구멍에 가득하며, 눈은 달팽이 구멍 같고, 코는 심산궁곡의 험한 바위 같고, 이마는 너무 벗어져 太上老君(태상노군) 이마 같고, 키는 팔척 장신이요, 팔은 늘어지고, 한 다리는 저는 모양 같고, 그 용모 차마 바로 보지 못할러라.

공과 시백이 한번 보고 정신이 비월하여 다시는 대면할 마음이 없어 부자가 서로 묵묵 무언이나 할일없어, 그럭저럭 날이 새니 길을 재촉하여 여러 날 만에 경성에 득달하여 집에 들어가니, 일가 친척이 신부를 구경하려고 모두 모였는데, 신부가 轎子(교자)를 내려 夾房(협방)으로 들어가 얼굴을 가리었던 나삼을 벗어 놓으니 一大可觀之物(일대가관지물)이라. 房中(방중) 諸人(제인)이 다 보고, 「구경은 처음 하는 구경이라」 하며 面面相顧(면면상고)하고 그날부터 비양함이 무수하더라. 비록 경사이나 도리어 걱정이 난 집 같더라.

상하 노소 다 경황 없어하는 중에 부인은 공을 원망하며 왈,

「경성 高門大家(고문대가)의 아리따운 숙녀 많거늘, 구태여 산중에 들어가 남의 웃음에 밎게 하노이까.」

공이 대책 왈,

「아무리 절대 가인을 얻어서 자부를 삼아도 여행이 없으면 인륜이 敗喪(패상)하며 가문을 보전치 못할 것이요, 비록 괴상한 인물이라도 덕행이 있으면 일문이 다행하며 복록을 누리나니, 무슨 말씀을 그다지 하시느뇨. 지금 자부의 얼굴은 비록 추비하나 妊姒(임사)의 덕행이 있으니, 천우 신조하여 저러한 현부를 얻어 왔거늘, 부인은 지감 없는 말을 다시 마옵소서.」

부인이 대왈,

「대감의 말씀이 당연하오나 자식의 室家之樂(실가지락)*이 없을까 하나이다.」

공이 대왈,

「자식의 화락 여부는 우리 집 가문 홍망에 있는지라 무엇을 근심하오리까. 그러나 부인도 조심하여 구박지 마옵소서. 부모가 사랑하면 자식이 어찌 불락하오리까.」

하며 警戒(경계)를 마지 아니터라.

이때 시백이 박씨의 추비한 인물을 보고 일정 미워도 하며 대면을 아니하니 비복도 또한 같이 미워하는지라. 주야로 동방에 홀로 있어 잠자기만 일삼으니, 시백이 더욱 미안하여 내쳐 보내고자 하나 부친이 두려워 감히 마음대로 못하니, 공이 그 기미를 알고 시백을 불러 꾸짖

---

* 실가지락 : 부부 사이의 화락(和樂).

어 왈,

「사람의 덕행을 모르고 미색만 취하면 일이 敗家之本(패가지본)이라. 내 들으니 화락지 못하다 하니 그리하고 어찌 修身齊家(수신제가)를 하잔 말이냐.」

하고,

「옛날 諸葛武侯(제갈무후)의 아내 황발부인은 비록 인물이 추비하나 재덕이 겸비하기로, 공명의 도덕이 三國(삼국)에 으뜸이요, 그 이름을 천하에 유전하기가 다 부인 교훈이라 하며, 輕先(경선)히 버렸던들 風雲變化之術(풍운변화지술)을 뉘게 배워 영웅 호걸이 되었으리오. 너의 아내도 비록 자색은 없으나 초월한 절행과 비범한 재질이 있을 것이니 부디 경히 알지 말라.」

하고,

「부모가 개와 말이라도 사랑하면 자식이 또한 따라 사랑하는 것이 그 부모를 위함이라.」

하고,

「하물며 내가 총애하는 사람을 박대하면, 이는 부모를 모름이니 어찌 부모를 섬기는 바이리오. 그런고로 인륜이 패상함이니 부디 각별 조심하여 옛 법을 어기지 말라.」

하신대, 시백이 청필에 頓首謝罪(돈수사죄)하여 왈,

「사람을 모르옵고 인륜을 패멸하였사오니 萬死無惜(만사무석)이로소이다. 후에 어찌 다시 교훈을 버리오리이까.」

공이 또 가로되,

「네가 그러이 알진대 금일부터 부부간 화락이 있을소냐.」

하신대, 시백이 수명하고 부명을 거역지 못하고 없는 정이 있는 체하고 마음을 강잉하여 내당에 들어가 본대, 부친의 훈계 허사요 박씨 미운 마음이 전보다 더한지라. 등잔 뒤에 부채 遮面(차면)하고 밤을 지내더니, 이에 계명성이 나거늘 즉시 나와 부모전에 문안하니, 상공이야 어찌 이런 줄을 알리오. 상공이 또 하루는 노복 등을 꾸짖어 왈,

「내 들으니 너희 등이 어진 상전을 몰라보고 멸시한다 하니, 만일 다시 그리한다 하면 너희 등을 限死嚴治(한사엄치)하리라.」

하시니 노복 등이 황공 사죄하더라.

이때에 부인이 박씨를 절통히 여기어서 시비 계화를 불러 가로되,

「가운이 불행하여 허다한 사람 중에 저런 것을 며느리라 하고 생겼으나, 쓸데없는 중에 게을러 잠만 자고 女工才質(여공재질)은 못 하는 것이 밥을 포식하려 하니 어디다 쓰잔 말가. 일후는 조석도 적게 먹이리라.」

하며 무수히 허물을 자아내어 험담하니 친척도 화락지 못하더라.

박씨 여러 사람에게 구박을 냉소하고 있더니, 시비 계화를 불러 왈,

「대감께 여쭈올 말씀이 있으니 사랑에 나아가 여쭈워라.」

하거늘, 계화가 수명하고 즉시 나아가 그 말씀을 상공께 고한대 공이 바로 들어가니 박씨 한숨 쉬고 천연히 여쭈오되,

「박복하온 인물이 얼굴과 모양이 추비하와 부모께 효성도 못하옵고 부부간 화락도 못하옵고 가정의 화락도 못하오니, 가위 무용지물이라. 자식으로 알으시면 후

원에 초당 삼간만 지어 주시면 所懷(소회)에 좋을 듯하오이다.」
하며 언파에 애원 낙루하거늘, 공이 그 형상을 보고 같이 낙루하며 불쌍히 여겨 왈,

「자식이 불초하여 내 교훈을 듣지 아니하고 너를 박대하니 이는 가운이 불길한 탓이요, 그러나 내 時時(시시)로 경할 것이니 안심하라.」

하신대, 박씨 그 말을 듣고 감격하여 다시 여쭈오되,

「대감의 말씀은 극히 황공 감사하오나, 이는 도시 소부의 용모 추비하옵고 덕행이 없는 탓이오니 누를 원망하오리까마는, 소부의 소원대로 후원에 초당을 지어 주심을 바라옵나이다.」

공이 가로되,

「從此(종차)하리라.」

하시고 외당에 나와 시백을 불러 꾸짖어 왈,

「네가 내 훈교를 몰라 말을 거역하니 그리하고 어디다 쓰리오.」

하고 또,

「효도를 모르거든 충성을 어이 알리오. 네 부명을 거역하고 마음을 고치지 아니하면 부자간 의는 고사하고 네 아내 抱寃(포원)하리니, 여자는 偏性(편성)이라 후사를 모를 뿐 아니라, 一婦含怨(일부함원)에 五月飛霜(오월비상)이라 하였으니, 네가 부명을 어이하며, 만일 불행하여 독숙공방 슬퍼하다가 목숨을 자처하면 첫째는 조종에 용납치 못할 죄인이요, 둘째는 집안의 재앙이 될 것이니 어찌 근심하지 아니리오. 어찌 사람이관데 미색만 생각하고 고치지 아니하느냐.」

시백이 伏地(복지) 謝罪(사죄) 왈,

「소자 불초하와 부친의 교훈을 거역하옵고 부부간에 화락이 없사오니 죄사무석이로소이다. 어찌 다시 거역하오리까.」

하고 나와 생각하되,

「일후는 그리 말리라.」

하고 마음을 가다듬어 다시 박씨 방에 들어가니, 눈이 절로 감기고 얼굴을 본즉 기절할지라, 아무리 마음을 強仍(강잉)하자 한들 그 괴물을 보고 어찌 감동하리오. 공이 그 행사를 알고 급히 후원 협실을 지어 주고, 시비 계화로 하여금 같이 거처하게 하니 박씨의 가긍함을 차마 못 볼러라.

어시에 상이 공을 명하여 일품 벼슬을 돋우시고 전교하사 「명일 入朝(입조)하라」 하시니, 공이 북향 사배하고 조복을 갖출새,

「구복은 무색하고 신복은 미처 준비치 못하였는지라. 명일로 입시하라 전교 계시니 일야간에 어찌 준비하리오.」

하고 걱정을 마지 아니하시니, 부인 왈,

「사세 급하오니 아무쪼록 침선 잘하는 사람을 얻어 지어 보사이다.」

하며 서로 걱정이 분분하더니, 이때 계화가 이 말을 듣고 초당에 들어가 상공 벼슬 돋우신 말이며 조복으로 걱정하와 狼狽(낭패)된 말을 여쭈온대, 박씨가 듣고 계화더러 왈,

「일이 급하거든 조복 지을 감을 가져오라.」

하니, 계화가 더욱 희한히 여겨 박씨의 얼굴을 보며 급히 상공께 여쭈오니, 공이 대희 왈,

「나의 며느리가 선인의 여식이라, 필연 초월한 재주가 있으리라.」

하고 朝服次(조복차)를 급히 갖다 주라 하시니 공의 부인이 대소왈,

「제가 모양이 그러하고 무슨 재주가 있으리오.」

여러 사람들도 또한 말하되,

「옷감만 버릴 것이니 들여보내지 맒이 옳다.」

하고 의론이 분분하거늘, 공이 소왈,

「속담에 일렀으되, 「荊山白玉(형산백옥)이 塵土中(진토중)에 묻혀 있고 보배 구슬이 돌 속에 들었으되, 안목이 무식하면 알아보지 못한다」 하였으니 인품을 난측이라. 부인은 남의 천심을 그다지 경히 알고 경한 말씀을 하시느뇨.」

부인이 상공의 말씀을 거역지 못하여 조복차를 초당으로 보내고 염려가 적지 아니하더라.

어시에 계화가 조복차를 드리니 박씨 가로되,

「이 옷은 혼자 지을 옷이 아니니 조역할 사람 수인을 청하여 오라.」

하니, 계화가 이 말씀을 상공께 여쭈온대 침선 조역할 사람을 얻어 보내니라. 박씨 등촉을 밝히고 옷을 지을새 수놓는 법은 육괘 같고, 침선은 월궁 항아 같으며, 오륙인이 할 일을 혼자 하고 이삼일 일을 일야간에 하여 내니, 앞에는 봉황수를 놓고 뒤에는 청학수를 놓았으니 봉황은 춤을 추고 청학은 날아드는지라. 한가지로 침선하는 사람이 이르되,

「우리는 仰望不及(앙망불급)*이라.」

하며 탄복하더라. 이 아래를 차차 분석하라.

---

* 앙망불급 : 우러러보나 따를 수 없음.

第三回

박씨부인이 하룻밤에 조복을 짓고
삼백금으로 삼만금짜리 용마를 사다.

차설, 박씨 계화를 불러 왈,

「조복을 대감께 드리라.」

하니, 계화가 받아 들고 나와 상공께 드리니, 공이 크게 칭찬 왈,

「이는 선인의 수품이요 인간 수품은 아니로다.」

하고 大讚不已(대찬불이)하더라.

공이 익일에 조복을 입고 궐내에 들어가 숙배하오니, 상이 공의 조복을 익히 보시다가 물어 가라사대,

「경의 조복을 누가 지었느뇨.」

공이 주왈,

「신의 며느리가 지었나이다.」

상이 가라사대,

「그러면 저런 며느리를 두고 飢寒(기한)에 골몰하여 독숙공방하게 함은 어찐 일이뇨.」

공이 대경하여 복지 주왈,

「황송하오나 전하는 어찌 이다지 명백히 아시나이까.」

상이 가라사대,

「경의 조복을 보니 후에 붙인 청학은 선경을 떠나 창해 중으로 왕래하여 주리는 형상이요, 앞에 붙인 봉황은 짝을 잃고 우는 형상이 분명하니, 그를 보고 짐작하노라.」

공이 답 주왈,

「신이 불명하온 탓이로소이다.」

상이 가라사대,

「독숙공방함은 어찜이뇨.」

공이 주왈,

「자식이 아비 가르침을 생각지 아니하고 부부간 화락지 못한 탓이로소이다.」

상이 가라사대,

「독숙은 그러하거니와, 매일 기한을 견디지 못하여 항상 눈물로 세월을 보냄은 어찜이뇨.」

공이 불승황공하여 주저하다가 다시 주왈,

「신은 외당에 거처하옵고 내당 일을 알지 못하오나, 이는 다 신의 불민한 탓이오니 罪當萬死(죄당만사)로소이다.」

상이 가라사대,

「아지 못게라, 경의 며느리가 비록 아름답지 못하나 영웅의 풍채로다. 박대치 말라.」

하시며 또 가라사대,

「매일 백미 삼두씩 줄 것이니 自今爲始(자금위시)하여는 한 끼에 한 말씩 지어 먹이며 경의 家人(가인)들이 박대할 것이니 각별 조심하라.」

하시니, 공이 하직 숙배하고 집으로 돌아와 가인을 모으고 부인에게 황상 전교를 낱낱이 이른 후에 또 시백을 불

러 크게 꾸짖어 왈,

「부모 마음을 편케 하기는 자식의 효성이요, 임금의 마음 편한 것과 國泰民安(국태민안)함이 다 신하의 충성이라. 네 마음대로 하여 아비로 하여금 황송한 전교를 뫼옵게 하며 또 여러 동료에게 책망을 입게 하니, 이는 다 자식의 불효로다.」

하며 고성 대매 왈,

「너 같은 자식을 무엇에 쓰리오.」

하며 꾸지람을 마지 아니하니, 시백이 황송하여 부복 대왈,

「소자가 불초하여 부친의 교훈을 거역하와 부친께옵서 황상께 황송한 처분과 대신의 중책을 당하옵시게 하오니 죄당만사옵고, 이같이 진노하옵시게 하오니 황공무지로소이다.」

공이 불승분노하여 묵묵무언하시다가, 양구에 다시 황상 전교를 낱낱이 이르며 또 일러 왈,

「네가 다시 거역하면 첫째는 나라에 불충이 될 것이요, 둘째는 부모에게 불효 막대할 것이니 각별 조심하여 지내라.」

하니, 그 후에 시백과 가인들이 박씨에게 박대함이 덜하더라.

이때 박씨에게 매일 삼두씩 밥을 지어 드리니 박씨 능히 다 먹으니, 구경하는 사람들이 다 놀라며 이르기를 「女將軍(여장군)」이라 하더라.

일일은 박씨 계화를 불러 왈,

「대감께 여쭈올 말씀이 있으니 여쭈워라.」

하니, 계화가 승명하고 나와 상공께 아뢰니, 공이 즉시

내당에 들어가 물어 가로되,

「아지 못게라, 무슨 말인지 듣고자 하노라.」

박씨 여쭈오되,

「집안이 구차튼 아니하오나 오히려 裕餘(유여)튼 못하오니 소부의 말씀대로 하옵소서.」

공이 반겨 문왈,

「어찌 하잔 말인고. 자세히 이르라.」

박씨 왈,

「명일 종로에 사환을 보내시면 각처 사람들이 말을 팔려 하고 모였을 것이니, 여러 말 중에 작은 말 하나가 있을 것이니, 비루먹고 파리하여 모양은 볼 것이 없으나, 돈 삼백냥만 근신한 노복을 주어 사 오라 하옵소서.」

공이 들으매 허황하나 자부는 범인과 다른 줄 알고 즉시 허락하고 나와 근실한 노복을 불러 분부하여 왈,

「명일 종로에 나가면 말 장수들이 있을 것이니, 말 하나를 사 오되 여러 말 중에 비루먹고 파리한 망아지 하나가 있을 것이니 돈 삼백냥을 주고 사 오라.」

하시며 돈을 주니, 노복 등이 받아 가지고 나와 서로 이르되,

「대감께옵서 무슨 연고로 비루먹고 파리한 말을 삼백금토록 주고 사 오라 하옵시니 괴이하도다.」

하고 서로 의혹하며, 그 이튿날 삼백냥을 가지고 종로에 나가 본즉 과연 말 열 필이 있거늘, 그 중의 비루먹고 파리한 망아지를 보고 임자를 찾아 값을 물으니, 임자 답왈,

「그 말 값은 닷냥이거니와, 그 중에 좋은 말이 많거늘 저다지 용렬한 것을 중가를 주고 사다가 무엇 하려 하

느뇨.」

하며,

「좋은 말을 사라.」

하거늘, 노복 등이 대왈,

「우리 대감 분부가 그러하기로 사 오라 하시더이다.」

하니, 장수 왈,

「그러면 닷냥만 내고 가져가라.」

하니, 노복 등이 가로되,

「우리 대감 분부내에 삼백냥만 내고 사 오라 하시기로 왔으니 삼백냥만 받고 달라.」

한대, 장수 답왈,

「본값이 닷냥이라, 어찌 과가를 받으라 하느뇨.」

하니, 노복 등이 왈,

「대감 분부대로 주는 것이니 여러 말 말고 받으라.」

하며 주거늘, 장수가 어찐 일인지 몰라 疑惑(의혹)하여 굳이 사양하고 받지 아니하거늘, 노복 등이 마지 못하여 억지로 백금을 주고 이백냥은 은휘하여 가지고 말 이끌고 돌아와 여쭈오되,

「과연 망아지가 있삽기로 중가 삼백냥을 주고 사 왔나이다.」

공이 자부에게 즉시 말 사 온 말을 하니, 박씨 노복더러 가져오라 하여 익히 보다가 여쭈오되,

「이 말 값이 삼백냥 중가를 주어야 쓸데있삽는데, 무지한 노복이 백냥만 주옵고 이백냥은 은휘하고 말 장수를 주지 아니하였삽기로 쓸데없으니 도로 갖다 주라 하옵소서.」

공이 이 말을 듣고 박씨의 신명함을 탄복하고 즉시 외

당에 나와 노복 등을 불러 크게 꾸짖어 왈,

「너희 등이 말 값 삼백냥 내에 이백냥은 은휘하고 일백냥만 주고 사 왔으니 상전을 欺罔(기망)한 죄는 종차 重治(중치)하려니와, 은휘한 돈 이백냥 가지고 나아가 말 주인을 주고 오라. 만일 지체하면 너희 목숨은 보전하지 못하리라.」

하니, 노복 등이 사죄 왈,

「이같이 명백하시니 어찌 기망하오리까. 과연 대감 분부대로 삼백냥을 몰수이 주온즉 그 말 본값이 닷냥이라 하고 받지 아니하옵기로 할일없어 억지로 백냥만 주고 이백냥은 은휘하였삽더니, 이렇듯 신령하옵시니 소인 등의 죄는 만사무석이로소이다.」

하고, 즉시 종로에 나가 말 장수를 찾아 돈 이백냥을 주며 왈,

「이 사람아, 주는 돈을 고집하고 받지 아니하더니 우리 등이 상전에게 죄를 당하게 되니 어찌 통분치 아니리오.」

하며 이백냥을 억지로 맡기고 돌아와 여쭈오되,

「말 장수를 찾아 주었나이다.」

한대, 공이 즉시 내당에 들어가 박씨더러 이른대, 박씨 여쭈오되,

「그 말을 먹이기를 한 끼에 보리 서되와 콩 서되를 죽을 쑤어 먹이되 삼년만 申飭(신칙)*하여 먹이소서.」

공이 허락하고 노복 등을 불러 분부하니라.

각설, 시백이 부친의 명을 거역지 못하여 내외 동침하려 하되 부인을 보면 차마 대면할 마음이 없어 부부간

---

*신칙 : 단단히 일러서 경계함.

정이 점점 멀어가더라.

어시에 박씨 초당 이름을 「避禍堂(피화당)」이라 써 붙이고, 시비 계화를 명하여 후원 협실 전후 좌우에 각색 나무와 오색토를 가져다가 동에는 青氣(청기)를 응하여 青土(청토)를 나무 뿌리에 북돋우고, 서에는 白氣(백기)를 응하여 白土(백토)로 북돋우고, 남에는 赤氣(적기)를 응하여 赤土(적토)로 북돋우고, 북에는 黑氣(흑기)를 응하여 黑土(흑토)로 북돋우고, 중앙에는 黃氣(황기)를 응하여 黃土(황토)로 북돋우고 때를 맞추어 물을 정성으로 주니, 그 나무들이 日就月將(일취월장)하여 모양이 엄숙하고 신기한 일이 있어 오색 구름이 자욱하고 나뭇가지는 용이 서린 듯 잎은 범이 호령하는 듯, 각색 새와 무수한 배암들이 변화 무궁하니 그 신기한 재주는 귀신도 비할 수 없는지라. 무식한 사람이야 뉘 알아보리오.

이때 공이 계화를 불러 가로되,

「근일 부인이 무엇으로 소일하더냐.」

계화가 여쭈오되,

「후원에 각색 나무를 심으시고 때를 맞추어 소녀로 하여금 물을 주어 기르라 하시더이다.」

공이 듣고 계화를 따라 후원 좌우를 살펴보니, 각색 나무가 사면에 무성한데 형용이 엄숙하여 바로 보기 어려운지라. 계화를 붙들고 겨우 정신 차려 보니, 나무는 용과 범이 화하여 바람과 비를 이루려 하고 가지는 무수한 새와 배암이 首尾(수미)를 接應(접응)한 듯하여 변화가 무궁한지라. 공이 대경하여 탄복하여 왈,

「이 사람은 곧 신인이로다. 여자로서 이 같은 英雄大略(영웅대략)을 품었으니 신명한 재주를 이루 측량치 못하리라.」

하시고 박씨더러 물어 가로되,

「저 나무를 무슨 일로 심었으며 이 집 堂號(당호)를 避禍堂(피화당)이라 하였으니 아지 못게라. 어찐 일이냐.」

박씨 여쭈오되,

「吉凶禍福(길흉화복)은 人間常事(인간상사)오나, 일후 급한 일이 있사와도 이 나무로 방비하겠기로 그리하여 심었나이다.」

공이 그 말을 듣고 연고를 물으니 박씨 여쭈오되,

「또한 天時(천시)온대 어찌 天機(천기)를 누설하리이까. 일후 자연 알으실 도리 있사오니 누설치 마옵소서.」

공이 탄왈,

「너는 실로 날 같은 사람의 며느리 되기 아깝도다. 나의 팔자 기박하여 무도한 자식이 아비 가르침을 듣지 아니하고 부부간에 화락지 못하고 허송세월하니, 생전에 너의 부부 화락함을 보지 못하리로다.」

하며 차탄함을 마지 아니하더라.

박씨 斂膝(염슬)하여 위로 왈,

「소부의 용모가 용렬하와 부부간 琴瑟之樂(금슬지락)을 모르오니 이는 다 소부의 죄라 누를 원망하리이까마는, 다만 소부의 원하는 바는 가군이 과거하와 부모에게 영화를 뵈옵고 立身揚名(입신양명)하와 나라를 충성으로 도와 龍逢(용봉)* 比干(비간)*의 有名千秋(유명천추)하옴을 본받은 후 타문에 취처하와 有子有孫(유자유손)하고 만수무강하오면 소부가 죽어도 무한이로소이다.」

하거늘, 공이 그 말을 들으매 그 넓은 마음을 못내 탄복하며 더욱 불쌍히 여기며 눈물을 흘리니, 박씨 황송하여 위로 왈,

「尊舅(존구)는 잠깐 안심하소서. 아무 때라도 설마 화목할 때

---

*용봉 : 하(夏)나라 걸왕 때의 신하 관룡봉(關龍逢). 왕의 무도함을 간하다가 죽음을 당함.

*비간 : 은(殷)나라의 충신.

가 없사오리이까. 과히 근심 마옵소서.」

하더라. 次聽(차청) 하회하라.

第四回

대몽을 얻은 후 碧玉(벽옥) 硯滴(연적)을 드리며
李時白(이시백)이 과거 보아 장원급제하다.

차설, 박씨 고왈,

「가군의 허물을 드러내면 가중 사람이 다 불효라. 지목하오면 이는 다 소부의 허물이라, 소부가 악명을 들을까 하나이다.」

공이 듣고 탄복하여 그의 아량과 충후를 칭찬하더라.

박씨 망아지를 기른 지 삼년에 駿驄(준총)이 되어 걸음이 飛虎(비호) 같은지라. 박씨 구고께 고왈,

「모월 모일에 大明國(대명국) 勅使(칙사)가 나올 것이니 그 말을 갖다가 칙사 오는 길에 매어 두면 칙사 보고 사려 할 것이니 값을 삼만냥 決價(결가)하여 팔아 오라 하옵소서.」

공이 듣고 자부 말대로 노복을 불러 분부한 후 칙사 오기를 기다리더니, 과연 그날 칙사 나온다 하니 노자가 말을 끌어 오는 길에 매었더니, 칙사가 보고 「말을 파는가」 묻거늘, 노자가 대왈,

「팔 말이니이다.」

칙사 또 물어 왈,

「값은 얼마나 받으려 하느냐.」

노복이 답왈,

「값은 삼만냥이로소이다.」

칙사 대희하여 삼만냥을 아끼지 아니하고 사 가거늘, 노복 등이 받아 가지고 돌아와 상공께 말 팔던 사연을 낱낱이 여쭈오니, 공이 삼만금을 얻으매 가산이 요부하여 박씨더러 물어 왈,

「삼만냥토록 過(과)값을 받았으니 아지 못게라. 어찐 연고이뇨.」

박씨 여쭈오되,

「그 말은 千里駿驄(천리준총)이나 조선은 소국이라 알아볼 사람도 없을 뿐 외라 지방이 疏迂(소우)*하와 쓸 곳이 없나이다. 胡國(호국)은 지방이 광활하옵고 미구에 쓸 곳이 있삽고, 칙사는 준마를 알아보고 삼만금을 아끼지 아니하고 사 갔삽거니와, 조선이야 어찌 준마를 알리이까. 그런고로 칙사에게 팔았나이다.」

공이 듣고 탄복 왈,

「이는 여자나 明見萬里(명견만리)하니 진실로 아깝도다. 만일 남자 되었던들 輔國忠臣(보국충신)이 될 것을 여자 됨이 한이로다.」

하며 탄식하더라.

각설, 국태민안하고 時和歲豐(시화세풍)*하매 나라에서 인재를 택출코자 하여 과거를 뵈실새, 시백이 과령을 듣고 장중에 참여코자 하더라. 그날 밤에 박씨 일몽을 얻으니, 후원 연못 가운데 화초 만발한 데 蜂蝶(봉접)이 날아드는 중에 벽옥 硯滴(연적)이 화하여 청룡이 되어 벽해에 노닐다가 如意珠(여의주)*를

---

* 소우 : 성기고 어설픔.
* 시화세풍 : 나라가 태평하고 풍년이 듦.
* 여의주 : 영묘한 구슬. 이것을 가지면 원하는 대로 뜻이 이루어진다고 함.

얻어 물고 彩雲(채운)을 타고 玉京(옥경)으로 올라 뵈이거늘, 박씨 꿈을 깨어 생각하니 寢上一夢(침상일몽)이라. 잠을 이루지 못하여 두루 생각하더니 東方啓明(동방계명)커늘, 급히 나와 보니 과연 벽옥 연적이 놓였거늘, 자세히 보니 몽중에 보던 연적이 분명한지라 반겨 갖다 놓고 계화를 명하여,

「이생께 여쭈올 말씀이 있사오니 잠깐 다녀가옵소서.」

한대, 시백이 듣고 정색 왈,

「요망한 박씨 감히 나를 청하느뇨.」

하며 꾸짖거늘, 계화가 무료히 들어와 부인께 사연을 고하거늘, 박씨 다시 계화를 명하여 전갈 왈,

「잠깐 들어오시면 드릴 것이 있으니 한번 수고를 아끼지 말으옵소서.」

「요망한 계화를 다스려 요망함을 제어하리라.」

하고 잡아내어 크게 꾸짖고 三十度(삼십도)를 重治(중치)하여 물리치니, 계화가 맞고 울며 들어오니 박씨 대경하여 仰天歎曰(앙천탄왈),

「슬프다, 내 죄로 무죄한 네가 중죄를 당하였으니, 이같이 분한 일이 어디 있으리오.」

하며 슬피 탄식하고, 계화를 불러 연적을 주어 왈,

「이 연적의 물로 먹을 갈아 글을 지어 바치면 장원급제할 것이니, 立身揚名(입신양명)하거든 부모전에 영화를 뵈어 가문을 빛낸 후에 날 같은 박명한 사람을 생각 말고 명문에 아름다운 숙녀를 취하여 태평으로 偕老同樂(해로동락)하소서 하라.」

계화가 승명하고 가 전후 사연을 여쭈오니, 시백이 듣기를 다한 후에 연적을 받아 본즉 천하에 없는 보배라, 오히려 애련히 여겨 悔過自責(회과자책)하며 전갈하여 왈,

「나의 용렬함을 부인의 廣闊(광활)함으로 풀어 버리시고 안

심하옵소서. 太平同樂(태평동락)하옵기를 바라나이다.」
하고 또 계화를 불러 무죄히 중치함을 慨歎不已(개탄불이)하며 좋은 말로 開諭(개유)*하더라.

명일 장중에 들어가 글제를 기다려 試紙(시지)를 펼치고 그 연적에 물로 먹을 갈아 一筆揮之(일필휘지)하여 만인에 先場(선장)하니 文不加點(문불가점)이라. 생이 글을 바치고 榜(방)을 기다리더니 양구에 방을 걸거늘 장원에 이시백이라, 높은 春堂臺(춘당대)에서 新來(신래)를 재촉하는 소리 장안에 진동하거늘 시백이 鞠躬(국궁)*하고 궐하에 입시하니, 상이 신래를 進退(진퇴)하시고 시백을 근시하라 하시며 이윽히 보시다가 칭찬 불이하시며 盡忠(진충)함을 못내 당부하시거늘 壯元(장원)이 謝恩肅拜(사은숙배)하고 집에 돌아올새, 어사화며 몸에 금옥대로 마상에 뚜렷이 앉았으니 표연한 풍채도 좋거니와 기구도 찬란하다. 적홍기는 앞을 세우고 四面(사면) 六角(육각)*은 전후 좌우에 풍 소리 장안에 진동하며 일위 소년이 마상에 완연히 앉아 물밀듯 나오니 형상이 짐짓 지상 선인이더라. 관광자가 뉘 아니 칭찬하리오.

집에 돌아와 풍악을 갖추고 대연을 배설하여 수일을 즐길새, 이 같은 경사에 박씨는 참여치 못하고 홀로 적막한 초당에 앉았으니 어찌 슬프지 아니하리오. 계화가 박씨의 적막한 空房(공방) 苦楚(고초)함을 가련히 여겨 박씨께 고왈,

「요사이 경사로 수일 잔치에 일가 친척이 상하 없이 즐기옵는데 홀로 부인은 참여치 못하옵고 적막한 초당에 수심으로 세월을 보내시니, 소비가 뵈옵기에 鬱鬱憫惘(울울민망)* 하도소이다.」

---

* 개유 : 사리를 잘 알아듣도록 타이름.
* 국궁 : 존경하는 뜻으로 몸을 굽힘.
* 육각 : 북 · 장구 · 해금 · 피리 및 대평소 한 쌍의 총칭.
* 울울민망 : 뜻대로 되지 않아 기분이 상쾌하지 않고 답답하여 딱하고 걱정스러움.

박씨 천연히 가로되,

「사람의 화복길흉은 하늘에 있으니 무슨 슬픔이 있으리오.」

계화가 듣고 마음에 부인의 관대하심과 어진 마음을 못내 탄복하더라.

세월이 여류하여 이미 사년을 시가에서 고초를 지내었으니, 박씨 슬픔을 이기지 못하여 상공께 고왈,

「소부가 출가하온 지 방금 사년이로되 본가 소식을 알지 못하였사오니 잠깐 다녀오고자 하나이다.」

하거늘, 공이 듣고 대왈,

「이곳에서 길이 수백리 험로에 남자도 출입이 어렵거늘, 규중 여자로 어찌 왕래하리오.」

박씨 다시 고왈,

「험로의 출입이 어려운 줄 아옵거니와, 염려 마옵시고 가게 하옵소서.」

공이 가로되,

「네가 부득이 간다 하니 말리지 못하나 명일 기구를 차려 줄 것이니 다녀오라.」

박씨 또 고왈,

「기구는 그만두시고 소부가 단기로 수삼일내에 다녀오리이다. 煩說(번설)*치 마옵소서.」

공이 자부의 재주를 알므로 부득이 허락하나, 그 곡절을 알 수 없어 내념에 염려되어 寢食(침식)이 불안하더라.

박씨 초당으로 돌아와 계화를 불러 왈,

「내 잠깐 親家(친가)에 다녀올 것이니, 너만 알고 번설치 말라.」

---

* 번설 : 떠들어서 소문을 냄.

하고 그날 밤에 홀로 떠나가니라.

수삼일이 되매 박씨 과연 돌아와 공께 삼일간 문후하는지라, 공이 보고 大驚大喜(대경대희)하여 가로되,

「자부의 신기한 술법은 귀신도 측량치 못하리로다.」

하며 親堂(친당) 尊候(존후)를 물으니, 박씨 대왈,

「아직 一樣(일양)하옵시고 모월 모일에 오시려 하시더이다.」

공이 날로 처사 오기를 기다리더라. 뉘라서 박씨의 縮地法(축지법)하는 줄 알리오.

일일은 공이 처사 온다는 날을 당하여 홀로 외당에 앉았더니, 박처사가 들어오니, 공이 의관을 정제하고 하당영접하여 예필 좌정한 후 그간 상봉치 못하던 소회를 설화하며 酒饌(주찬)을 내와 대접할새, 술이 半酣(반감)에 이공이 처사더러 왈,

「尊客(존객)을 뵈오니 반가운 마음이 비길 데 없사오나 일변으로 미안지심이 측량없나이다.」

처사가 답왈,

「무슨 말씀인지 알고자 하나이다.」

공이 공경 대왈,

「내 자식이 불초하와 令愛(영애)를 박대하여 부부간 화락지 못하옵기로 매양 경계하나, 종시 부명을 거역하오니 어찌 불안치 아니리오.」

처사가 답왈,

「공의 넓으신 덕으로 나의 醜陋(추루)하온 자식을 더럽다 아니하시고 又今(우금) 슬하에 두옵시니 지극 감사하옵거늘, 이같이 말씀하옵시니 오히려 미안하오며 사람의 팔자 길흉과 고락은 하늘에 있사오니 어찌 過念(과념)하오리까.」

공이 듣고 더욱 羞愧(수괴)히 여기더라.

공이 처사로 더불어 날마다 바둑과 음률로 소일하더니, 일일은 처사가 들어가 여아를 보고 조용히 일러 왈,

「네 厄運(액운)이 다 盡(진)하였으니 추루한 허물을 벗으라.」

하고 脫甲變化之術(탈갑변화지술)을 가르쳐 가로되,

「네 遁甲變化(둔갑변화)하여 추루한 허물을 벗거든, 그 허물을 버리지 말고 부공께 고하여 玉函(옥함)을 만들어 달라 하여 그 속에 넣어 두라.」

하고 나와 즉시 작별할새, 부녀의 떠나는 정이 비길 데 없더라.

처사가 외당에 나와 공과 작별하매, 이공이 몇 날 더 머물음을 청한대 듣지 아니하고 가는지라. 공이 할일없어 一(일)杯酒(배주)로 작별하고 문외에 餞別(전별)할새, 처사가 이공더러 왈,

「지금 작별하오면 다시 상봉하기 어려우니, 내내 無恙(무양)하옵고 복록을 누리소서.」

공이 청파에 대경 왈,

「이 어찐 말씀인지 알고자 하나이다.」

처사가 답왈,

「피차에 떠나고 상봉할 기한이 없는 회포는 一口難說(일구난설)하오나, 금번 이별 후 입산하오면 다시 塵世(진세)에 나옴이 어려워 그리 말씀하나이다.」

공이 부득이 哀然作別(애연작별)하니라.

차하 분석하라.

第五回

박부인이 一朝(일조)에 허물을 벗으며
이시백이 薄待(박대)한 죄를 사례하고 금실이 흡족하다.

차설, 일일은 박씨 沐浴齋戒(목욕재계)하고 遁甲之術(둔갑지술)을 행하여 변화하니 허물이 벗는지라. 날이 밝으매 계화를 불러 들어오라 하니, 계화가 대답하고 들어가니 忽然(홀연) 예 없던 絶大佳人(절대가인)이 방중에 앉았거늘 계화가 눈을 씻고 자세히 보니, 아리따운 얼굴과 기이한 태도는 月宮姮娥(월궁항아) 아니면 巫山神女(무산신녀)*라도 및지 못할지라. 한 번 보고 정신이 비월하여 숨도 못 쉬고 멀리 앉았더니, 박씨 花月(화월) 같은 얼굴을 들고 단순을 반개하여 계화더러 가로되,

「내가 지금 脫甲(탈갑)하였으니 밖에 나가도 번설치 말고 대감께 고하여 「옥함을 만들어 주소서」 하라.」

계화가 승명하고 급히 외당으로 나오며 희색이 만면한지라, 공이 반겨 문왈,

「너는 무슨 좋은 일을 보았건데 희색이 滿顔(만안)하뇨.」

계화 고왈,

「피화당에 신기한 일이 있으니 급히 들어가 보옵소서.」

---

*무산신녀 : 비할 데 없이 아름다운 여자.

공이 괴히 여겨 계화를 따라 급히 들어가 방문을 열어 보니, 향취 觸鼻(촉비)하며 일위 소년 여아가 방중에 앉았으니 夭夭灼灼(요요작작)하고 幽閑靜貞(유한정정)함이 窈窕淑女(요조숙녀)요 짐짓 一色佳人(일색가인)이라. 그 여자가 부끄러움을 머금고 일어 맞거늘, 공이 또한 내념에 이상함을 이기지 못하여 도리어 默默無言(묵묵무언)이러니, 계화 상공께 고하여 왈,

「부인이 昨夜(작야)에 탈갑하시고, 대감께 청하와 옥함을 구하여 쓸 곳이 있다 하시니이다.」

공이 그제야 가까이 나아가 가로되,

「네 어찌 오늘 절대 가인이 되었느냐. 천고의 희한한 일이로다.」

박씨 고개를 숙이고 고왈,

「소부가 이제야 액운이 진하였삽기로 추루한 허물을 어젯밤에 벗었사오니, 옥함 하나를 만들어 주옵시면 그 허물을 넣겠삽나이다.」

공이 그 신기함을 탄복하고, 즉시 나와 玉匠人(옥장인)을 불러 옥함을 지어 수일 만에 들여보내고 아자 시백을 불러 왈,

「바삐 들어가 네 아내를 보라.」

시백이 응명하고 들어갈새 안색을 찡그리고 생각하되,

「그런 麤鄙(추비)한 인물을 무슨 緣故(연고)로 들어가 보라시는고.」

하며 무수히 주저하거늘, 계화가 바삐 나와 난간 밖에서 맞거늘 시백이 계화더러 문왈,

「피화당에 무슨 연고가 있건데 네 희색이 외모에 나타나는다.」

계화가 대왈,

「방에 들어가시면 자연 아옵시리이다.」

시백이 듣고 더욱 의혹하여 급히 들어가 문을 열고 본즉 일위 부인이 단정히 앉았으니, 월궁항아요 짐짓 요조숙녀라. 한 번 보매 정신이 비월하고 마음이 如醉如狂(여취여광)하여 바삐 들어가 말씀하고 싶으나 박씨 顔貌(안모)를 잠깐 살피건대 秋風寒雪(추풍한설) 같아서 말을 붙일 수 없는지라. 감히 들어가지 못하고 나오며 계화더러 문왈,

「그런 흉한 인물은 어디 가고 저런 월궁항아가 되었느냐.」

계화가 웃음을 머금고 고왈,

「부인이 어젯밤에 둔갑 변화를 하사 항아가 되시니이다.」

시백이 듣고 대경 자탄 왈, 내가 知鑑(지감) 없음을 한탄하며 삼사년 박대함을 생각한즉 도리어 수괴하여 외당에 나와 부친께 뵈온대, 공이 문왈,

「지금 들어가 보니 네 아내 얼굴이 어떠하더냐.」

시백이 황송하여 대답하지 못하는지라, 공이 다시 일러 왈,

「사람의 화복길흉은 임의로 못하는지라. 네게 依託(의탁)한 사람을 삼사년 박대하였으니 무슨 면목으로 아내를 대하려 하느냐. 지감이 저렇듯 하고 功名(공명)을 어찌 바라리오. 매사를 이와 같이 말라.」

시백이 伏地聽命(복지청명)하고 더욱 황감하여 묵묵부답하고 나가더니, 날이 저물매 시백이 피화당에 들어가니, 박씨 촉을 밝히고 안색을 엄정히 하고 앉았으니, 기운이 서리 같으매 감히 언어를 통치 못하고 박씨 먼저 말하기만 기다리고 있으되 종시 一口無言(일구무언)이거늘, 시백이 悔過自責 曰(회과자책 왈),

「부인이 이같이 하심은 나의 수삼년 박대한 탓이로다.」

자탄하기를 마지 아니하되, 부인은 可否間(가부간) 一言(일언)을 대답이 없는지라. 시백이 할일없어 촉하에 앉았더니 어느덧 鷄鳴聲(계명성)이 遠村(원촌)에 喔喔(악악)하는지라, 외당에 나와 소세하고 모친께 문안하고 물러나 서당에서 지내고 종일토록 마음을 정치 못하고 저물기를 기다리다가 밤을 당하여 피화당에 들어가니, 박씨 또 엄숙함이 수일보다 더하여 去去益甚(거거익심)* 이라, 시백이 作罪(작죄)한 사람같이 있어 박씨의 말할 때만 기다리고 앉았더니 밤이 또한 새매 묵연히 나와 양친께 문안하고 물러 서당에 나와 생각한즉 後悔莫及(후회막급)이라. 이렇듯 밤이 되면 피화당에 들어가 앉아 새고 낮이면 서당에 나와 한탄하기를 이미 여러 날에 이르니 자연 병이 되어 촉하에 앉아 생각하되,

「아내라고 얻은 것이 흉물이라 평생에 원이 맺혔더니 지금은 월궁 선아가 되었으나 言語相通(언어상통)치 못하고 골수에 병이 되었으니, 첫째는 나의 지감이 없은 탓이요, 둘째는 나의 불민한 탓이요, 세째는 부친의 말씀을 아니 들은 탓이로다.」

하고, 다시 정신을 鎭靜(진정)하여 피화당에 들어가 박씨께 사죄 왈,

「부인의 침소에 여러 날 들어왔사오나 一向(일향) 正色(정색)고 마음을 풀지 아니시니 이는 다 나의 허물이라, 誰怨誰咎(수원수구)리오. 부인으로 하여금 삼사년 空房苦楚(공방고초)케 한 죄는 지금 무엇이라 말씀하올 길 없사오나, 부인은 마음을 돌이켜 사람을 구하소서. 죽기는 쉽지 아니하오나 양친 슬하에 불효를 끼치어 청춘 소년에 非命橫死(비명횡사)하오면 不孝莫甚(불효막심)이요, 地下(지하)에 가온들 무슨 면목으로 先靈(선령)을 뵈

* 거거익심 : 갈수록 더욱 심함.

오리오. 이런고로 생각하오면 심한 곤경하온지라, 부인은 재삼 생각하소서.」

하고 애연 落淚(낙루)하거늘, 박씨 차언을 들으매 矜惻(긍측)한 마음이 없지 아니하여 화월 같은 안모를 더욱 씩씩히 하고 책왈,

「조선은 禮義之邦(예의지방)이라 하였는데, 사람이 五倫(오륜)*을 모르면 어찌 예의를 알리오. 그대는 아내가 박색이라 하여 삼사년을 천대하였으니 夫婦有別(부부유별)은 어디 있으며, 故人(고인)이 이른 말이 「糟糠之妻(조강지처)는 不下堂(불하당)이라」 하였는데 그대는 다만 美色(미색)만 생각하고 부부간 오륜을 생각지 아니코 어찌 덕을 알며, 처자의 深淺(심천)을 모르고 입신 양명하여 보국안민할 재주가 있사오리오. 지식이 저다지 없을진대 효와 충심을 어찌 알며 安民之道(안민지도)를 알으시리오. 이후는 효도를 다하여 修身齊家(수신제가)를 명심하소서. 첩은 비록 아녀자이나 낭군 같은 남자는 부러워 아니하나이다.」

하니, 언어 정직하고 辭氣(사기)* 엄절하매, 시백이 들으매 自作之事(자작지사)를 생각고 유구무언이라. 무료한 마음을 強仍(강잉)하고 누누 사죄뿐이라. 박씨 熟視良久(숙시양구)에 왈,

「첩이 본시 형용을 감추고 추비하게 하기는 군자로 하여 蠱惑(고혹)*지 못하게 하여 일심으로 공부하게 함이요, 그사이 첩이 말 아니함은 군자로 하여 悔過自責(회과자책)하게 함이요, 지금 본형을 가졌으나 한평생 마음을 풀지 아니하자 하였삽더니, 여자의 연약한 마음으로 장부를 속이지 못하여 前事(전사)를 풀쳐 버리거니와, 부디 이후는 명심하옵소서.」

---

* 오륜 : 다섯 가지의 인륜. 친애·의리·분별·차서·신의를 이름.
* 사기 : 말과 얼굴 빛.
* 고혹 : 남을 꾀어 속임.

시백이 청파에 대희하여 왈,

「僕(복)은 인간 무식한 사람이요, 부인은 천상 선녀의 풍도로 意量(의량)이 廣闊(광활)하여 범인과 다른고로 精明言順(정명언순)하고 정대 씩씩하시니, 날 같은 사람이야 신세 추루한 인물로 지식이 淺短(천단)하여 착한 사람을 몰랐사오니 어찌 선인에 비하리오. 그런고로 부부간 화락지 못하와 인륜을 폐할 지경에 이르렀사오니 왕사를 다시 掛念(괘념)치 마옵소서. 하물며 옛 성인이 이르시기를, 「知者千慮(지자천려) 必有(필유) 一失(일실)이라」 하였사오니 존의에 맺힌 마음을 풀쳐 버리옵소서.」

박씨 피석 대왈,

「전사는 다시 말씀 마시고 안심하소서.」

하고 서로 담화하니 밤이 이미 三更(삼경)이라, 옥수를 이끌어 衾枕(금침)에 나아가 삼사년 그리던 회포를 풀고 雲雨之樂(운우지락)을 이루니, 그 정이 새로이 如山若海(여산약해)러라.

이 아래를 차차 해석하라.

第六回

여러 부인 叢中(총중)에서 박씨 재주를 나타내고
이시백이 平安監司(평안감사)로 있어 善治(선치)하다.

차설, 그 후로부터 母夫人(모부인)이며 노복 등이 전에 박씨를 박대함을 뉘우쳐 자책하여 박씨의 신명함을 탄복하고 상공의 胸中大略(흉중대략)을 못내 칭송하며 가내 합의하여 지내더라.

박씨 變形(변형) 所聞(소문)이 장안에 번성하여, 혹 사사로이 들어와서 보고 宰相家(재상가) 부인들이 신기함을 일컬어 혹 청하여 보기도 하는데, 일일은 한 재상의 집에서 청하여 보고 酒果(주과)로 대접할새, 여러 부인이 다투어 술을 권하여 반감에 여러 부인이 박씨의 재주 보기를 권하는지라. 박씨 재주를 飛揚(비양)코자 하여 술잔을 받아 거짓 내리쳐 술을 치마에 적시고 치마를 벗어 계화를 주어 왈,

「치마를 불꽃 가운데 燒火(소화)하라.」

하니, 계화 승명하고 치마를 불 가운데 던지니 치마는 如常(여상)하고 광채 더욱 윤택한지라. 계화 치마를 가져다가 부인께 드리니 여러 부인들이 그 연고를 물은대, 박씨 대답 왈,

「이 비단의 이름은 火焰緞(화염단)이라 하옵는데, 혹 빨려면 물

에 빨지 못하고 소화하여 빠나이다.」

여러 부인들이 다 신통히 여기고 못내 탄복하며 문왈,

「그러하면 그 비단은 어디서 났나이까.」

박씨 대왈,

「인간에는 없삽고 月宮所産(월궁소산)이로소이다.」

모든 부인이 또 문왈,

「입으신 저고리는 무슨 비단이니이까.」

박씨 대왈,

「이 비단 이름은 패월단이요, 나기도 첩의 부친께서 동해 용궁에 가신 때에 얻어 오신 것이요, 이도 용궁 소산이로소이다.」

그 비단은 물에 넣어도 젖지 아니하고 불에 넣어도 타지 아니하는 비단이라 하거늘, 모든 부인이 듣고 신통히 여겨 稱讚不已(칭찬불이)하더라.

여러 부인이 술을 부어 박씨에게 권하니, 박씨 술이 과하므로 사양하거늘 모든 부인이 굳이 권한대, 박씨 마지 못하여 술을 받아 가지고 金鳳釵(금봉채)*를 빼어 잔 가운데를 반을 가로막으니, 완연히 술잔 한 편은 없고 또 한 편은 칼로 벤 듯하게 반이 남았는지라. 모든 부인이 술잔을 보고 신기함을 이기지 못하여 왈,

「부인은 선녀의 기틀이 있다 하더니 그 말이 과연 옳도다.」

하며,

「이런 신기함은 고금에 없는 일이라, 어찌 인간에 내려온고. 석일 秦始皇(진시황)*·漢武帝(한무제)*도 얻지 못하던 선인을 우

* 금봉채 : 봉황의 모양으로 만든 금비녀.
* 진시황 : 진(秦)나라 제1대 임금.
* 한무제 : 전한(前漢) 제7대 임금. 유교를 정치, 교화의 근본으로 삼음.

리는 우연히 만났으니 어찌 즐겁지 아니리오.」

서로 춘흥을 일러 글을 지어 화답하더니, 차시 계화 고왈,

「이렇듯 좋은 춘경에 흥을 돕고 백화 만발하여 춘광을 자랑하오니, 소비도 이같이 좋은 때를 당하여 清歌 一曲으로 열위 부인을 위로할까 하나이다.」

하거늘, 좌중 제인이 더욱 기특히 여겨 소리하기를 재촉커늘 계화 단순을 반개하여 청가 일곡을 부르니 소리 청아하여 산호채를 들어 끼친 듯한지라. 그 곡조에 하였으되,

「천지는 萬物之逆旅요 光陰은 百代之過客*이라. 蜉蝣 같은 이 세상에 浮生이 若夢이라. 春風細柳 좋은 때에 아니 놀고 어이하리. 석일을 헤아리고 지금을 살펴보니 百代之興亡은 춘풍에 亂影이요 一時之變化는 莊生蝴蝶이라. 청산에 두견화는 蜀中의 冤魂이요 階花의 春照境은 昭君*의 눈물이라. 세상사를 생각하니 인생이 덧없도다. 滄海로 술을 빚어 萬歲同樂하리로다.」

하니, 모든 부인이 듣기를 다하매 정신이 쇄락하여 계화를 다시 보며 무수히 칭찬하더라.

樂極盡歡하매 日落西山하고 月出東嶺하니 모든 부인이 각기 귀가하니라.

차시 이공이 年老하므로 벼슬을 하직한대 상이 允許하시고 시백으로 承旨를 시키시니, 시백이 謝恩肅拜하고 나라를 충성으로 섬기며 공사에 부지런하니 명망이 조정에 떨치더라. 충성이 과인하므로 상이 더욱 사랑하시며 애중히 알으사 특별히 平安監司를 제수하시니, 시백이 사은

---

* 백대지과객 : 오랫동안의 길손.
* 소군 : 한(漢)나라 원제(元帝) 때의 궁녀. 자기의 미색을 믿고 화공에게 뇌물을 주지 않아 흉노로 시집 감.

숙배하고 집에 돌아와 양친께 뵈온대, 공의 부부가 대희하여 一家親戚(일가친척)과 家中諸人(가중제인)이 즐거움을 측량치 못하더라.

시백이 榻前(탑전)에 하직하고 집에 돌아와 治行(치행)을 차릴새 雙轎(쌍교)를 꾸미려 할새, 박씨 문왈,

「쌍교는 꾸며 무엇하려 하나이까.」

감사가 답왈,

「날 같은 사람으로 평안감사를 제수하시매 達任(달임)*을 감당하기 어려운지라, 부인을 데려가고자 하노라.」

박씨 답왈,

「남아가 출세하온 후 입신 양명하오면 나라 섬길 날은 많고 부모 섬길 날은 적다 하오니, 국사에 골몰하오면 처자를 돌아보지 못하나니, 첩도 한가지로 가오면 노친 양위는 뉘라서 봉양하리이까. 낭군은 충성을 다하여 나라를 극진히 도움이 옳을까 하나이다.」

감사가 듣고 그 언사가 정직함을 탄복하여 도리어 무료히 답왈,

「날 같은 不忠不孝(불충불효)를 천지간에 용납할 사람이 어디 있으리오. 노친 양위를 생각지 아니하고 망령된 생각을 하였사오니, 과도히 허물치 마옵시고 兩堂(양당)*을 극진히 봉양하와, 나의 마음을 경대하여 남의 웃음을 면케 하옵소서.」

하고, 사당에 들어가 하직하고 부모전에 하직한 후 박씨와 작별할새, 양당 봉양함을 당부하고 즉시 길에 오르매 여러 날 만에 도임하니라.

각읍 관장들이 浚民膏澤(준민고택)*하는 수령이 出沒民間(출몰민간)하여 作(작)

*달임 : 결단을 해야 하는 임무.
*양당 : 부모의 존칭.
*준민고택 : 백성의 재물을 몹시 착취함.

幣無雙(폐무쌍)하니 인민이 도탄에 들어 인심이 騷擾(소요)한지라. 각읍 수령의 善不善(선불선)을 가리어 不治(불치) 守令(수령)은 우선 狀罷(장파)하고 善治(선치) 守令(수령)은 布啓(포계)하여 올리매 京職(경직)으로 昇職(승직)하여 올라가게 하고 백성을 인의로 다스려 민심을 진정하니 일년지내에 列邑(열읍)이 無爲而化(무위이화)*하여, 백성이 즐겨 노래하고 擊壤歌(격양가)*로 화답하며 서로 일러 왈,

「인제 살리로다. 堯舜時節(요순시절)인가 國泰民安(국태민안)하도다. 역산에 밭 갈아 농사를 어서 지어 우리 부모 봉양하고 동기간에 우애있게 살아 보세. 舊官(구관) 사또 어찌하여 侵虐平民(침학평민)하올 적에 무식한 백성들이 인의를 어찌 알며 孝悌忠節(효제충절)*을 어이 알리. 효자가 불효 되고 양민이 도적인가 신관 사또 도임 후에 충효 겸전하시므로 인의로 公事(공사)하사 덕화가 넓으시니 백성들이 편하도다. 山無盜賊(산무도적)하고 夜不閉門(야불폐문)하고 道不拾遺(도불습유)하올 적에 善政碑(선정비)를 세워 볼까. 立石頌德(입석송덕)하여 보세.」

하며 거리거리 격양가라.

이렇듯 선치하매 李監司(이감사)의 소문이 원근에 진동하고 조정에 미쳤는지라, 상이 들으시고 아름다이 여기사 병판으로 부르시니, 감사가 教旨(교지)를 받자와 北向四拜(북향사배)하고 즉시 행장을 차려 경성으로 올라갈새, 열읍 수령과 만민들이 송덕하는 소리 진동하더라. 여러 날 만에 京師(경사)에 득달하여 입궐 숙배하올새, 상이 보시고 반기사 大讚不已(대찬불이)하시다. 이판서가 퇴조하여 집에 돌아와 부모전에 문안하온 후, 親戚故舊(친척고구)를 모아 잔치를 배설하여 수일을 즐기더라.

---

* 무위이화 : 위정자의 덕이 크면 특별히 정치나 교육을 하지 않아도 백성이 자연 교화가 된다는 노자의 사상.
* 격양가 : 중국 당요(唐堯) 때에 태평한 생활을 즐겨 땅을 치며 불렀다는 노래.
* 효제충절 : 효도 · 우애 · 충성 · 절개.

이때 갑자 팔월에 남경이 요란하거늘 나라에서 兵曹判書(병조판서) 이시백으로 上使(상사)를 삼으시니 상사가 어명을 받자와 명국으로 행할새, 이때 林慶業(임경업)*이라 하는 신하가 있으니 총명 영리하여 英雄變化之略(영웅변화지략)이 있는지라. 마침 鐵馬山城 中軍(철마산성 중군)*으로 있더니, 상사가 탑전에 奏達(주달)하여 임경업으로 부사를 삼아 명국으로 들어가니 명제 조선 사신이 들어옴을 알고 영접하여 들이니, 차시 명국이 可達(가달)*의 亂(난)을 만나 대패하였으매 위급함이 조석에 있는지라. 명국 승상 화재명이 宴中(연중)에 주달 왈,

「조선 사신 이시백과 임경업의 相貌(상모)를 보온즉 비록 소국 인물이나 萬古興亡(만고흥망)과 天地造化(천지조화)를 은은히 감추었사오니 어찌 기특지 아니하오리까. 신은 원컨대 차인 등으로 請兵將(청병장)을 정함이 마땅하여이다.」

천자가 들으시고 이시백과 임경업으로 청병장을 봉하여 구하라 하시니, 양인이 사은하고 군사를 거느려 가달국에 들어가 싸워, 백전 백승하여 數日之內(수일지내)에 이기고 승전고를 울리며 들어가니, 천자가 보시고 대찬불이하시며 賞賜(상사)를 후히 주어 그 공을 표하여 조선으로 보내니, 시백과 경업이 천자께 하직하고 주야로 조선에 득달하여 궐하에 입조하온대 상이 보시고 반기시며 기특히 여기사 가라사대,

「중국을 구하여 가달을 파하고 이름이 천하에 떨치며, 위엄이 조선에 빛나니 英雄之材(영웅지재)는 此世(차세)에 처음이로다.」

하시고 양인을 승직하실새, 시백으로 우승상을 시키시고 임경업으로 부원수를 제수하였더니, 차시 北胡國(북호국)이 점점

---

*임경업 : 인조 때의 장군.
*중군 : 각 군영의 대장 다음 가는 벼슬.
*가달 : 오랑캐의 한 두목의 이름으로 실재 인물이 아닌 듯함.

강성하여 도로 조선을 엿보매, 상이 크게 근심하사 임경업으로 義州府尹(의주부윤)을 제수하사 자주 침범하는 북호를 물리치게 하시니라.

次聽(차청) 하회하라.

第七回

胡王(호왕)이 조선의 신인과 임경업을 두려워하여
一等(일등) 女刺客(여자객)을 뽑아 보내다.

차설, 興盡悲來(흥진비래)는 人之常事(인지상사)라. 이공이 춘추 팔십에 홀연 득병하여 점점 沈重(침중)하매 百藥(백약)이 무효라. 공이 마침내 일어나지 못할 줄 알고 부인과 시백 부부를 불러 왈,

「나는 죽은 후라도 가사를 소루히 말고 후사를 이어 先世奉祀(선세봉사)를 극진히 하라.」

하시고 인하여 세상을 버리니, 일가가 發喪(발상) 痛悼(통도)*하고 모부인이 哀痛極哀(애통극애)하다가 數朔(수삭)이 못하여 棄世(기세)하시니, 시백의 부부가 일년지내에 天崩之痛(천붕지통)을 당하매 어찌 망극지 아니리오. 初終凡節(초종범절)을 극진히 하여 선산에 안장하고, 부부가 애통함을 마지 아니하더라.

세월이 여류하여 삼년상을 마치매, 부부와 상하 노복의 애통함을 일로 측량치 못하겠더라.

각설, 북방 호적이 강성하여 북변을 침범하매 임경업이 백전 백승하여 물리치고 북방을 살피니, 무지한 胡帝(호제)

---

*통도 : 초상을 입은 슬픔.

조선을 치려 하고 滿朝百官(만조백관)으로 의논 왈,

「우리 나라는 지방이 광활하되 조선 장수 임경업을 제어할 사람 없으니 이 어찌 가련치 아니리오. 어쩌면 조선을 도모하리오.」

제신이 묵묵부답이더라.

차시 胡貴妃(호귀비)는 비록 여자나 쌍이 없는 영웅이라. 上通天文(상통천문)하고 下達地理(하달지리)하여 앉아서 천리 일을 헤아리고 서면 만리 밖 일을 아는지라, 호제께 주왈,

「조선에 큰 신기한 사람이 있사오니, 경업을 제어하여도 조선은 도모치 못할까 하나이다.」

하거늘, 호제 대경 왈,

「짐이 평생 경업을 꺼리기를, 八年風塵(팔년풍진)*에 力拔山(역발산)하던 楚霸王(초패왕)과 三國(삼국) 적에 五關斬將(오관참장)하던 關雲長(관운장)과 當陽(당양) 長板(장판)에서 단신으로 曹操(조조)의 백만 군중에 횡행하던 趙子龍(조자룡)*과 같이 알더니, 그 위에 더한 사람이 있을진대 어찌 조선을 엿볼 마음을 두리오.」

자탄함을 마지 아니하거늘, 貴妃(귀비) 다시 주왈,

「천기를 보오니 조선에 액운이 있는지라. 백만 대군을 이루어 보내도 그 神人(신인)을 잡기 전에는 도모하기 극난하온즉, 신첩이 일계를 생각하오니 자객을 구하여 조선에 내어 보내어 신인을 없이하온 후 조선을 도모함이 마땅하여이다.」

호제 왈,

「어떤 사람을 보낼꼬.」

귀비 답 주왈,

---

* 팔년풍진 : 한(漢)의 유방(劉邦)과 초(楚)의 항우(項羽)가 8년 동안 천하의 패권을 다투던 일.
* 조자룡 : 중국 삼국시대 촉한(蜀漢)의 무장 조운(趙雲).

「조선은 貪財好色(탐재호색)하오니 계집을 구하되 인물이 초월하고, 문필은 王羲之(왕희지) 같고, 구변은 蘇秦(소진)*·張儀(장의)* 같고, 날램은 조자룡 같고, 헤아림은 諸葛武侯(제갈무후) 같고, 智勇(지용)이 겸전한 계집을 보내면 성사하올 듯하오이다.」

호제 듣고 가장 옳이 여겨 즉시 제인과 의논하여 두루 구하더니, 차시 육궁 시녀 중에 기홍대라 하는 계집이 있으니, 인물은 唐明皇(당명황)*의 楊貴妃(양귀비) 같고 언변은 소진·장의를 냉소하고 검술은 당할 이 없고, 용맹은 龍虎(용호) 같은지라. 귀비 호제에게 주왈,

「기홍대는 검술과 용모가 초월하고, 도량과 지용을 겸하여 萬夫不當之勇(만부부당지용)*이 있사오니 기홍대를 보내옵소서.」

하거늘, 호제 대희하여 기홍대를 불러 보고 가로되,

「너의 지용과 재모는 이미 알았거니와 조선에 나아가 성공할소냐.」

홍대 대답 주왈,

「소녀가 비록 재주가 없사오나 국은이 망극하오니 어찌 수화라도 피하오리까.」

호제 왈,

「조선에 나아가 신인의 머리를 베어 올진대 이름을 천추에 유전하게 하리라.」

하거늘, 기홍대 주왈,

「소녀가 비록 무재하오나, 충성을 다하여 조선에 나아가 신인의 머리를 베어 폐하의 근심을 덜리이다.」

하고 즉시 하직코 나오니, 귀비 홍대를 불러 왈,

---

* 소진 : 전국시대(戰國時代)의 정치가. 하남(河南) 사람으로 육국(六國)을 찾아다니면서 합종책(合從策)을 주창함.
* 장의 : 전국시대의 변론가.
* 당명황 : 당나라 6대 임금.
* 만부부당지용 : 만 사람이 당해 내지 못할 용맹.

「조선에 나아가면 언어가 생소할 것이니라.」

하고, 조선 언어와 풍속을 가르친 후에 또 일러 왈,

「조선에 나가면 자연 신인을 알 것이니 문답은 여차여차 두 번 하고, 부디 재주를 허비치 말고 조심하여 머리를 베어 가지고, 돌아오는 길에 의주로 들어가 임경업의 머리를 마저 베어 가지고 돌아옴을 부디 조심하여 대사를 그르게 말라.」

하거늘, 기홍대 청령하고 나와 행장을 차려 가지고 호국을 떠나 바로 조선국 경성에 득달하여 들어가니라.

차시, 박씨 홀로 피화당에 있더니, 문득 천문을 보고 대경하여 승상을 청하여 당부 왈,

「모월 모일에 계집 하나가 집에 들어와 언어 여차여차 張皇(장황)하올 것이니, 조심하여 친근히 대접치 마시고 이리이리하여 피화당으로 인도하여 보내옵시면 저와 할 말이 있나이다.」

하거늘 승상 왈,

「어떠한 여자건데 찾아오리오.」

부인 답왈,

「그는 장차 아시려니와 번설치 말으시고 첩의 말대로 하와 낭패치 말으소서. 그 계집은 얼굴이 기이하고 문필이 유여하고 百態(백태) 具備(구비)하온지라. 만일 그 용모를 사랑하사 가까이하시면 대환을 면치 못할 것이니, 부디 그 간계에 속지 마시고 피화당으로 보내옵소서.」

하고,

「그 사이 술을 빚어 담그되, 한 그릇은 쌀 두 말에 누룩 두 되를 하여 넣고, 또 한 그릇에는 醇酒(순주)를 하여 두고 안주를 장만하여 두었다가, 그날을 당하거든 첩의 말

대로 여차여차하옵소서.」

승상이 듣고 일변 괴이히 여기고 있더니, 과연 그날을 당하여 한 여자가 집에 들어와 문안하거늘 승상이 그 용모를 자세히 본즉, 과연 절대 가인이요 요조 숙녀거늘 승상이 문왈,

「어떠한 여자건데 감히 외당에 들어오는고.」

기녀가 답왈,

「소녀는 遐鄕(하향)에 사옵더니, 마침 장안 구경 왔다가 외람히 상공께 이르렀나이다.」

승상이 문왈,

「네 근본이 어디 살며, 성명은 무엇이라 하느뇨.」

기녀가 대왈,

「소녀가 살기는 강원도 淮陽(회양) 사옵는데 조실부모하옵고 流離(유리)하여 다니옵다가 우연히 官婢定屬(관비정속)* 하였사오니, 성은 모르옵고 이름은 雪中梅(설중매)로소이다.」

공이 그 여자의 거동을 보니 예사 사람이 아닌 줄 알고 사랑에 오르라 하니, 그 여자가 황공 겸양하다가 올라가 좌정하니 공이 극히 사랑하여 문답이 여류하니, 그 여자가 文章才華(문장재화)와 언변이 靑山流水(청산유수) 같고 의사가 너른지라, 승상이 심중에 헤오되,

「장안에 기생이 많으되 저 여자와 같은 언변과 문필이 가히 당할 자가 없을 듯한지라. 진실로 하향 천기 되기 아깝도다.」

하고 탄복하여 사랑하며, 문득 부인의 당부하던 말을 생각하매 疑慮(의려)하여 다시 일러 왈,

「지금 日落西山(일락서산)하고 月出東嶺(월출동령)하여 밤이 깊게 되었으니

---

*관비정속 : 죄를 지어 관에 잡혀 여종으로 등록됨.

「후원 피화당에 들어가 편히 유하라.」

하니, 설중매 대왈,

「소녀 몸이 천기로 이미 사랑에 들어왔사오니, 사랑에서 유하여 대감을 모시옵고 아득한 심회를 밝히려 하옵나이다.」

승상이 가로되,

「나 또한 마음이 소일하여 적적함을 파하고자 하나, 오늘 밤은 국사에 긴급한 일 봄이 있어 공사가 있고 관원들이 올 터이니, 널로 더불어 밤을 지내지 못하리로다.」

기녀가 대왈,

「소녀같이 이 천한 몸이 어찌 生心(생심)*도 부인을 모시고 일야라도 유하리까.」

승상 왈,

「너도 여자이라, 부인과 한가지로 유함이 무슨 허물이 있으리오.」

하며 계화를 불러 왈,

「이 여자를 데리고 피화당에 들어가 편히 유하게 하라.」

계화 승명하고 즉시 그 여인을 데리고 피화당으로 들어가 사연을 고한대, 부인 듣고 그 여자를 불러들여 좌를 주고 문왈,

「그대는 어떤 사람이건데 내 집을 찾아왔느뇨.」

여인이 대왈,

「소녀는 하향 천기옵더니, 경성에 구경 왔다가 외람히 존댁을 왔사오니 불승황감하여이다.」

부인 왈,

---

* 생심 : 하려는 마음을 냄.

「그대 행색을 보니 범인과 다른지라. 어찌 헛되이 행력만 허비하고 내 집을 부질없이 찾아왔느뇨.」

하며 계화를 불러 왈,

「지금 객이 왔으니 酒肴(주효)를 들이라.」

하니, 계화 승명하고 나가더니 이윽고 美酒盛饌(미주성찬)을 갖추어 들이고 독주와 순주를 분별하여 놓으니 부인이 계화로 술을 따르라 하니, 계화 승명하고 독주는 그 여인께 권하고 순주는 부인에게 드리니, 그 여자가 행력에 피곤하여 기갈이 심하던 차에 술을 보고 사양치 아니하고 한 말 술을 두어 순배에 다 먹으니, 그 거동이 범인과 다른지라. 저마다 그 주효 먹는 모양을 보고 아니 놀랄 이 없더라.

그 여자가 어찌 된고.

次看(차간) 하회하라.

第八回

忠烈夫人(충렬부인)이 혀로 기홍대를 놀래고
임경업에게 이 사유를 通寄(통기)하다.

차설, 그 여자가 독주를 포식하고 어찌 견디리오. 술이 폭취하여 가로되,

「소녀가 행력이 노곤하온 중에 주시는 술을 많이 먹삽고 대취하였사오니 베개를 잠깐 청하나이다.」

부인이 답왈,

「어찌 내 집에 온 손을 공경치 아니하리오.」

하며 베개를 내어 주거늘, 그 여자 더욱 황공하여 하더라.

차시, 기홍대 베개 위에 누워 내심에 헤오되,

「귀비께 하직하올 때에 말씀하기를 右議政(우의정) 집을 먼저 가 찾으면 자연 알리라 하시기로, 아까 이승상의 상을 본즉 다만 어질 뿐이요 다른 재주는 별로 없어 보이니 다만 염려 없더니, 부인의 거동과 인기를 보매 비록 여자나 미간에 천지 조화 은은히 감추고 흉중에 만고 흥망을 품었으니, 이 사람은 곧 신인이라. 만일 이 사람을 살려 두면 우리 임금이 어찌 조선을 도모하리오. 마땅히 조화와 묘계를 내어 이 사람을 죽여 임금의 급

한 근심을 덜고 나의 이름을 천추에 유전하리라.」

생각하고 심중에 대열하였더니, 술이 취하거늘 부인께 또 청하여 왈,

「황송하오나 자기를 청하나이다.」

부인이 허락하거늘 기홍대 침상에 눕더니 잠을 들매, 부인이 기녀 잠듦을 보니 오히려 한 눈을 떴거늘 괴히 여겼더니, 이윽고 또 한 눈을 마저 뜨니 두 눈에서 불덩이가 내달아 방중에 돌며 숨결에 방문이 열리락닫치락하여 사람의 정신을 산란케 하니, 비록 여자나 천하 명장이라. 어찌 놀랍지 아니리오. 부인이 또한 자는 체하다가 가만히 일어나 그 여자의 행장을 열어 보니, 다른 기물은 없으나 조그마한 칼 하나가 있으되 기이하거늘, 자세히 보니 주홍으로 새겼으되 「飛燕刀(비연도)」라 하였거늘, 부인이 그 칼을 다시 만지려 할 즈음에 그 칼이 화하여 나는 제비 되어 천장으로 솟구치며 부인을 해하려 하고 자주 범하거늘, 부인이 급히 한 진언을 외니 그 칼이 변화를 못하고서 멀리 내려지는지라. 부인이 그제야 칼을 집어들고 소리를 벽력같이 지르니, 홍대 잠을 깊이 들었다가 뇌성 같은 소리에 혼미한 중 잠을 깨어 일어앉으니, 부인이 비연도를 들고 음성을 높여 꾸짖어 가로되,

「무지하고 간특한 계집은 호국 기홍대가 아니냐.」

하는 소리 웅장하여 鐘鼓(종고)* 울리는 듯한지라. 기홍대 그 소리에 놀라 간담이 서늘하여 아무리 할 줄을 모르다가 정신을 차려 고개를 잠깐 들어 살펴보니, 부인이 칼을 들고 앉아 소리 지르는 위엄이 八年風塵時(팔년풍진시) 鴻門(홍문)*宴(연) 잔치에 樊(번)

---

* 종고 : 종과 북.
* 홍문 : 지금의 중국 섬서성에 있는 땅 이름. 이곳에서 유방과 항우가 회견을 했음.

噲(쾌) 帳中(장중)에 뛰어들어 두발이 上指(상지)하고 目眦盡裂(복자진열)하던 위엄 같아서, 감히 말을 못하고 앉았다가 정신을 가다듬어 고하여 가로되,

「부인께옵서 어찌 그리 자세히 알으시나이까. 소녀는 과연 호국 기홍대로소이다. 이렇듯 엄숙히 물으시니 어찌하신 연고인지 모르겠삽나이다.」

부인이 눈을 부릅뜨고 厲聲大叱(여성대질) 왈,

「너는 일개 자객으로 개 같은 호제를 도와 그 말을 듣고 당당한 오륜의 禮義之邦(예의지방)을 해코자 하고, 너만한 계집으로 간계를 부려 예의를 밝히려 하는 사람을 해하려 하니 어찌 살기를 바라리오. 내 비록 재주 없으나 너 같은 요물의 간계에는 속지 아니하리라.」

하며 노기 등등하여, 바로 비연도를 들고 기홍대를 향하여 겨누며 高聲大罵(고성대매) 왈,

「개 같은 홍대야, 내 말을 들어라. 너의 개 같은 임금이 조선을 여어보려* 하나, 아직 운수가 멀었는데 너 같은 요물을 보내어 아국을 탐지하고자 하여, 멀리 내 집에 와 당돌히 나를 해하려 하고 재주를 부리려 하니, 이는 도시 너의 귀비의 간계로다. 내 너를 먼저 죽여 분을 만분지일이나 풀리라.」

하고 비연도를 들고 달려드니, 기홍대 황겁 중 내념에 생각하되, 이런 영웅을 만났으니 성공은 고사하고 도리어 앙화를 받아 목숨을 보전치 못할지라, 다시 애걸 왈,

「황송하오나 부인전에 한 말씀을 어찌 기망하리이까. 소녀의 여간 잡술을 배운 탓으로 부림을 거역지 못하와 이와 같이 범죄하였사오니 죄 만사무석이오나, 하늘이

---

*여어보려 : 엿보려.

밝으시고 신명이 도우사 군명이 계셔 나왔삽다가 부인 같으신 영웅을 만났사오니, 소녀의 실낱 같은 명이 칼끝에 달렸사오니, 부인의 하늘 같은 마음으로 대은을 베푸사 소녀의 잔명을 살려 주옵소서.」

하며 빌기를 마지 아니하거늘, 부인이 대로 왈,

「너의 임금은 진실로 금수 같도다. 아국을 이같이 멸시하여 아국 인재를 해코자 하여 재주를 조롱하니 이는 가위 유한이로다. 어찌 분하지 않으리오. 너 같은 요물의 인명을 대할 마음이 아니나 어찌 살기를 바라리오.」

홍대 무수히 애걸 왈,

「부인의 말씀을 들으니 더욱 후회막급이로소이다.」

하고 사죄하기를 마지 아니니, 박부인이 칼을 잠깐 멈추고 분함을 잠깐 진정하여 가로되,

「나의 통분함과 너의 왕비의 소위를 생각하니 너를 먼저 죽여 분심을 대강 풀 것이로되, 내 인명을 살해함이 상사가 아니요 또한 너의 왕이 무도하여 범람한 뜻을 고치지 아니하기로 너를 아직 살려 보내는 것이니, 돌아가 네 임금께 내 말을 자세히 전하라. 조선이 비록 소국이나 인재를 헤아리면 영웅 호걸과 천하 명장이 다 군중에 있고, 나 같은 사람은 車載斗量(거재두량)이요 그 수를 알지 못하노라. 너의 왕비의 말을 듣고 너를 인재로 택출하여 보내었으니 조선에 나와 영웅 호걸을 만나기 전에 나 같은 사람을 만났기에 살아 가는 것이니 돌아가 왕에게 자세히 말하여 차후에는 외람한 뜻을 내지 말고 천명을 순수하라. 만일 불연즉 내 비록 재주 없으나 영웅과 명장을 모으고 군사를 이루어 너의 나라를 치면 무죄한 군사와 불쌍한 백성이 씨도 없을 것이니, 부디

천명을 어기지 말고 순종하라.」

하시고 자탄 왈,

「도시 국운 불행한 탓이로다. 뉘를 원망하리오.」

하며 仰天歎息(앙천탄식)하거늘, 기홍대 그 거동을 보고 일어나 사례 왈,

「신명하신 덕택을 물어 죽을 목숨을 보전하오니 感激無地(감격무지)하오이다.」

하며 도리어 수괴함을 머금고 하직을 하고 나와 내념에 헤오되,

「대사를 경영하고 만리를 지척삼아 왔다가, 성공은 고사하고 근본이 탄로하여 하마터면 성명을 보전치 못할 뻔하였도다. 回路(회로)에 임경업을 보아 시험코자 하나 성공하기를 어찌 바라리오. 그저 돌아감만 같지 못하다.」

하고 본국으로 바로 가니라.

차시, 이승상과 노복들이 이 거동을 보고 크게 송구히 여겨 부인의 신명을 탄복하더라.

이튿날 승상이 궐내에 들어가 그 연고를 낱낱이 주달하온대, 상과 만조백관들이 차언을 듣고 대경실색하는지라. 상이 즉시 임경업에게 密旨(밀지)를 내리사,

「호국 기홍대라 하는 계집을 아국에 보내어 여차여차한 일이 있으니, 가서 혹 그런 계집이 달래거나 유인함이 있거든 각별 조심하고 잘 알아 방비하라.」

하시고, 박씨의 神機妙算(신기묘산)을 탄복하며 대찬불이하시고 박씨로 충렬부인 직첩을 내리시고 一品祿(일품록)을 사급하시더라.

상이 다시 우의정 이시백에게 하교하사 가라사대,

「만일 경의 아내 아니더면 화를 면치 못할 뻔하였도다. 凶惡不測(흉악불측)한 도적이 아국을 엿보고자 하여 이렇듯한 일

이니 어찌 절통치 아니리오. 차후로 도적의 괴변을 알아 낱낱이 주달하라.」

하시고 채단을 상사하시니라.

次聽(차청) 하회하라.

第九回

胡兵(호병)이 물밀듯 성중에 들어오고
龍骨大(용골대) 피화당을 엄습하다가 크게 놀람을 받다.

차설, 기홍대 본국에 돌아가 호제께 돌아왔음을 주달하니, 호제 문왈,

「이번에 조선에 나아가 어찌 하고 돌아왔는다.」

홍대 주왈,

「소녀가 이번에 봉명하옵고 대사를 경영하와 만리 타국에 갔삽더니, 성공은 고사하옵고 만고에 무쌍하온 영웅 박씨를 만나 목숨을 보전치 못하고 고국에 돌아오지 못하고 외국 원혼이 되올 것을 소녀가 누누이 애걸하올 뿐 아니라 오히려 용서하여 보내오며 이르되, 폐하에게 욕이 돌아오고 도리어 범람한 뜻을 두었으니, 또한 禽獸(금수)로 지목하여 언어가 정직하며 깊이 책하더이다.」

하고 지낸 전후사를 주하니, 호제 대로 왈,

「네가 부질없이 나가 성공은 고사하고 묘계만 탄로하고 왔으니 어찌 분한치 않으랴.」

하고, 또 귀비를 청하여 가로되,

「이제 기홍대가 조선에 나가서 신인과 명장을 죽이지

못하고 짐에게 욕만 및게* 하니 어찌 분치 아니하며, 조선을 도모치 못하게 되었으니 분심을 어디 가 풀리오.」

한대 귀비 또 주왈,

「한 묘책이 있사오니, 청컨대 행하여 보옵소서.」

호제 왈,

「무슨 묘계 있느뇨.」

귀비 주왈,

「조선에 비록 신인과 명장이 있사오나 간신이 있사와 신인의 말을 듣지 아니할 게요, 명장을 쓸 줄 모르오니 폐하가 군사를 이루어 조선을 치되, 남으로 육로에 나아가 치지 말고, 동으로 백두산을 넘어 조선 함경도로 장안 동문으로조차 들어가면 미처 방비할 수 없어 도모하기 쉬우리이다.」

호제 듣고 대열하여, 곧 한유와 용울대를 명하여,

「군사 십만을 조발하여 귀비의 지휘대로 행군하여, 동으로 백두산을 넘어 바로 조선 북로로 내려 장안 동문으로조차 들어가 여차여차하라.」

귀비 또 가로되,

「그대는 행군하여 조선에 들어가거든 바로 날랜 군사를 의주와 경성 왕래하는 중로에 매복하여 소식 통치 못하게 하고, 장안에 들어가거든 우의정 집 후원을 범치 말라. 그 후원에 피화당이 있고 후원 초당 전후 좌우에 신기한 나무가 무성하였을 것이니, 만일 그 집 후원을 범하면 성공은 고사하고 신명을 보전치 못하여 고국에 돌아오도 못하리니 각별 명심하라.」

*및게 : 미치게.

兩將(양장)이 청령하고 십만 대병을 거느려 동으로 행군하여 동해로 건너 바로 장안으로 향할새, 백두산을 넘어 함경도 북로로 내려오며 봉화를 끊고 물밀듯 들어오니, 경성 수천리에 알 자가 없더라.

차시, 충렬부인이 피화당에 있더니, 문득 천기를 보고 대경하여 급히 상공을 청하여 왈,

「북방 도적이 침범하여 조선 지경에 들어오니, 義州府尹(의주부윤) 임경업을 급히 불러 군사를 합병하여 동으로 오는 도적을 방비하소서.」

승상이 대경 왈,

「나의 소견에는 아국에 도적이 들어온다 하여도 북적이 들진대 의주로조차 蕃盛(번성)할지라, 의주부윤을 불러 오면 북을 비웠다가 호적이 북도를 탈취하면 가장 위태할지라, 부인이 무슨 연고로 염려치 아니하고 동을 막으라 하느뇨.」

부인 왈,

「호적이 본디 간사한 꾀 많은지라. 북으로 나오면 임장군을 두리어, 의주는 감히 범치 못하고 백두산을 넘어 북으로조차 동대문을 깨치고 들어와 장안을 엄살할 것이니 어찌 분한치 아니리오. 첩의 말을 헛되이 알으시지 말으시고 급히 상께 주달하여 방비하옵소서.」

승상이 청파에 크게 깨달아 급히 탑전에 들어가 부인의 하던 말대로 세세히 주달하니, 상이 들으시고 크게 놀라시며 만조를 모아 의논할새 좌의정 元斗杓(원두표)* 주왈,

「북적이 꾀 많사오니, 부윤 임경업을 命招(명초)하여 동으로 오는 도적을 방비함이 옳을까 하나이다.」

---

*원두표 : 조선조 16대 인조 때의 문신(文臣).

말이 맞지 못하여 좌하에 일인이 출반 주왈,

「좌의정의 아뢰는 말씀이 극히 불가하여이다. 북적이 경업에게 패를 입었사오니 무슨 힘으로 아국을 엿보오며, 기병한다 하여도 반드시 의주로 들어올지라. 만일 의주를 버리고 경업을 불러 동방을 지키오면 도적이 의주를 掩殺(엄살)*하리니 가장 위태하올지라. 국가 홍망이 조석에 있삽거늘, 어찌 요망한 계집의 말을 들어 망령된 東(동)을 막으라 하오니, 어찌 요량과 지혜 있다 하오리까. 이는 나라를 해코자 함이니 살피옵소서.」

상이 가라사대,

「박씨 신명이 과인한지라. 짐이 徵驗(징험)한 일이 있으니 어찌 요망하다 하리오. 그 말을 좇아 동을 막음이 가하도다.」

하니, 기인이 대 주왈,

「지금 時和年豐(시화연풍)하고 國泰民安(국태민안)하와 백성이 격양가를 부르거늘, 이 같은 太平世界(태평세계)에 요망한 계집의 말로 발설하와 아국을 경동케 하면 민심을 요란케 하옴이니, 전하께서 여차한 요망한 말씀을 들으시고 깊이 근심하사 국정을 살피지 아니하옵시니, 신은 원컨대 이 사람을 먼저 국법을 시행하와 민심을 진정케 하옵소서.」

하며 왕명을 밀막으니*, 모두 보매 이는 다른 사람 아니라 領議政(영의정) 金自點(김자점)*이라. 소인을 친애하고 군자를 멀리하여 국정을 제 마음대로 하는지라. 이 같은 소인이 나라를 망하려 하니, 만조 제신이 그 권세를 두려하여 말을 못하는지라. 공이 항거치 못하여 분심을 이기지 못하고 집에

---

* 엄살 : 엄습하여 죽임.
* 밀막으니 : 밀어 막으니.
* 김자점 : 조선조 16대 인조 때의 문신(文臣).

돌아와 부인더러 宴中(연중) 事緣(사연)을 세세히 설화하니, 부인이 듣고 앙천 탄왈,

「슬프다, 국운이 불행하여 이 같은 소인을 인재라 하여 조정에 두었다가 나라를 망케 하니 어찌 슬프지 않으리오. 미구에 도적이 장안을 침범할 것이니, 신자가 되어 나라 망함을 차마 어찌 보리오. 상공은 比干(비간)*의 충성을 효칙하사 社稷(사직)을 안보하옵소서.」

하고 대성통곡하니, 공이 청파에 慷慨之心(강개지심)*을 이기지 못하여 하늘을 우러러 탄식하고 궐내로 들어가니 이때는 병자 臘月(납월)* 晦日(회일)*이라. 호적이 동대문을 깨치고 물밀듯 들어오니 함성이 천지 진동하는지라. 백성의 참혹한 경상은 一筆難記(일필난기)라 적장이 군사를 호령하여 사면으로 엄살하니, 주검이 태산 같고 피 흘러 내가 되었더라.

상이 이때를 당하여 遑遑罔極(황황망극)하사 아무리 하실 줄을 모르사 제신을 모아 의논하사 왈,

「이제 도적이 성내에 가득하여 백성을 살해하니 사직의 위태함이 조석에 있는지라. 장차 어찌 하리오.」

하시며 앙천 탄식하시니, 우의정 이시백이 주왈,

「이제 사세 급하오니 南漢山城(남한산성)으로 播遷(파천)하심이 좋을까 하나이다.」

상이 옳이 여기사 즉시 옥교를 타시고 남문으로 나오사 남한산성으로 행하시니, 전면에 일지 군사가 내달아 좌우충돌하니 상이 대경하사 왈,

「此賊(차적)을 뉘 가 물리치리오.」

---

* 비간 : 은나라의 충신. 주왕(紂王)의 숙부. 왕의 음란함을 간하다가 죽음을 당함.
* 강개지심 : 의분이 넘쳐 슬퍼하고 한탄하는 마음.
* 납월 : 음력 섣달의 별칭.
* 회일 : 그믐날.

하시니, 우의정이 말을 내몰아 왈,

「신이 차적을 물리치리이다.」

하고, 挺槍出馬(정창출마)하여 일합에 물리치고, 御駕(어가)를 모셔 남한산성으로 들어가시니라.

차시, 호장 한유와 용울대 십만 정병을 거느려 이르러 바로 장안을 취하여 들어와 궐내로 들어가니 궐내가 비었는지라. 남한산성으로 피하신 줄 알고, 아우 용골대로 장안을 지키어 物色(물색)을 수습하라 하고 군사 천여 인을 두고, 군사를 몰아 남한산성으로 가 성을 에워싸고 衝擊(충격)하는지라. 여러 날 군신이 성중에 싸이어 위태함이 조석에 있더라.

차시, 충렬부인 박씨 일가 친척을 피화당으로 모아 있게 하매, 병란을 당하여 피란하던 부인들이 용골대 장안에 물색을 수탐한단 말을 듣고 도망코자 하거늘, 부인이 그 거동을 보고 모든 부인을 위로 왈,

「이제 도적이 처처에 있사오니 부질없이 요동치 마옵소서.」

하니 모든 부인들이 반신반의하여 있더니, 차시 호장 용골대 군사 백여 騎(기)를 거느리고 장안 사면으로 다니며 탐지하더니, 한 집을 당하여 바라보니 정결한 초당이 있고 전후 좌우에 수목이 무수한 가운데 무수한 女子便(여자편)이 있거늘, 용골대 좌우를 살펴보니 나무마다 용과 범이 되어 서로 수미를 응하며, 가지마다 새와 배암이 되어 변화가 무궁하여 살기 충천한지라. 용골대 부인의 神機妙法(신기묘법)을 모르고 피화당에 있는 물색을 겁측코자 하여 급히 들어가니, 청명하던 날이 문득 黑雲(흑운)이 일어나며 雷霆霹靂(뇌정벽력)이 천지 진동하더니, 무성한 수목이 변하여 무수한 甲兵(갑병)이 되

어 점점 에워싸고 가지와 잎은 창검이 되어 사람의 마음을 놀라게 하는지라. 용골대 그제야 우의정 이시백의 집인 줄 알고 대경하여 도망코자 하더니, 문득 피화당이 변하여 첩첩 산중이 되었더라.

차정 하회 急急(급급) 析覽(석람)하라.

第十回

神人(신인)의 도술로 적장을 죽이고
용울대 피화당을 크게 掩襲(엄습)하다.

차설, 용골대 더욱 정신이 飛越(비월)하여 아무리 할 줄 모르더니, 문득 한 여자가 칼을 들고 儼然(엄연)히 나서며 대매 왈,

「어떠한 도적이건데 죽기를 재촉하는다.」

용골대 답왈,

「뉘 댁이신지 모르옵고 왔삽거니와 덕택을 입어 살아 돌아가기를 바라나이다.」

계화 또 일러 왈,

「나는 이 댁 시비 계화거니와, 너는 어떤 놈으로 사지를 모르고 적은 힘을 믿어 당돌히 들어왔는다. 우리 댁 부인께옵서 네 머리를 베어 오라 하시기에 나와 네 머리를 베고자 하나니 내 칼을 받으라.」

하는 소리 진동하는지라. 호장이 이때 그 말 듣고 대로하여 칼을 빗겨 들고 계화를 치려 하니, 칼 든 손이 혈맥이 없어 犯手(범수)할 길이 없는지라. 마음에 놀라 앙천 탄왈,

「슬프다, 장부가 세상에 出仕(출사)하여 일국 대장으로 만리 타국에 나와 공을 이루지 못하고, 조그마한 여자의 손

에 죽을 줄 어찌 뜻하였으리오.」

하고 탄식함을 마지 아니니, 계화 대소 왈,

「무지한 적장네야, 불쌍하고 가긍하다. 대장부의 명색으로 타국에 나왔다가 오늘날 나 같은 孱弱(잔약)한 여자를 당치 못하고 탄식만 하니, 너 같은 것이 어찌 일국 대장이 되어 타국을 치려 하고 나왔는다. 네 내 말을 들어 보라. 무도한 너의 임금이 천의를 모르고 외람히 禮義之邦(예의지방)을 해하려 하고 너 같은 口尙乳臭(구상유취)를 보내었으니 네 임금의 일을 생각하니 가히 우습고 너의 신세를 생각하니 측은하나 내 칼을 받으라. 내 칼이 사정이 없어 용서치 못하고 머리를 베나니 무지한 필부놈이라도 천의를 순수하여 죽은 혼이라도 나를 원망치 말라.」

하고, 칼을 날려 호장의 머리를 베니 金光(금광)으로조차 마하에 떨어지는지라. 계화 적장의 머리를 베어 들고서 피화당에 들어가 부인께 드리니, 부인이 그 머리를 받아 밖에 내치매 그제야 풍운이 그치고 명월이 照耀(조요)한지라. 호장의 머리를 다시 집어다가 후원 높은 나무 끝에 달아 두고 타인이 보게 하더라.

각설, 상이 남한으로 향하신 후 호적이 물밀듯 들어와 만조 제신을 생금하여 놓고 호령이 霜雪(상설) 같은지라. 국운이 불행하여 이 지경에 이르매 영의정 崔鳴吉(최명길)*이 주왈,

「講和(강화)함이 좋을까 하나이다.」

하거늘 상이 앙천 탄식하시고 글월을 써 호진에 보내시니, 호적이 바로 들어가 왕비와 世子(세자) 大君(대군)* 삼형제와 妃嬪(비빈)*을 다 생금하여 군사로 押領(압령)하고 장안으로 행군하니, 상이

---

* 최명길 : 조선조 16대 인조왕 때의 문신(文臣).
* 대군 : 중전이 낳은 왕자.
* 비빈 : 황제의 첩. 또는 황후와 임금의 첩.

그 거동을 보시고 더욱 애통하시니, 만조 제신이 또한 하늘을 우러러 탄식하며 위로 주왈,

「옥체를 보전하심을 千萬祝手(천만축수)하나이다.」

하며, 김자점의 고기 먹기를 원하는지라.

「이같이 됨은 莫非天壽(막비천수)려니와, 萬古小人(만고소인) 김자점이 적세를 도와 이같이 망케 하였으니 어찌 슬프지 않으리오.」

하며 滿城(만성) 인민이 뉘 아니 자점의 고기를 원하리오.

차설, 용울대 강화를 받아 가지고 장안에 들어가니 巡哨軍(순초군)*이 보하되,

「용장군이 여자의 손에 죽었나이다.」

하거늘, 용골대 형이 이 말을 듣고 대경 통곡 왈,

「내 이미 조선왕의 강화를 받았거늘, 뉘 감히 내 賢弟(현제)를 해하였는고.」

하며,

「報讎(보수)하기는 내 장중에 있으니 바삐 들어가자.」

하고, 군사를 재촉함이 서리같이 하여 우의정 집에 다다라 바라보니 후원 초당 앞에 나무 위에 골대의 머리가 달렸는지라. 골대의 머리를 보고 더욱 분함을 참지 못하여 칼을 들고 말을 몰아 들어가고자 하거늘, 都元帥(도원수)* 한유가 피화당에 무성한 나무를 보고 대경하여 울대를 말려 가로되,

「그대는 잠깐 분심을 진정하여 나의 말을 듣고 들어가지 말라. 초당의 나무를 보니 범상치 아니한지라. 옛날 제갈무후의 八門金蛇陣法(팔문금사진법)*을 겸하였으니 어찌 두렵지 아니하리오. 그대 동생은 본디 위계나 험지를 모르고

---

* 순초군 : 돌아다니며 적의 정세를 염탐하는 군사.
* 도원수 : 전쟁 때 군무를 통괄하는 장수.
* 팔문금사진법 : 팔문(八門)을 이용한 진법.

남을 경멸히 여기다가 신명을 재촉하였으니 누구를 원망하리오. 그대는 옛날 陸遜(육손)*이 어복포에서 제갈공명의 八陣圖(팔진도)*에 들어 고생하던 일을 생각하여 험지를 모르고 들어가지 말라.」

용울대 더욱 분하여 칼을 들고 땅을 두드려 앙천 탄식하여 가로되,

「그러하오면 골대의 원수를 어찌하여 갚사오리이까. 만리 타국에 우리 형제 한가지로 나왔다가, 대사를 성사하온 후 우연히 동생을 죽이고 보수도 못하오면 일국 대장으로서 조그마한 여자에게 굴함이 불가하여이다. 어찌 후세의 웃음을 면하오리이까.」

한유 답왈,

「그대는 一時之憤(일시지분)을 참지 못하여 한갓 용만 믿고 저러한 험지에 들어가다가 보수하기는 고사하고 도리어 신명을 보전치 못할 것이니, 잠깐 진정하여 그 신기한 재주를 살펴볼지어다. 비록 億萬大兵(억만대병)을 몰아 들어간다 하여도 그 안에는 감히 엿보지 못하고 군사는 하나도 살려 오지 못하리니, 하물며 단기로 들어가고자 하니 어찌 살기 바라리오.」

용울대 그 말을 듣고서 옳이 여겨 들어가든 못하고 군사를 호령하여 그 집을 에워싸고 일시에 불을 놓으라 하니 군사가 聽命(청명)하고 불을 놓으니, 오운이 자욱한 가운데 수목이 변하여 무수한 장졸이 되어 金鼓喊聲(금고함성)이 천지에 진동하며, 허다한 飛龍(비룡)과 猛虎(맹호)는 머리를 서로 接應(접응)하여 풍운이 대작하며 전후 좌우로 겹겹이 싸고 공중으로 신장들

---

*육손 : 삼국시대 오(吳)나라의 명장.

*팔진도 : 제갈량이 만든 팔진의 도형. 동당(洞當)·중황(中黃)·용등(龍騰)·조비(鳥飛)·호익(虎翼)·절충(折衝)·악기(握奇)·연형(連衡).

이 갑주를 갖추고 장창 대검을 들고 내려와 무수한 신병을 몰아 엄살하니, 금고함성이 천지 무너지는 듯하여 호령소리에 호병이 넋을 잃어 行伍(항오)를 차리지 못하고 서로 밟히어 죽는 자가 무수하더라.

호장이 황망히 퇴군하니, 그제야 천기 명랑하여 殺伐之聲(살벌지성)이 그치고 신장이 간 데 없는지라. 호장 등이 그 거동을 보고 더욱 분기를 이기지 못하여 다시 칼을 들고 짓쳐들어가고자 하니 청명하던 날이 순식간에 운무 자욱하여 지척을 분별치 못하매, 용울대 감히 들어가지 못하고 골대의 머리만 쳐다보고 앙천 탄식할 즈음에, 홀연 수목 사이로서 일위 여자가 완연히 나서며 크게 웨어 가로되,

「이 무지한 용울대야, 네 동생 골대가 내 칼에 놀란 혼이 되었거니와 너조차 내 칼에 죽고자 하여 목숨을 재촉하는다.」

울대 차언을 듣고 더욱 분노하여 크게 꾸짖어 가로되,

「너는 어떠한 여자건데 장부를 대하여 요망한 말을 하는다. 내 동생이 불행하여 네 손에 죽었거니와 나는 이미 조선 임금의 降書(항서)를 받았으니 너희도 우리 나라 신민이라, 어찌 우리를 해하려 하는다. 이는 가위 나라를 모르는 여자로다. 진실로 살려 쓸데없으니 빨리 나와 내 칼을 받아 죄를 贖(속)하라.」

하거늘, 계화 말을 들은 체 아니하고 골대의 머리만 자주 질욕하고 가르치고 왈,

「나는 충렬부인 시비 계화거니와 네 일을 생각하니 가련하고 碌碌(녹록)하다. 네 동생 골대는 날 같은 여자 손에 죽고, 너는 나를 당치 못하고 저다지 분함을 이기지 못하니 어찌 가련치 아니하리오.」

울대 더욱 분기가 대발하여 鐵弓(철궁)에 矮箭(왜전) 메겨 쏘니, 계화는 맞지 아니하고 육칠보에 가서 떨어지는지라. 울대 분을 참지 못하여 군중에 명하여 弓矢(궁시)를 쏘라 하니, 군사가 청령하고 쏜대 하나도 맞히는 자가 없는지라. 울대 궁시만 허비하고 흉격이 막혀 아무리 할 줄 모르는 중에 그 신기함을 탄복하며, 오히려 분심을 참지 못하여 김자점을 불러 왈,

「너희 등도 이제 우리 나라 신민이라. 바삐 도성 군사를 조발하여 저 팔진도를 파하고 박씨와 계화를 생금하여 들이라. 만일 불연즉 군법 시행하리라.」

하며 호령이 엄숙한지라. 김자점이 황공하여 대왈,

「어찌 장군의 영을 거역하리이까.」

하며, 방포 일성에 군사를 호령하여 팔문진을 에워싸고 좌우충돌한들 어찌 능히 팔문진을 파하리오. 용울대 한 꾀를 생각하고 군사를 명하여 팔문진 사면에 화약 염초를 묻고 대호 왈,

「너희가 아무리 천변지술을 가졌은들 오늘이야 어찌 살기를 바라리오. 목숨을 아끼거든 바로 나와 歸順(귀순)하라.」

하며 무수히 질욕한대, 일인도 대답치 아니하더라.

차간 하회하라.

第十一回

용울대 大君(대군)과 모든 부인을

노략하여 본국으로 가다.

차설, 울대 군중에 영하여 일시에 불을 지르니 화약이 터지는 소리 산천이 무너지는 듯하고, 불이 사면으로 일어나며 화광이 충천하니, 부인이 계화를 명하여 符籍(부적)을 던지고, 좌수에 紅花扇(홍화선)을 들고 우수에 白花扇(백화선)을 들고 오색 실을 매어 화염 중에 던지니, 문득 피화당으로조차 대풍이 일어나며 도리어 호진 중으로 불길이 돌치며 호병이 화광 중에 들어 천지를 분변치 못하며 불에 타 죽는 자가 부지기수라. 울대 대경하여 급히 퇴진하며 앙천 탄식하여 가로되,

「기병하여 조선에 나온 후 兵不血人(병불혈인)하고 방포 일성에 조선을 도모하고, 이곳에 와 여자를 만나 불쌍한 동생을 죽이고 무슨 면목으로 임금과 귀비를 뵈오리오.」

통곡함을 마지 아니하거늘, 제장이 호언으로 관위하며 의논 왈,

「아무리 하여도 그 여자에 보수할 수는 없사오니 퇴군하느니만 같지 못하다.」

하고, 왕비와 세자 대군과 장안 물색을 거두어 행군하니 백성의 울음소리 산천이 움직이더라.

차시, 부인이 계화로 하여금 적진을 대하여 크게 웨어 왈,

「무지한 오랑캐놈아, 내 말을 들어라. 너희 왕은 우리를 모르고 너 같은 구상유취를 보내어 조선을 침노하니, 국운이 불행하여 패망을 당하였거니와 무슨 연고로 아국 인물을 거두어 가려 하는다. 만일 왕비를 모셔갈 뜻을 두면 너희 등을 함몰할 것이니 신명을 돌아보라.」

하거늘, 호장이 차언을 듣고 소왈,

「너의 말이 가장 녹록하도다. 우리 이미 조선왕의 항서를 받았으니, 데려가기와 아니 데려가기는 우리 장중에 달렸으니 그런 말은 구차히 말라.」

하며 능욕이 무수하거늘, 계화가 다시 일러 왈,

「너희 등이 일향 마음을 고치지 아니하나 나의 재주를 구경하라.」

하고 언파에 무슨 진언을 외더니, 문득 공중으로 두 줄 무지개 일어나며 우박이 담아 붓듯이 오며, 순식간에 급한 비와 설풍이 내리고 얼음이 일어, 호진 장졸이며 말굽이 얼음에 붙어 떨어지지 아니하여 촌보를 운동치 못할지라. 호장이 그제야 깨달아 가로되,

「당초에 귀비 분부하시되 「조선에 신인이 있을 것이니 부디 우의정 이시백의 집 후원을 범치 말라」 하시거늘 우리 일찍 깨닫지 못하고, 또한 一時之憤(일시지분)을 생각하여 귀비의 부탁을 잊고 이곳에 와서 도리어 앙화를 받아 십만 대병을 다 죽일 뿐 아니라, 골대도 무죄히 죽고 무슨 면목으로 귀비를 뵈오리오. 우리 여차한 일을 당하

였으니 부인에게 비느니만 같지 못하다.」

하고, 호장 등이 갑주를 벗어 안장에 걸고 손을 묶어 팔문진 앞에 나아가 복지 청죄하여 가로되,

「소장이 천하에 횡행하고 조선까지 나왔으되 무릎을 한번 꿇은 바가 없더니, 부인 장하에 무릎을 꿇어 비나이다.」

하며 머리 조아려 애걸하고 또 빌어 가로되,

「왕비는 아니 모셔가리이다. 소장 등으로 길을 열어 돌아가게 하옵소서.」

하고 무수 애걸하거늘, 부인이 그제야 주렴을 걷고 나오며 대질 왈,

「너희 등을 씨도 없이 함몰하자 하였더니, 내 인명을 살해함을 좋아 아니하기로 십분 용서하나니 네 말대로 왕비는 모셔가지 말며, 너희 등이 부득이 세자 대군을 모셔간다 하니 그도 또한 천의를 좇아 거역지 못하거니와, 부디 조심하여 모셔가라. 나는 앉아서 아는 일이 있으니, 불연즉 내 신장과 갑병을 모아 너희 등을 다 죽이고 나도 북경에 들어가 국왕을 사로잡아 설분하고 무죄한 백성을 남기지 않으리니, 내 말을 거역지 말고 명심하라.」

한대, 울며 다시 애걸 왈,

「소장의 아우의 머리를 내어 주시면 부인 덕택으로 고국에 돌아가겠나이다.」

부인이 대소 왈,

「옛날 趙襄子(조양자)*는 知伯(지백)의 머리를 옻칠하여 술잔을 만들어 이전 원수를 갚았으니, 나도 옛날 일을 생각하여 골

*조양자 : 중국 춘추 전국시대의 인물.

대 머리를 옻칠하여 남한산성에 패한 분을 만분지일이나 풀리라. 너의 정성은 지극하나 각기 그 임금 섬기기는 일반이라. 아무리 애걸하여도 그는 못하리라.」

울대 차언을 듣고 분심이 충천하나, 골대의 머리만 보고 대곡할 따름이요 할일없어 하직하고 행군하려 하니, 부인이 다시 일러 왈,

「행군하되 의주로 행하여 임장군을 보고 가라.」

울대 그 비계를 모르고 내념에 헤오되,

「우리가 조선 임금의 항서를 받았으니 서로 만남이 좋다.」

하고, 다시 하직하고 세자 대군과 장안 물색을 데리고 의주로 갈새, 잡혀가는 부인들이 하늘을 우러러 통곡하여 왈,

「박부인은 무슨 복으로 화를 면하고 고국에 안한히 있고, 우리는 무슨 죄로 만리 타국에 잡히어 가는고. 이제 가면 하일 하시에 고국산천을 다시 볼꼬.」

하며 痛哭流涕(통곡유체)하는 자가 무수하더라. 부인이 계화로 하여금 웨어 가로되,

「인간 고락은 사람의 상사라. 너무 슬퍼 말고 들어가면 삼년지간에 세자 대군과 모든 부인을 모셔올 사람이 있으니, 부디 안심하여 무사 득달하라.」

위로하더라.

이 아래를 분석하라.

第十二回

임장군이 노중에서 분을 풀고
승상 부부 팔십 享壽(향수)하고 승천하다.

차설, 호군이 나올 때 복병하였던 天兵(천병) 군사가 중로에 있어 장안과 의주를 통로치 못하게 하니, 슬프다, 이 같은 변을 만나 의주에 봉서를 내리사 임경업을 명초하시나 중간에서 스러지고, 경업은 국가 패망은 전혀 모르고 있다가 늦게야 소식을 듣고 晝夜倍道(주야배도)하여 올라오더니, 전면에 일지 군마가 길을 막았거늘, 경업이 바라보니 이 곧 호병이라. 분기 대발하여 칼을 들고 적진을 취하여 일합이 못 되어 다 무찌르고, 분기를 참지 못하여 필마 단기로 의주를 떠나 바로 장안을 바라고 행하니라.

차시, 울대 의기양양하여 나오거늘, 경업이 憤氣大發(분기대발)하여 앞에 나오는 先鋒將(선봉장)의 머리를 일합에 베어 들고 좌충 우돌하여 무인지경같이 往來馳騁(왕래치빙)*하니, 군사의 머리 秋風落葉(추풍낙엽) 같더라. 호병이 감히 접응치 못하고 죽는 자가 무수한지라 한유와 용울대 앙천 통곡하며 박부인의 비계에 빠짐을 깨달아 가장 후회하고, 즉시 글월을 닦아 경성으로

* 왕래치빙 : 말을 타고 부산하게 이곳 저곳으로 돌아다님.

올리니, 상이 보시고 즉시 경업에게 詔書(조서)를 내리사 호군이 나아가게 하시니라.

차시, 경업이 일합에 적진 장졸을 무수히 죽이고 바로 용울대를 취하려 하더니, 마침 경성으로 내려오는 使者(사자)가 조서를 드리거늘, 경업이 북향 사배하고 조서를 떼어 보니 그 조서에 대강 하였으되,

「국운이 불행하여 모월 모일에 호적이 북으로 돌아 동대문을 깨치고 장안을 엄살하기로 짐이 남한산성으로 피란하였더니, 십만 적병이 산으로조차 여러 날 에워 있어 치기를 급히 하니, 경도 천리 밖에 있고 수하에 양장이 없어 능히 당치 못하매 부득이 강화하였으니 어찌 슬프지 않으리오. 都是天壽(도시천수)라, 분한하나 어찌 하리오. 경의 충성이 도리어 有功無益(유공무익)이라. 호진 장졸이 내려가거든 항거치 말고 넘겨 보내라.」

하였더라.

임경업이 보기를 다하고 칼을 땅에 던지고 대성통곡 왈,

「슬프다, 조정에 만고 소인이 있어 나라를 이같이 망케 하였으니, 명천이 이같이 무심하시리오.」

하며 통곡하기를 마지 아니하다가, 분함을 이기지 못하여 다시 칼을 들고 적진에 몰입하여 적장을 잡아 엎지르고 꾸짖어 왈,

「네 나라가 지금까지 지탱함은 도시 나의 힘인 줄 모르고, 무지한 오랑캐놈들이 이같이 逆天之心(역천지심)을 두어 아국에 들어와 이같이 하니 너희 일행을 씨도 없이 할 것이로되, 아국 운수가 여차 불행한지라 왕명을 거역지 못하는고로 너희 놈들을 살려 보내나니, 세자대군을 평안히 모시고 들어가라.」

하고, 一場痛哭(일장통곡)한 후에 보내니라.

각설, 상이 박씨의 말을 처음 듣지 아니시기로 회과하사 못내 후회하시니, 모든 신하가 탄식 주왈,

「박씨의 말대로 하왔던들 어찌 이런 변이 있사오리이까.」

상이 慨歎不已(개탄불이)하시고 가라사대,

「박씨 만일 장부로 났던들 어찌 호적을 두려워하리오. 그러나 규중 여자가 赤手單身(적수단신)으로 무수한 호적의 銳氣(예기)를 꺾어 조선의 위엄을 빛냈으니 이는 고금에 없는 일이라.」

하시고, 충렬부인의 정렬을 더 봉하시고 一品祿(일품록)에 만금상을 주시고, 또 궁녀로 하여금 조서를 내리시니, 충렬부인이 북향 사배하고 뜯어 보니 그 조서에 대강 하였으되,

「짐이 밝지 못하여 충렬의 선견지명과 爲國之言(위국지언)을 쓰지 아니한 탓으로 국가가 망극하여 이 지경이 되었으니, 정렬에게 조서함이 오히려 무료하도다. 정렬의 덕행·충효는 이미 아는 바라, 규중에 있어 나라 위엄을 빛내고 왕비의 위태함을 구하였으니 다시 정렬의 충성을 일컬을 바가 없거니와, 오직 나라로 더불어 榮華苦樂(영화고락) 같이함을 그윽이 바라노라.」

하였더라.

朴貞烈(박정렬)이 보기를 다하고 천은이 망극함을 못내 사례하더라.

당초 박씨 출가할 때에 추비하게 함은 探色之人(탐색지인)이 沈惑(침혹)할까 저허하며, 변형하여 본색을 나타냄은 부부간 화합코자 함이요, 피화당에 있어 팔문진을 침은 나중 순행하는 호적을 방비함이요, 왕비를 못 모시고 가게 함은 오랑캐의 불측한 변을 만날까 저허함이요, 세자 대군을 모

셔가게 함은 천의를 순수함이요, 호장으로 하여금 의주로 가게 함은 임장군을 만나 영웅의 분심을 풀게 함이라. 차후로부터 박씨부인이 충성으로 나라에 무슨 일이 있으면 극진히 하고 비복을 의리로 다스리고 친척을 화목하여 덕행이 일국에 喧藉(훤자)하고 이름이 후세에 유전하더라.

이승상 부부가 이후로 자손이 만당하고 태평재상이 되어 팔십여 세 향수하고 부귀영화 극진하니, 만조와 일국이 추앙하는 바라. 홍진비래는 自古常事(자고상사)라, 박씨와 승상이 연하여 우연 득병하여 백약이 무효한지라. 부부가 자손을 불러 후사를 당부하고 가로되,

「옛 성인이 운하시되「세상에 살아 있는 것은 붙어 있는 것이요, 죽는 것은 돌아감이라」하셨으니, 우리 부부의 복록은 무한타 하리로다. 인생의 사생이 응당 여차하니, 우리 돌아간 후 자손 등은 過哀(과애)치 말라.」

하고 인하여 시를 연하여 殞絶(운절)하시니, 일가 상하가 발상하고 예를 극진히 하여 선산에 안장하니, 상이 들으시고 비감하사 賻儀(부의)로 木布金銀(목포금은)을 내리사 장사에 보태게 하시다. 이후 자손이 대대로 관록이 그치지 아니하고 門戶(문호)가 연하여 奕奕(혁혁)하더라.

〈활판본〉

玉娘子傳

〔해 설〕 玉娘子傳

——약혼자를 대신하여 옥사하려는 열녀

이 작품은 우리 나라를 배경으로 설정한 독창적이고 이색적인 윤리소설이다. 〈춘향전〉에서 춘향이 애인을 위하여 옥사(獄死)하려 했고, 〈심청전〉에서 심청이 눈먼 부친의 눈을 뜨게 하기 위하여 희생하였다면 이 작품의 여주인공 옥랑은 약혼자를 위하여 옥사하려고 한다는 의지는 현대의 여성으로서는 상상조차 할 수 없는 일이다.

남주인공 이시업은 옥랑과 약혼하고 결혼식을 올리러 가는 날 토호(土豪)의 하인과 시비가 벌어져, 토호의 하인이 이시업의 하인에게 맞아 죽는 일이 벌어졌다.

이에 이시업이 살인죄로 몰려 투옥되자, 약혼자 옥랑은 옥졸을 매수하여 옥중으로 들어가 이시업을 설득하여 탈옥하게 하고, 자기가 이시업의 행세를 하지마는, 이 사실을 알게 된 부사가 조정에 상소하여 옥랑의 정절을 표창한다는 것으로, 이 작품의 비극은 행복으로 끝나고 있다.

딸의 부모에 대한 효성보다도 오륜(五倫) 가운데서 부부지의를 더 중요시하고 있다는 데 이 작품의 의의가 있다.

玉娘子傳(옥낭자전)

화설, 명나라 萬曆(만력) 皇帝(황제) 즉위 수년간에 조선국 함경도 고원 땅에 한 사람이 있으니, 성은 李(이)요 이름은 春發(춘발)이라. 문호가 대대로 혁혁하고 가산이 유여하나, 다만 슬하에 일점 혈육이 없어 매양 슬허하더니, 일일은 그 부인이 일몽을 얻으니 금강산 부처가 일러 왈,

「그대 無子息(무자식)함을 슬허하기로 귀자를 點指(점지)하나니, 귀히 길러서 문호를 빛내라.」

하거늘, 부인이 백배 사례하다가 놀라 깨달으니 南柯一夢(남가일몽)이라.

즉시 가군을 청하여 몽사를 자세히 이르고 서로 기뻐함을 마지 아니하더니, 과연 그날부터 태기 있어 십삭만에 일개 옥동을 탄생하니, 춘발이 大喜過望(대희과망)하여 시비를 재촉하여 香湯(향탕)에 씻겨 누이고 자세히 살펴보니, 과연

인물이 빼어나고 풍채가 늠름하여 사람을 아는 듯한지라, 인하여 이름을 時業(시업)이라 하고 자는 夢釋(몽석)이라 하더라.

시업이 점점 자라나매 골격이 비상하고 풍골이 준수하여, 팔세에 능히 백근을 요동하고 용력이 과인한지라. 부모가 시업의 장성함을 보고 깊은 산에 보내어 글을 배우게 할새, 경계 왈,

「옛날 성인이 가라사대, 「나무를 잘라 가게 함은 匠人(장인)에게 있고, 사람이 잘되기는 詩書(시서)에 있다」하시니, 네 마음을 다하여 부디 공부를 극진히 할지어다. 우리 생전에 네가 청운에 올라 立身揚名(입신양명)하여, 문호를 빛내어 영화롭게 하라.」

시업이 拱手受命(공수수명)하고 산중에 들어가 높은 선생을 찾아 글을 배울새, 한 자를 배우면 능히 열 자를 알아 총명이 과인하니, 선생이 극히 사랑하여 열심으로 가르치더라.

공부한 지 여러 해 만에 집에 돌아오니, 부모가 애자를 여러 해를 그리다가 성공하고 돌아옴을 보고 못내 반기더라.

이때에 시업의 나이 십육세를 당한지라, 부인이 가군께 고왈,

「시업의 나이 이미 장성하였사오니, 저와 같은 배필을 구하여 鴛鴦(원앙)의 雙遊(쌍유)*함을 보삼이 마땅하오니, 군자는 수이 숙녀를 널리 구하소서.」

춘발이 왈,

「나의 뜻이 여차하오니, 저와 같은 배필이 쉽지 못할까 하나이다.」

하고, 인하여 매파를 각처에 보내어 현숙한 여자를 구하

---

* 쌍유 : 짝을 지어 놂.

더라.

각설, 이적에 영흥 땅에 金座首(김좌수)라 하는 사람이 있으니, 가세가 요부하고 이름이 원근에 유명하나, 일찍 한낱 자식이 없어 평생 슬허하더니, 일일은 그 부인이 일몽을 얻으니, 천상으로서 한 선녀가 내려와 부인께 배례 왈,

「소첩은 천상 玉虛宮(옥허궁) 시녀옵더니, 상제께 득죄하여 인간에 내치시기로 부인께 의탁코져 하오니, 복망 부인은 어여삐 여기소서.」

하고 품안으로 들거늘, 놀라 깨달으니 枕上一夢(침상일몽)이라.

즉시 좌수를 깨워 몽사를 설화하니, 좌수 왈,

「황천이 도우사 우리 무자함을 불쌍히 여겨 귀자를 점지하시도다.」

하고 부부 서로 기뻐하더니, 과연 그달부터 잉태하여 십삭 만에 생남하기를 축수하더니, 일일은 오운이 집을 두르며 향내 진동하더니 부인이 순산하여 일개 옥녀를 순산하여 일개 옥녀를 낳으니, 좌수와 부인이 남아 아님을 슬허하나, 기출이 처음인고로 크게 사랑하여 자세히 살펴보니, 인물이 비범하고 재덕이 외모에 나타났거늘, 좌수가 대희하여 이름을 玉娘(옥랑)이라 하더라.

그 아이 점차 자라매 나이 십육세에 당하매, 月態花容(월태화용)이 세상에 빼어나서 百態(백태) 具備(구비)하니 천연한 절색이라. 비컨대 홍련화가 아침 이슬에 반개하는 듯, 해당화가 봄바람에 날리는 듯하여, 진실로 천하의 佳人淑女(가인숙녀)라.

그 부모가 크게 사랑하여 저와 같은 배우를 얻어 봉황의 쌍유함을 보고져 하더니, 하루는 들으니 「고원 땅에 사는 이춘발의 아들이 풍채와 학문이 세상에 다시 무쌍함」

을 듣고 매파를 고원 땅에 보내어 신랑을 揀選(간선)*하라 하니, 매파가 돌아와 보하되,

「소녀 비록 여자오나 소시부터 남자를 閱人(열인)*하옴이 천만인에 나리지 아니하온지라, 여간 준수하온 기남자를 구경하옴이 不少(불소)하옵더니, 이번에 간선하온 낭자는 人間(인간) 凡人(범인)이 아니요, 天上(천상) 仙官(선관)이 왕림하온 듯하더이다. 그 仙風道骨(선풍도골)이 비록 옛적의 潘岳(반악)과 杜牧之(두목지)라도 또한 미치지 못할까 하옵나니, 만일 一毫(일호)라도 기망하오면 중벌을 당하올지라. 복원 좌수님은 다시 사람을 보내어 간선하소서.」

하거늘, 김좌수가 그 말을 듣고 기뻐하여 왈,

「그대 무슨 일로 허언을 하리오. 신랑이 실로 아름다운 듯하도다. 어찌 다시 사람을 보내리오. 내 마땅히 친히 보고 결정하리라.」

하고, 매파를 厚賞(후상)하여 수고함을 답례하고, 익일에 김좌수가 길을 떠나 고원에 이르러 이춘발의 집을 찾아 들어가니, 이적에 춘발이 또한 규수를 널리 구하다가 영흥 땅 김좌수의 여아 옥랑이 짐짓 천상 선녀라 함을 듣고, 장차 매파를 보내어 간선 후에 그 말이 적실하면 즉시 통혼하여 오자의 친사를 정하여 재미를 보려 하더니, 의외에 김좌수가 친히 왕림함을 듣고 不勝大喜(불승대희)하여, 즉시 의관을 정제하고 외당에 나아가 김좌수를 맞아 좌정하여 피차 성명을 통한 후, 춘발이 가로되,

「촌간에 궁벽히 생장하여 隣里(인리)*에 출입이 없는고로, 高(고)聲大名(성대명)을 듣사온 지 이미 오래되, 한순도 尊顔(존안)을 상대

---

*간선 : 간택하여 뽑음.
*열인 : 널리 교제하여 사람을 많이 겪어 봄.
*인리 : 이웃 동네.

치 못하여 遺憾(유감)함을 못내 일컫삽더니, 존공이 이러하온 山野(산야) 匹夫(필부)를 혐의치 아니시고 멀리 왕림하시거늘, 鄙人(비인)이 아지 못하여 멀리 영접치 못하오니 더욱 황공하여이다.」

한대, 좌수가 興身(흥신) 答曰(답왈),

「소생의 천한 나이 육십이라. 기력이 날로 쇠약하옵는 고로 문전 출입도 의로 하지 못하옵는지라. 존공의 성화를 매양 왕래하는 사람에게 익히 듣삽고 한순 만나 태산같이 우러른 마음을 풀까 하오되, 浮生(부생)이 多事(다사)하고 겸하여 기력이 부족하온 소치로 光陰(광음)을 천연하여 금일에야 비로소 평생 소회를 풀까 하오니 허물치 말으소서.」

하거늘, 춘발이 불감함을 못내 칭사하고 인하여 닭을 잡고 백반을 지으며 주배를 내와 은근히 款待(관대)하니, 그 밀밀한 정의가 竹馬故友(죽마고우)에서 지나더라.

어언간 백일이 서산에 저물고 촌가에 저녁 연기가 곳곳에 일어나거늘, 석반을 파하고 다시 주찬을 내와 서로 권하며 이윽히 수작하더니, 밤이 이미 삼경이라. 김좌수가 술을 마시다가 잔을 멈추고 가로되,

「비인이 고향에서 듣사오니 존공이 만년에 일자를 얻으시매, 그 선풍 도골이 당세의 반악이요 두목지라 하오니 한번 보기를 원하옵나이다.」

하거늘, 춘발이 공경 답왈,

「촌야의 庸俗(용속)하온 아자를 어찌 과도히 칭도하시나뇨. 도리어 부끄러움을 이기지 못하나이다. 그러하오나 아자가 마침 출타하여 집에 있지 아니하옵기로 존전에 배알치 못하오니 황공하옵거니와, 명일은 일찍 돌아올 듯

하오니, 보실 때에 미거하옴을 용서하시고 가르치심을 바라나이다.」

하니, 김좌수가 불감함을 자로 일컫더라.

인하여 주배를 물리고 양인이 취침하더니, 얼마 아니 되어 鷄鳴聲(계명성)이 사면에 일어나며 동방이 희미하게 밝는지라. 원래 노인은 소년보다 잠이 없는고로 일어나서 금침을 밀치고 다시 수작하니, 미미한 정화와 자미가 비상하더라.

어언간 평명이 되매 시비가 조반을 보하거늘, 양인이 소세를 파하고 조반을 내와 먹으려 하더니, 홀연 일개 옥인이 밖으로조차 들어와 춘발에게 절하고 곁에 모셔 서거늘, 김좌수가 눈을 들어 살펴보니 진실로 천하의 기남자라.

좌수가 소시로부터 경향에 출입하여 안목이 넓으나 이는 보던 바 처음이라. 한 번 보매 정신이 황홀하거늘, 뉘 집 동자임을 묻고져 하더니, 춘발이 그 동자더러 김좌수께 보하라 하고 가로되,

「이는 비인의 만득자 시업이로소이다.」

하거늘, 좌수가 그 말을 듣고 내심에 혜오되,

「매파의 말이 과연 헛되지 아니하도다. 천하에 어찌 이러한 기남자가 있을 줄 뜻하였으리오. 이는 짐짓 옥랑의 天生配匹(천생배필)이로다.」

하고 답례 왈,

「네 금년 얼마뇨.」

한대, 공자가 공경 대왈,

「십육세로소이다.」

하거늘,

「그간 무슨 공부를 하였는가.」

동자가 斂容(염용) 대왈,

「천질이 비록 둔하오나, 밝으신 선생의 열성으로 가르치심을 힘입사와 十三經(십삼경)을 대강 외었나이다.」

하거늘, 좌수가 그 동자의 거동과 언사가 溫恭柔順(온공유순)함을 보고 춘발을 향하여 크게 치하하여 왈,

「존공은 진실로 다복하신 사람이로다. 令胤(영윤)을 저다지 俊超穎悟(준초영오)하게 두시니 타인의 십자를 가히 부러하지 아니하시리로다. 비인은 前劫(전겁)에 作罪(작죄)하옴이 많사와 늦도록 자녀를 두지 못하고, 다만 부처 두 사람이 슬하가 외로움을 항상 슬허하옵더니, 天地神明(천지신명)이 정경을 가긍히 여기사 늦게야 일녀를 생산하오니, 별로이 출중하온 용모와 재질은 없사오나, 타인에서 빠지지 아니하와 군자의 巾櫛(건즐)을 받듦직하오니, 존공은 비인으로 寒微(한미)하다 이르지 아니하시거든 秦晉(진진)의 좋은 인연을 맺으사 양가의 호의를 영구히 하심이 어떠하시뇨. 옛말에 일렀으되 傾蓋如舊(경개여구)요 白頭如新(백두여신)이라 하오니, 진실로 지기만 상합하올진대, 交分(교분)의 早晩(조만)이 없사옴을 이름이라. 존공으로 비록 인읍에 생장하와 죽마의 구교는 없을지라도, 일일 일야에 肝膽(간담)을 드러내고 깊은 회포를 토하오니, 一夜之間(일야지간)에 사귄 정의가 백년이나 다름없사온지라, 그런고로 깊이 간청하오니 존공은 당돌하옴을 꾸짖지 말으소서.」

춘발이 그 말을 듣고 내심에 헤오되,

「내 일찌기 김가 규수의 아름다움은 들은지라, 장차 매작을 보내어 통혼코져 하더니, 이제 김좌수가 먼저 발설하니 어찌 천정하신 연분이 아니리오.」

하고 避席(피석) 답왈,

「어린 아이 별로이 일컬을 것 없삽거늘, 존공이 과도히 찬양하시니 도리어 참괴하여이다. 겸하여 寒門微族(한문미족)을 더럽다 하지 아니시고, 親査(친사)의 후의를 맺고져 하시니 不勝感謝(불승감사)하오나, 스스로 헤아리건대, 烏鵲(오작)이란 봉의 짝이 아닐까 하옵나니 이로 수괴하나이다.」

한대, 좌수가 불승대희하여 송연 왈,

「이 무슨 말씀이뇨. 영윤 같은 佳壻(가서)를 얻으면 진실로 소녀가 과복함을 일컬을지라, 어찌 황감치 아니하리오.」

하거늘, 춘발이 불감함을 일컫고 조반을 파한 후에 내당으로 들어가 부인더러 시업의 혼사를 영흥 김좌수의 여아로 더불어 정함을 이르니, 부인 왈,

「첩도 또한 그 여자의 賢淑美麗(현숙미려)하옴을 들은 지 오래오니, 다시 무슨 의려를 하오리까.」

하고 못내 기뻐하더라.

김좌수가 수일을 留連(유련)하다가 回程(회정)하여 돌아올새, 춘발을 향하여 신랑의 사주를 청하거늘, 춘발이 흔연히 기록하여 주니, 좌수 왈,

「피차에 나이 육순을 지내었으니 이 세상이 머지 아니하올새, 일찌기 원앙의 쌍유함을 보려 하오니, 존공은 길일을 속히 가리어 양가의 경사를 마치게 하소서.」

하거늘, 춘발이 허락하니 김좌수가 대희하여 본처에 돌아와서 택일의 소식을 기다리더니, 일일은 이가로써 하인이 왔거늘, 급히 봉서를 떼어 보니 춘삼월 십오일로 길일을 정하여 보내었거늘, 김좌수가 크게 기뻐하여 하인을 후히 상 주어 보내더라.

광음이 여류하여 어언간 길일이 불원한지라, 혼수 범

절은 미리 준비한 바라 다시 장만할 것 없으니, 원래 김좌수가 비록 鄕谷(향곡)에 窮僻(궁벽)하게 살지라도 성명이 원근에 자자한고로, 친척과 고구를 모두 모으면 천여 인에 나리지 아니하는지라. 그러하므로 음식을 장만하매 혼솔이 분주하더라.

차설, 이춘발이 혼일이 수일을 격한지라, 빙폐를 갖추어 영홍을 바라고 치행하여 오더니, 한 곳에 다다르니 이 땅에 마침 영홍 土豪(토호)가 하인을 많이 거느리고 근지에 갔다가 돌아옴을 만난지라. 신랑이 말을 달려 지나가더니, 그 토호가 勃然大怒(발연대로)하여 종인을 꾸짖어 잡아오라 하거늘, 이가 주인이 그 연고를 물은대, 토호의 종인이 不問曲直(불문곡직)하고 달려들어 무수 난타하며 질책하여 왈,

「양반 앞에 무엄히 馳馬(치마)하여 업수이 여기니, 그 죄 죽어도 오히려 남을지라. 너희를 잡아다가 법을 알게 하리라.」

하거늘, 신랑이 그 말을 듣고 분노함을 견디지 못하여 종인을 호령하여,

「토호의 하인을 몰수이 결박하라.」

하니, 대저 형세 상적하면 대적하기 용이치 못함은 고금이 일반이라. 이러하므로 양편이 서로 구타하더니, 슬프다, 자고로 일렀으되「好事多魔(호사다마)」라 하고, 또 일렀으되「큰 일이 매양 작은 일로조차 생한다」하더니, 그 말이 옳은지라. 여러 사람이 어지러이 싸우다가 불행하여 토호의 종인 한 명이 이가의 하인에게 맞아 죽은 바가 된지라.

토호가 그 광경을 보고 즉시 영홍군에 급보하니, 영홍부사가 장차를 많이 도발하여 범인을 잡을새, 여러 사람에게 맞아 죽었으니, 어찌 한 사람으로 인하여 여러 사

람을 모두 죽이리오. 일을 가르친 사람이 있는지라.

이때에 여러 사람이 반이나 흩어지고 다만 신랑과 춘발과 친절한 종인 수십명만 남았는지라.

영흥 장차 감을 수이 잡아 관가로 들어가니, 영흥부사가 신랑을 잡아들여 供招(공초)하라 하시니, 신랑이 조금도 어려워하는 빛이 없이 초사하여 왈,

「소생은 고원 땅 이춘발의 아들 시업이라. 영흥 김좌수의 여아로 더불어 결혼하였사온고로 成親(성친)하기 위하여 길을 차려 오더니, 이 고을 토호가 마침 어디를 갔다 돌아오는 길에 소생의 치마하여 지나감을 보고 당돌하다 하여, 종인을 놓아 무죄한 사람을 능욕하며 무수히 구타하옵기에, 소생이 처음에는 그렇지 않음으로 효유하옵더니, 완만하온 무리가 聽若不聞(청약불문)하고 심지어 소생까지 구타하려 하옵기에, 소생이 연소하온 마음에 분함을 참지 못하와 하인을 가르쳐 저항하였삽더니, 토호의 하인 한 명이 번번치 못하온 용력을 믿고 여러 사람을 대항하다가 불행하여 죽었사온지라, 복원 상공은 밝히 살피소서.」

하니, 부사가 왈,

「사정은 비록 그러하나 네가 하인을 지휘한 바이니, 네 責在元帥(책재원수)*라. 어찌 그 죄를 면하리오.」

하고 옥리를 분부하여 큰 칼을 씌워 하옥하라 하고, 여러 사람은 모두 놓아 보내라 하거늘, 춘발이 이 광경을 보고 흉격이 막히어 하늘을 부르고 땅을 두드리며 대성통곡하여 여러 번 기절하니, 보는 사람이 불쌍히 여기지 않을 이 없더라.

---

* 책재원수 : 책임은 가장 윗사람에게 있음.

차설, 김좌수가 혼일 일야를 격하매 인리 친척을 많이 모으고 신가의 치행하여 오기를 기다리더니, 홀연 춘발의 가인이 황망히 이르러 전후 수말을 고하거늘, 김좌수가 이 소식을 듣고 대경하여 급히 하인을 영흥군내에 보내어 어찌 된 사실을 탐지하였더니, 하인이 돌아와 보하되,

「방금 신랑을 옥중에 가두고 감영에 報狀治罪(보장치죄)하려 하옵나니, 그 근처 사람의 말을 듣사온즉, 신랑이 필연 代殺(대살)함을 면치 못하리라 하더이다.」

하거늘, 좌수와 인리 친척이 그 말을 듣고 모두 실색하여 어찌 할 줄을 알지 못하더라.

이적에 김좌수가 혼일에 쓰려고 장만하였던 음식을 내와 인리 친척과 고구를 흩어 먹이고, 슬픔을 이기지 못하여 방성 대곡하여 왈,

「우리 부처 양인이 늦게야 일개 여아를 두고 愛之重之(애지중지)하여 저와 같은 배필을 구하여 만년에 외로운 회포를 붙일까 하였더니, 조물이 시기하고 하늘이 미워하사 이렇듯 참혹한 화를 만나니, 옛부터 이르기를 「殺人者(살인자)는 死(사)라」 하였으니, 제가 비록 친히 죽인 바는 아니나 책재 원수라 그 죄를 어찌 못 피하리오. 꽃 같은 여아의 百年青孀(백년청상)을 어찌 차마 눈으로 보리오.」

하며 통곡 애절하니, 곁에서 보는 사람이 모두 눈물을 흘리며 비감함을 이기지 못하더라.

차시에 옥랑이 이 소식을 듣고 취한 듯 어린 듯하여 생각하되,

「박명하다 이내 팔자여, 낭군의 면목도 보지 못하고 천지가 무너지는 듯한 변을 당하니 이런 기박한 신세 고

금에 또 있는가. 내 비록 용렬한 여자나, 이러한 변을 당하고 언연히 있으면 무슨 면목으로 천지를 대하리오. 차라리 내 몸을 빼어 낭군을 위하여 바꾸어 죽어 황천의 외로운 혼백이 됨을 면하면, 이 또한 여자의 떳떳한 일이라.」

하고, 즉시 부모전에 들어가 여쭈오되,

「소녀 팔자 기구하여 낭군의 면목도 보지 못하고 전생 차생에 生離死別(생리사별)을 당하오니, 소녀의 박명으로 인하와 부모님께 무한하온 怨厄(원액)을 끼치오니 소녀의 불효는 일러 쓸데없사오나, 五倫之中(오륜지중)에 夫婦之義(부부지의) 중하온지라, 비록 성례는 아니하였다 하오나 부친이 이미 허혼하시고 남의 신물을 받았사오니 소녀는 이씨의 사람이라, 이제 군자가 魚網鴻離(어망홍리)로 중죄를 당하게 되오니 死生(사생)을 難判(난판)이라. 만일 신명이 도우지 아니하시고 국법이 지엄하와 황천의 외로운 혼백이 되오면 어찌 원통치 아니하오리까. 소녀의 생각에는 면목이나 한번 보아 九泉他日(구천타일)에 박정함을 면하려 하오니, 복원 부모님은 정경을 어여삐 여기사 소녀의 所請(소청)하옴을 좇으소서.」

하며 옥안에 진주 같은 눈물이 비 오듯 하니, 좌수 부처가 그 경상을 보고 더욱 가슴이 터지는 듯하여 가로되,

「네 말이 당연하나 연약한 여자로 어찌 무사히 돌아옴을 바라리오. 그러하나 네 마음이 이미 그러할진대 비록 부모라도 윤리를 막기 불가하니 네 마음대로 하라.」

하니, 옥랑이 부모의 허락하심을 받고 즉시 시녀를 명하여 주찬을 많이 준비하여 말에 싣고 신랑께 입히려 장만하였던 의복을 내어 자기가 換着(환착)*하고, 나귀를 타고 천연

* 환착 : 바꿔 입음.

히 나아가니 짐짓 선연한 소년 남자라. 낭자가 영홍군을 바라고 오니, 여자로 남복을 개착한 줄 뉘 알리오.

옥문 밖에 이르러 옥졸을 보고 이르되,

「일전에 살인하고 갇힌 죄인이 나와 同學之情(동학지정)이 중할 뿐더러 죽마고우라. 불행히 참혹한 변을 당하였기로, 그 죄는 비록 중하나 정의를 생각하여 한 번 보고 길이 永訣(영결)코져 하나니, 너의 소견이 어떠하뇨. 모로미 사양치 말지어다.」

옥졸 등이 그 소년을 보매 선풍도골이 男中一色(남중일색)이요, 말씀이 온공하여 의리 그러한 듯한지라, 감히 거역지 못하여 허락하거늘, 낭자가 대희하여 가지고 온 주육을 내어 옥졸들을 먹이니, 옥졸이 감사하여 옥문을 열어 주거늘, 낭자가 주육을 가지고 옥중으로 들어갈 때 따라온 사람더러 일러 왈,

「나는 명일에 돌아갈 것이니 너는 먼저 돌아가라.」

하여 보내고 옥중으로 돌아가니, 신랑이 들어오는 소년을 보매 금시 초면이라. 머리를 숙이고 아무 말도 못하거늘, 낭자가 앞에 나아가 눈물을 흘리며 가로되,

「하늘에 측량치 못할 풍운이 있고, 사람이 無妄(무망)의 재앙이 있사온지라. 소제가 형으로 더불어 평일에 정의 타인에 지나더니, 불의에 형이 불칙한 대환을 당하셨다 하는지라, 동학지정을 생각하여 한잔 술로 위로코져 하여 위험하옴을 무릅쓰고 들어왔사오니, 바라건대 형은 안심하여 소제의 정성을 받으소서.」

하고 문 밖으로 나가거늘, 시업이 심중에 헤오되,

「그 사람이 나로 더불어 초면이어늘 어찌 동학지정이 있다 하느뇨. 이는 반드시 무슨 연괴로다. 그러나 그

사람의 면모를 잠시 보니 준초한 기상과 절묘한 얼굴이 나보다 倍勝(배승)하니, 세상에 어찌 저러한 남자 있으리오. 내 일찍 들으니 김좌수의 여아 인물이 금세에 절색이라 하더니, 혹 낭자가 나의 大患(대환) 당함을 듣고 면목이나 한번 보려 하여 옴인가 하나, 그 언사가 씩씩하여 열 장부의 태도라. 연소한 여자로 어찌 그러하리오.」

그 곡절을 알지 못할지라 만단 의아하더니, 그 사람이 이윽하여 다시 들어오더니, 이생을 대하여 앉으며 오열 왈,

「첩은 영흥 김좌수의 딸 옥랑이라. 신수가 기박하여 낭이 無妄之患(무망지환)을 당하시니 천지 아득하오나 누구를 원망하리오. 첩이 비록 배운 바 없사오나 옛날 節婦貞女(절부정녀)의 행실을 듣사오니, 군자를 대신하여 의리에 온전히 하온 자가 많사온지라, 첩이 비록 용렬하오나 일찌기 사모함을 마지 아니하였사오니, 이제 첩은 일개 無用(무용)의 여자라, 생사가 세상에 관계할 바 없사오되, 군자는 이씨의 門戶(문호) 零替(영체)*가 달렸사오니 그 소중하옴이 첩에게 비할 바 아니오니, 바라건대 군자는 첩의 의복을 입으시고 나아가시면 첩은 군자를 대신하여 죽사와도 유한이 없사올지라, 군자는 조금도 지체하지 말으시고 빨리 나아가소서. 첩이 비밀하온 계교가 타인에게 탄로될까 염려하여 독한 술과 아름다운 고기로 옥졸 등을 많이 취케 하였사오니 의려치 말으소서. 그러하오나 첩이 군자께 한 마디 말씀이 있사오니, 그대로 하시면 첩이 비록 구천에 돌아갈지라도 여한이 없을까

*영체 : 세력이나 살림이 아주 보잘 것 없이 됨.

하나이다. 첩의 부모가 나이 많도록 자녀를 보지 못하여 주야 슬퍼하옵다가 늦게야 첩을 낳으시고 비록 용렬하온 여자이나, 타인의 십자를 부러워하지 아니하시고 애지중지하사 風寒暑濕(풍한서습)에 병이 날까 염려하시며 일시를 떠나지 않으시고 십육세를 양육하시니 고금 천하에 부모의 은덕을 아지 못하오리까마는, 첩 같은 사람은 그 은혜 더욱 망극하온지라. 그러므로 평생에 遺恨(유한)하옵기를 「전생에 무슨 죄악이 심중하여 남자의 몸이 되지 못하고 여자의 몸이 되어 天長地久(천장지구)하도록 부모를 효양치 못하고 장차 타문에 출가하여 春風秋月(춘풍추월)에 애를 끊으리오」하였삽더니, 당금하여서는 출가하여 정회를 그리움보다 오히려 천백층 더하오니, 이는 조물이 시기하고 황천이 미워하심이라. 긴 한숨과 설운 탄식을 하온들 무슨 이익이 있사오리까. 복원 군자는 첩의 죽음으로 혐의치 말으시고 시시로 왕래하사 늙은 부모의 심회를 위로하여 주소서. 다른 말씀은 더 하올 것이 없사오니, 잠시도 머물지 말으시고 속히 나아가소서.」

하거늘, 시업이 그제야 김좌수의 여자가 분명함을 알고 칼머리를 들고 앞으로 당겨 앉으며 낭자의 손을 잡고 길이 탄식하여 왈,

「규중의 연약하신 낭자가 소생의 죄로 인하여 천신 만고를 겪으시고 험리에 들어와 외로운 심회를 위로하시니 진실로 생사간에 잊히기 어렵도소이다. 그러하오나 사람에 대하여 귀중하온 마음이 남녀의 구별이 없삽거늘, 어찌 소생의 죄에 낭자가 대신 죽으려 하시느뇨. 이는 만만 불가하오니 그러하온 말씀은 다시 이르지 말으시고 빨리 돌아가소서. 만일 타인이 그 기밀을 아오

면 재앙이 불소하올지라. 소생은 이미 自作之孽(자작지얼)이니 죽어도 한할 바 없거니와, 낭자야 무슨 일로 따라서 대환을 당하시리오.」

한대, 낭자가 이 말을 듣고 정색 왈,

「군자의 말씀이 가장 의리에 적당치 못하리로소이다. 옛말에 일렀으되 「女必從夫(여필종부)」라 하오니, 비록 군자를 따라 죽는다 하여도 또한 불가하옴이 없삽거늘, 하물며 군자를 위하여 代命(대명)함이리오. 이는 만고에 떳떳하온 의리라, 당연히 군자의 용납하실 바어늘, 군자가 聽從(청종)치 아니하시니, 이는 다름이 아니라 군자가 천첩으로서 불초한 사람이라. 능히 의리를 행치 못하리라 하여 그리 근심하나 一片丹心(일편단심)이 虛地(허지)에 돌아감이 어찌 가석지 아니하리까. 일이 이미 이 지경을 당하오매 무슨 면목으로 세상 사람을 대하리오. 차라리 이곳에서 자결하여 진정을 표하리라.」

하고, 품속으로 단도를 꺼내어 자결코져 하거늘, 시업이 급히 칼을 빼앗고 위로하여 왈,

「낭자의 말씀이 당연하오나, 내 어찌 차마 내 죄에 낭자더러 죽으라 하리이까. 소생의 심회 수란하여 일언으로 결단할 수 없사오니 잠시 진정하소서.」

한대, 낭자 왈,

「일이 급하온지라, 어찌 歇后(헐후)하오리오. 만일 옥졸이 술을 깨오면 둘이 다 보존치 못하오리니, 양인이 모두 죽사올진대 차라리 한 사람이 보존하옴이 어찌 낫지 아니하리까.」

하며 재삼 재촉하는지라, 시업이 내심에 혜오되,

「낭자의 언사와 기상을 보니 비록 여자나 열렬한 남자

의 거동이라. 만일 그 말을 좇지 아니하면 필연 자결하리니, 이왕 그러할진대 차라리 그 말을 시행하였다가 좋은 계책을 도모하리라.」

하고, 다시 낭자의 손을 잡고 愀然(초연) 탄왈,

「슬프다, 무단히 이 사람의 불민함으로 타인의 금옥 같은 애녀를 사지에 빠지게 하오니, 만일 신명이 알음이 있을진대 어찌 나를 용서하리오. 그러하오나 낭자의 굳은 뜻을 변키 어려운지라, 아직 말씀대로 순종하오나 이 사람의 마음이 어찌 편안하리오.」

하며 통한함을 마지 아니하니, 낭자가 얼굴빛을 고치고 나아감을 재촉하는지라. 생이 할 수 없어 낭자의 입고 온 의복을 개착하고 자기 썼던 칼을 벗어 낭자를 씌우니, 낭자의 언사는 비록 남자와 못지 아니하나 종시 여자라 기질이 약하므로 칼을 이기지 못하거늘, 생이 그 거동을 보고 더욱 기가 막혀 눈물이 비 오듯 하는지라. 차마 발길을 돌리지 못하고 허희하니, 낭자도 또한 비창함을 억제하나 어찌 슬프지 않으리오. 목이 메어 능히 성음을 이루지 못할지라. 그러나 옥졸이 눈치채며 화를 당할까 염려하여 슬픔을 억지로 참고 생을 밀어 나아가게 하니, 그 형상은 초목 금수라도 또한 슬허할러라.

시업이 할 수 없어 돌아서서 나오니, 여간 옥졸이 지키었으나, 처음에 낭자가 들어올 때 있던 옥졸이 아닌고로, 비록 생의 얼굴이 낭자로 더불어 조금 다르고 눈물 흔적이 있으나 동학지정에 생리사별을 당하니 피차에 슬허함이 상사라. 그러므로 의심치 아니하고 내어 보내거늘, 생이 낭자의 말로 옥졸을 향하여 무수히 치사하고 나오더라.

생이 한 걸음에 두 번씩 엎어질 지경이나 타인이 알까 염려하여 슬픔을 참고 산벽소로조차 돌아올새, 무인처에 이르러 땅에 주저앉으며 목 메어 가며 슬피 통곡하니, 그 경상은 차마 보지 못할러라.

이적에 낭자의 종이 집에 돌아가 좌수께 보하니, 좌수가 문왈,

「소저는 어디 가고 너 홀로 돌아오는가.」

종인이 대왈,

「소저가 여차여차하여 옥졸을 달래어 옥중으로 들어가시며 말씀하시기를 「명일에 돌아오신다」하시더이다.」

하거늘, 좌수가 심중에 의아하여 그날 밤을 겨우 지내고 소저의 돌아오기를 고대하더니, 날이 이미 저물되, 자취 없는지라. 마음에 놀래고 의혹하여 가중이 황황하더니, 부인이 마침 낭자의 침방에 들어갔다가 서안을 살펴보니 일봉 서간이 놓였거늘, 괴이히 여겨 살펴보니 겉봉에 썼으되「불효녀 옥랑」이라 하였거늘, 대경하여 급히 떼어 보니 그 글에 하였으되,

「불효녀 옥랑은 백번 절하옵고 부모님 양위전에 아뢰나이다. 사람이 천지간에 살매 오륜이 지중하옵고, 오륜지중에 父子有親(부자유친)이 더욱 소중하오나, 여자는 남자와 달라서 三從之義(삼종지의) 있사오니 부부지의 중하온지라. 그러므로 옛부터 열부 정녀가 지아비를 위하여 대신 죽은 자 역사에 昭然(소연)하오니, 소녀 비록 불민하오나 의리를 매양 흠모하옵는지라, 마음으로만 흠모하옵고 실사가 없사오면 어찌 사람이라 하오리까. 소녀의 팔자 기구하와 군자가 소녀로 인하여 무망의 재앙을 당하오니, 소녀 만일 晏然(안연)히 앉아서 그 죽음을 보오면 부부지의

는 고사하옵고, 범상하온 친구라 하올지라도 의리에 어떻다 하오리까. 그러하므로 부자의 천륜을 돌아보지 못하옵고 가군을 위하여 명을 대신하려 하오니, 천지가 아득하옵고 일월이 회삭하는 듯하온지라. 복원 양친은 불효녀를 생각지 말으시고 천만 보중하사 천추 만세에 萬壽無疆(만수무강)하소서. 죽사와도 불효지죄는 천지에 가득하온지라. 금생에 막대하온 불효를 내생에 다시 양위의 자녀가 되어서 십육년 양육하신 은덕을 만분지일이나 갚으려 하나이다.」

하였더라.

또 작은 종이에 두어 줄 글을 썼으니 하였으되,

「바라옵나니 소녀 죽은 후라도 이생을 후대하여 소녀의 九泉魂魄(구천혼백)을 위로하소서.」

하였거늘, 부인이 그 글을 보고 기가 막혀 顚之倒之(전지도지)하며 좌수를 청하여 그 글을 보이고 땅을 두드리며 통곡 왈,

「이내 몸이 무슨 신수로 늦도록 일개 자녀가 없어서 슬허하다가, 늦게야 겨우 한낱 여아를 얻고 타인의 십자보다 더 중하게 여겨서 掌中寶玉(장중보옥)같이 애중하여 일시를 떠나지 아니하고 십육세를 길러서 아름다운 배필을 정하여 원앙의 쌍유함을 보고 만년의 적막한 심회를 붙일까 하였더니, 조물이 시기하고 우리 팔자가 기구하여 천금 같은 귀녀가 非命橫死(비명횡사)함을 당하니, 늙은 이내 몸이 다시 뉘를 바라고 이 세상에 살아 있으리오.」

하며 애통하다가 기절하거늘, 좌수가 더욱 가슴이 무너지는 듯하여 부인을 붙들고 한가지로 통곡하다 부인의 기절함을 보고, 슬픈 중에도 더욱 황망하여 더운 물을 가져다가 구원하고 눈물을 씻으며 위로하여 왈,

「옛말에 일렀으되「積善之家(적선지가)에 必有餘慶(필유여경)이라」하니 우리 부처가 평생에 악한 일을 행한 바 없고, 흉년과 추운 겨울에 옷과 밥으로 거의 죽을 인생을 건짐이 불소하니, 천지 신명이 계실진대 어찌 우리로 하여금 무남독녀의 참사를 당하게 하시리오. 필연 도우심이 있을지니 부인은 마음을 돌이켜 널리 위로하소서.」

한대, 부인이 혼미 중이라도 좌수의 말을 듣고 생각하니,

「내가 만일 너무 애절하다가 자진하면 가군의 마음이 더욱 어떠하리오.」

하고, 슬픈 마음을 억제하고 눈물을 거두며 서로 위로하더라.

차설, 낭자가 이생을 내어 보내고, 연연 약질이 홀로 어두운 옥중에 갇히어 있으매 비창함을 어찌 견디리오. 눈물로 날을 보내니 그 괴로운 형상과 어여쁜 모양은 차마 보지 못할러라. 그러하나 가군을 내어 보내었으매, 오히려 막대한 경사로 생각하여 조금도 괴로움을 개의치 아니하고 안연히 견디니, 그 절행은 진실로 만고에 으뜸일러라.

차설, 시업이 몸을 빼어 집에 돌아오니 춘발의 부부가 내달아 붙들고 왈,

「옛말에 하였으되「살인자는 사라」하였거늘, 네 어찌 살아 왔느냐, 벌써 죽어 혼백이 왔느냐. 우리 늙은 두 몸이 너 죽은 후에는 다시 바랄 것이 없는지라, 네 몸이나 勘葬(감장)하고 우리 둘이 한곳에 죽으려 하였더니 네 어찌 살아 왔느냐. 아무리 생각하여도 참은 아니요, 몽중일시 분명하도다.」

하거늘, 시업이 여쭈오되,

「소자도 역시 죽기로 자처하고 있삽더니, 의외에 김낭자가 여차여차하여 대신 갇히고 소자를 내어 보내므로 살아 왔나이다.」

하며 낭자의 열렬한 언사를 고하니, 춘발이 그 말을 듣고 눈물을 흘리며 仰天 長歎(앙천 장탄) 왈,

「여자가 부를 위하여 대신 죽은 이 있다 함을 옛글에서만 보고 이 세상에서는 듣지 못하였더니, 어찌 우리 집에 이러한 일이 있을 줄 뜻하였으리오. 우리가 명도기박하여 어진 자부를 거느려 가문을 융숭케 하지 못하고 무죄히 비명횡사케 하니, 구천 타일에 무슨 면목으로 신부를 대하리오. 창창하신 황천은 굽어살피소서.」

하며 비감함을 마지 아니하니, 부인도 또한 슬허하며 낭자의 열행을 감탄하더라.

차설, 낭자가 옥중에 갇힌 지 삼일이라. 하루는 영흥부사가 坐起(좌기)를 엄숙히 하고 살옥 죄인을 잡아들여 문초할새, 낭자가 큰 칼을 이기지 못하여 옥졸에게 붙들려 겨우 들어가니, 보는 사람마다 어여삐 여기지 아니할 이 없더라.

부사가 죄인을 살펴보니 전일에 가둔 죄인이 아니어늘, 경아하여 옥졸을 잡아들여 꿇리고 꾸짖어 왈,

「살인자가 사는 국법이 막대하거늘, 네 감히 죄인을 임의로 바꾸었으니 그 죄 죽어도 오히려 남으리로다.」

하며 사령을 호령하여 형틀에 얹어 매고 형벌하여 간사함을 자세히 고하라 하니, 원래 처음 가둘 때에 압송하던 옥졸은 병이 卒發(졸발)하여 들어오지 못하고 다른 옥졸이 거행하므로 眞假(진가)를 알지 못하였더라.

옥졸 등이 千萬夢寐(천만몽매)밖에 이러한 광경을 당하니 罔知所措(망지소조)하여 즉시 원통함을 일컬으며 고하여 왈,

「소인 등이 어찌 감히 막중하온 관령을 받잡고 간사하온 죄를 지으리까. 소인 등은 저 죄인을 처음 압송하옵던 무리가 아니온고로 죄인의 진가를 알지 못하오니, 처음 분부 맡은 옥리를 잡아들여 문초하시면 자연 명백하올지라. 소인은 실로 애매하오니 明鏡之下(명경지하)에 목숨은 바칠지라도 作奸(작간)하온 일은 없사오니 밝히 통촉하소서.」

하거늘, 부사가 그 말을 옳이 여겨 처음 거행하던 옥리를 잡아들이라 하니, 이때 옥리가 신병이 중하여 命在頃刻(명재경각)이라 하는지라, 부사가 대로 왈,

「이는 병세 중함이 아니라 무상한 죄를 지음으로 거짓 칭병하여 죄를 면하려 함이니 빨리 잡아들이라.」

하는 호령이 추상 같으니, 나졸이 성화같이 재촉하는지라. 옥리가 실로 병세 침중하여 들어오지 못함이요 거짓 칭병함이 아니니, 어찌 능히 들어오리오.

그러나 관령이 지엄하니 어찌 들어오지 아니하리오. 들것에 의지하여 들어가니, 부사가 살펴보매, 과연 병이 침중하여 명재경각이라. 옥리 정신이 혼미하고 기식이 엄엄함을 보고 즉시 도로 내어 보내라 하니, 미처 관문을 나지 못하여 죽는지라. 부사가 후회함을 마지 아니하더라.

그러나 죄인의 진가를 아지 못하여 즉시 죄인을 형틀에 올려 매고 厲聲(여성) 왈,

「너는 어떠한 사람이관데 감히 죄인을 대신하여 갇히었으며, 처음 갇힌 죄인을 어디로 보내었는가. 종실 직고하고 추호라도 隱諱(은휘)치 말라.」

하니, 낭자가 조금도 두려워하는 빛이 없이 태연히 공초하여 왈,

「죄인은 원래 본군 김좌수의 딸 옥랑이옵더니, 고원 땅 이춘발의 아들 시업으로 혼인을 맺잡사온지라. 금월 십오일이 혼인인고로 친사를 마치려 하와 길을 차려 오옵더니, 중로에서 불행하와 어망홍리로 무망지재를 당하여 죽게 되었사온지라, 죄첩은 듣사오니 남자는 여자의 所天(소천)이라. 그러한고로 여자의 도는 타인에게 한번 허락하오면 몸이 맟도록 고치지 아니하옵나니, 가군이 실상 작죄하여 죽사옴을 당하올지라도 그 의리가 오히려 따라 죽사오려든, 하물며 성문실화로 재앙이 저에게 밋사옴이리까. 그러하므로 감히 남복을 환착하고 옥리를 속여 대신 갇히고 가군을 내어 보냈사오니, 국법에는 죽사올 죄를 지었사오나 죄첩의 의리에는 마땅하온지라, 죽사와도 여한이 없사오니 바라옵건대 속히 형벌을 밝히소서.」

하니 언사가 씩씩한지라. 부사가 이 말을 듣고 혜오되,

「이 지방이 王化(왕화)가 멀므로 풍족이 무무하여 三綱五倫(삼강오륜)을 능히 아는 자가 드물거늘 어찌 이러한 여자가 있을 줄 뜻하였으리오. 이는 비록 옛날 열녀라도 이에서 더하지 못하리니, 진실로 아름답고 희한한 일이로다.」

하고, 즉시 사연을 갖춰 기록하여 監營(감영)에 報狀(보장)하니, 함경감사가 이 보장을 보고 크게 칭찬 왈,

「遐方(하방) 여자로 어찌 이러한 識見(식견)이 있으리오. 이는 실로 범상한 여자가 아니로다.」

하고 稱讚不已(칭찬불이)하며, 내당으로 들어가 부인에게 그 말을 이르며 무수히 칭찬하니, 부인이 또한 칭찬 왈,

「여염가 여자로 어찌 이러하오리오. 마땅히 일국의 모범이 될 만하온지라, 어찌 포장치 아니하오리까.」

하거늘, 감사가 기뻐하여 왈,

「나의 뜻도 또한 이러하여이다.」

하고, 즉시 영흥에 호령하고 그 사연을 갖추어 조정에 주달하니, 이적에 상이 문신을 입시하라 하시고 역대 사기를 의논하시더니, 근시가 보하되,

「함경감사가 狀啓(장계)를 올리나이다.」

하거늘, 근시로 하여금 그 장계를 읽으라 하시니 근시가 고성 낭독하거늘, 상이 그 사연을 들으시니 만고에 희한한 일이라, 상이 크게 칭찬하시고 가라사대,

「근자에 擧世(거세)가 俗末(속말)되어 비록 사대부의 집이라도 능히 오륜과 삼강을 알아서 밝히는 이 없더니, 이시업의 김옥랑은 하방 여자로서 어린 연기에 능히 이러한 절행이 있으니, 이는 일국은 고사하고 비록 천하에 공포할지라도 오히려 마땅한지라. 이로조차 우리 나라의 예의가 민멸치 아니함을 천하 사람이 알지니, 어찌 아름답지 아니하리오. 시업이 비록 국법을 범하였으나, 그 처의 아름다운 절행으로써 그 죄를 사하고 특별히 벼슬을 봉하여 널리 褒揚(포양)하노라.」

하시고, 이시업으로 사반 堂上(당상)을 하이시고 김옥랑으로 정렬부인을 봉하사 즉시 함경감사에게 조서를 내리시니, 감사가 조서를 받들고 즉시 영흥에 내려가서 김씨를 白放(백방)* 하여 위의를 갖추어 詔勅(조칙)을 받게 하고, 김좌수를 불러서 그 딸을 교육함이 특출함을 못내 치사하니, 좌수가 융숭한 천은을 감격히 여겨 눈물을 흘리며 叩頭謝恩(고두사은)하고 물

*백방 : 무죄로 판명되어 놓아 줌.

러나오니, 원근 사람이 그 소식을 듣고 구경하기 위하여 모이니, 어찌 천만인에 나리리오. 보는 사람마다 영화로이 여겨 극구 찬양치 아닐 이 없더라.

이적에 김좌수가 여아를 데리고 집으로 돌아오니, 부인이 옥랑의 손을 잡고 一喜一悲(일희일비)하여 말씀을 이루지 못하다가, 이윽하여 정신을 진정하고 가로되,

「다시 너를 보지 못할 줄로 뜻하였더니, 天恩(천은)이 河海(하해) 같으사 죄를 사하시고 도리어 職牒(직첩)을 봉하시니 이로조차 문호를 빛내게 되니 어찌 기쁘지 아니하리오. 기왕 지낸 일을 지금 생각건대 一場春夢(일장춘몽)이로다.」

하고 못내 기뻐하거늘, 옥랑이 눈물을 거두고 가로되,

「이는 황천이 감동하시고 신명이 도우사 왕상이 넓으신 은덕을 내리시므로, 다시 부모 슬하에 뫼시게 되오니, 천은이 어찌 망극지 아니하오리까.」

하며 옥중에서 지내던 고초를 낱낱이 고하니, 못내 기뻐하더라 작일에는 가중이 적막하여 가을바람이 소슬함 같더니 이제 울음이 변하여 웃음이 되니 일단 和氣(화기)가 滿堂(만당)한지라, 인리 친척과 고구가 치하하지 아닐 이 없더라.

차설, 이시업이 낭자의 권함을 못 이기어 대신 갇히게 하고 나왔으나, 심신이 산란하여 침식이 불안한지라. 일일은 후원에서 배회하여 울적한 회포를 진정코져 하더니, 이때는 춘삼월이라. 백화가 만발하여 향내가 사람에게 엄습하고, 방초는 땅에 비단 자리를 편 듯하매, 봉접은 쌍쌍이 왕래하고, 鶬鶊(창경)은 벗을 불러 버들 사이로 飛去飛來(비거비래)하니, 그 揚揚自得(양양자득)하여 때를 즐김이 무한한 행복을 누림 같은지라. 시업이 이윽히 보다가 비회를 금치 못하여 喟然(위연) 탄왈,

「저 짐승은 때를 좇아 雙去雙來(쌍거쌍래)하여 조금도 거리낌이 없이 화락하거늘 나는 무슨 죄로 이러한고. 내 죄에 다른 사람을 죽게 하니, 천지 신명이 어찌 무심하리오. 반드시 무궁한 죄벌을 당하리로다.「天地萬物(천지만물)에 唯人(유인)이 最貴(최귀)라」하더니, 나로 말할진대 저 미물만도 못하니 무엇이 귀하다 하리오.」

생각이 이러하매 자연 심신이 황홀하여 식음이 날로 감하니, 장차 병이 될 듯한지라. 내심에 혜오되,

「내 만일 이러하다가 병이 되면 부모에 근심을 끼칠지라, 불효의 꾸지람을 어찌 면하리오.」

하고 억지로 剛直(강직)하나, 그러나 신기 날로 변하니, 춘발의 부처가 근심함을 마지 아니하여, 천지 신명께 축소하여 김소저의 生出獄門(생출옥문)함을 암축하더라.

일일은 고원 군수가 이시업을 청하였거늘, 무슨 일인지 알지 못하여 두려움을 품고 옥리를 따라 들어가더니, 관문에 당도하여 아전이 시업의 들어옴을 통한대, 즉시 들라 하며 뜰에 내려 영접하거늘, 시업이 황감하여 예하고 고쳐 앉으며 왈,

「소생은 치하의 한낱 백성에 지나지 아니하옵거늘, 어찌 과도하온 예로 대접하시나이까. 실로 황공하여이다.」

한대, 군수가 손사 왈,

「이 무슨 말씀이뇨. 과히 사양치 말라. 그대 부인의 절행이 지극하므로 성상이 감동하사 죄를 사하시고 벼슬을 봉하사 천하에 공포하시니, 그대도 또한 사반 당상의 존중한 벼슬을 나리신지라. 사리로 말씀할진대, 본관이 친히 귀댁에 나아가 교지를 전할 것이로되 마침 신병이 복발하여 請坐(청좌)하니 소홀한 죄를 면키 어려울지

라. 바라건대 용서하라.」

하거늘, 시업이 그 말을 들으니 꿈을 새로 깸 같은지라. 황공하여 피석 대왈,

「성은이 하늘 같으사 죽을 죄를 사하시고 도리어 벼슬을 내리오시니 어찌 황감치 아니하오리까.」

하더라.

군수가 안전을 명하여 향탁을 배설하고 관복을 내어 시업으로 입게 하고 북향하여 교지를 받게 하니, 시업이 북향 사배하여 천은을 축사하고 교지를 받들어 집으로 돌아오니, 춘발의 부처가 이 소문을 듣고 기쁨을 이기지 못하여 가로되,

「이는 상천이 감동하사 성은이 내리시도다.」

하고 못내 기뻐하더라.

이적에 김좌수가 사람을 보내어 기쁜 소식을 전하고 혼일을 다시 가리어 보내라 하였거늘, 춘발이 대희하여 즉시 일관을 데려다가 다시 택일하니 추팔월 망일이 제일 길일이라 하거늘, 그대로 김가에 통지하니 좌수가 마음은 비록 바쁘나 길일이 그러하니 어찌하리오. 할 수 없어 고대하더라.

세월이 여류하여 찌는 듯한 더위가 물러가고 추풍이 일어나니, 본정에 오동이 떨어지고 玉露(옥로)가 단단하매 하늘이 맑고 누운 구름이 사교에 가득하니 가히 추절임을 알러라. 혼일이 점점 가까오매 양가에서 혼수에 분주하더라.

이러구러 혼일이 至隔(지격)*하매 이생이 길을 차려 영흥으로 올라오니, 이때에 영흥부사가 낭자의 혼인 기별을 듣

---

* 지격 : 기일이 바싹 닥침.

고 풍악을 갖추어 나오다가 신랑을 만난지라. 한가지로 김좌수의 집으로 들어오니 그 거동이 찬란한지라. 뉘 구경을 아니하리오. 이날 김좌수의 집이 인산인해를 이루었더라.

신랑이 奠雁之禮(전안지례)*를 마친 후에 교배석에 들어가니, 김낭자가 紅裙翠衫(홍군취삼)에 花冠(화관)을 쓰고 여러 시녀로 옹위하여 교배석에 드니, 그 아리따운 태도는 西王母(서왕모)가 瑤池宴(요지연)에 임함이 아니면, 月宮姮娥(월궁항아)가 洛浦(낙포)에 나림이러라. 교배례를 파하고 잔치를 배설하여 부사와 여러 빈객을 관대하니, 좌수의 넓은 복록을 치하치 아닐 이 없더라.

어언간 날이 서산에 저물고 빈객이 헤어지거늘, 동방에 화촉을 배설하고 신랑과 신부가 합석하여 상대하니 신랑은 공중의 악전이요, 신부는 낙포의 부비라. 준수한 용모와 화려한 태도가 서로 비치니 이는 날개를 비긴 원앙이 금광에서 물결 희롱함이 아니면 꼭지를 아오른 부용이 옥연못에서 이슬을 머금은 듯하더라.

옛일을 생각하매 비희가 교집하여 맥맥히 앉았더니, 신랑이 신부를 대하여 흠신하고 가로되,

「만생이 우매하여 군자의 행실을 效則(효칙)*하지 못하고 일시 분함을 견디지 못하여 불칙한 대환을 당하였더니, 낭자가 의리를 중히 여기고 죽음을 돌아보지 아니하며 규중의 연연한 여결로 사지를 찾아서 죽을 사람을 대신하여 갇혔으니, 저간의 고생하심은 不問可知(불문가지)라, 족히 말씀할 것 없삽거니와, 만생의 마음이야 어떻다 하오리까. 불안하고 비월하여 장차 병이 골수에 들어 불

* 전안지례 : 혼인 때에 신랑이 기러기를 가지고 신부집에 가서 상위에 놓고 절하는 예.
* 효칙 : 본받아서 법을 삼음.

효의 이름을 끼칠러니, 황천이 낭자의 정성에 감동하시고, 신명이 낭자의 의리를 굽어 살피사 천만 뜻밖에 죽을 죄를 사하시고, 무상한 은명이 내리사 문호를 빛내고 끊어진 인연을 다시 이으니, 낭자의 은혜 泰山(태산)이 가벼웁고, 黃河(황하)가 얕어서 白骨難忘(백골난망)이라. 장차 무엇으로 만분지일이나 갚사오리까. 만생은 부끄럽고 무안하여 몸 둘 곳을 알지 못하나이다. 바라건대 낭자는 우매한 사람을 용서하소서.」

한대, 낭자가 염용 대왈,

「천지 만물에 유인이 최귀하다 하옴은 倫常(윤상)이 있사옴을 이름이라. 만일 그를 알지 못하오면 飛禽走獸(비금주수)나 무엇이 다르오리까. 첩이 비록 불민하오나 어렸을 때부터 옛날 절부 열녀의 아름다운 행실을 일찌기 효칙고져 하였삽나니, 무엇이 기특한 일이라 하오며, 또 뜻밖에 은명이 내리심은 성상의 好生之德(호생지덕)이 하늘과 같으사 잔명을 어여삐 여겨 특별히 용서하심이요, 벼슬을 봉하심은 군자의 넓으신 복록 소치라, 어찌 첩으로 인연함이오리까. 뜻밖에 너무 과도히 칭사하시오니 어찌 부끄럽지 아니하오리까.」

하거늘, 생이 그 언사의 겸고함을 보고 더욱 경중히 여기더라.

밤이 깊으매 금금을 헤치고 자리에 나아가니, 그 흡흡한 신정이 비할 데 없더라.

이러구러 삼일을 지내니 좌수 부처의 사랑함이 가히 어떠하오리오. 그러하나, 여아를 떠나보낼 일을 생각하매 비회가 새로이 일어나는지라, 위연 탄왈,

「우리 연광이 육십이 넘으니 장차 뉘를 의지하여 여년

을 보내리오.」

하며 슬픔을 마지 아니하니, 그 경상은 실로 가긍하더라.

그러하나 여필종부라. 이미 혼인을 마쳤으니 어찌 시가로 보내지 아니하리오. 삼일을 지낸 후에 위의를 갖추어 고원으로 于歸(우귀)하니, 춘발의 부처가 신부의 폐백을 받고 살펴보니 화려하고 유한한 태도는 진실로 아자의 천정배필이요, 겸하여 덕행과 의리가 고인을 압도하니 그 기뻐함이 어찌 가히 비길 데 있으리오. 대연을 배설하여 인리 친척을 모으고 크게 즐기니 치하가 분분하더라.

춘발이 낭자를 대하여 가로되,

「우매한 자식이 적은 일을 참지 못하고 대환을 당한고로 천명만 기다리더니, 현부의 과인한 의리로 인하여 자식의 죽을 죄를 면하고, 무상한 천은을 입어 문호가 유광하니 현부의 어진 절행을 뉘 아니 칭찬하리오. 현부는 비단 나의 며느리뿐 아니라 우리 집의 은인을 겸하였으니, 장차 무엇으로 갚으리오.」

한대, 낭자가 옷섶을 다시 여미고 피석 대왈,

「가군이 그간 재앙을 당하옴은 도시 첩의 죄악이 태심하옴이러니, 尊舅姑(존구고)의 넓으신 복으로 가군이 위태하옴을 면하옵고 첩도 또한 죽음을 사하시오니, 무엇이 첩의 공이라 하오리까. 의외의 칭찬하심을 받자오니 惶恐無地(황공무지)하여이다.」

춘발의 부부가 그 말을 듣고 더욱 사랑하더라.

낭자가 인하여 구고를 효양하고 친척을 화목하며 비복 등을 인의로 부리니, 친척의 칭찬과 비복 등의 頌聲(송성)이 원근에 진동하더라.

낭자가 집을 떠나 부모의 슬하를 멀리한 지 오래매 항상 부모의 외로움을 슬허하니, 생이 그 정경을 가긍히 여겨서 이웃에 가옥 一座(일좌)를 新建(신건)하고 좌수를 청하여 搬移(반이)* 하게 하니, 좌수가 또한 애중히 여기던 여아를 멀리 떠나 보내고 마음을 붙일 곳이 없어서 매일 슬허하더니 이생의 간청함을 듣고 기뻐하여 즉시 고원으로 반이하니, 낭자가 대희하여 두 집 사이에 협문을 만들고 주야로 왕래하여 구고와 부모를 효양하니, 그 지극한 효행을 칭송치 아닐 이 없더라.

일일은 이생이 낭자더러 일러 왈,

「생전에는 그대가 효심을 다하여 봉양을 하나, 백세 후에 세상을 버리시면 김씨의 조상 향화를 뉘게 의탁하리오. 만생의 생각에는 가까운 일가 중에 어진 사람을 택하여 양자하여 장인 장모의 후사를 받들게 하심이 어떠하뇨.」

하니, 낭자가 추연 탄왈,

「첩도 그러함을 생각지 못하온 것은 아니오나, 집안이 원래 孤孑(고혈)한고로 強近之親(강근지친)이 없삽고, 또 부모의 일정하신 의향이 이위 養子(양자)라 함은 외양뿐이라, 별로이 쓸 곳이 없다 하시는고로 일찌기 말씀치 못하였나이다.」

하거늘, 이생 왈,

「그 실상은 비록 그러할지라도 조상의 향화야 어찌 돌아보지 아니하리오. 한번 말씀을 고하여 타인의 비평을 면하시게 하라.」

하니, 낭자가 그 말을 옳이 여겨 일일은 조용히 좌수 부처에게 이생의 말씀으로 고하니, 좌수가 비감함을 띠어

---

*반이 : 짐을 날라 이사함.

가로되,

「우리 팔자가 기구하여 일자를 두지 못하였으니, 양자를 하면 무슨 상쾌함이 있으리오. 만일 위인이나 불초하면 도리어 근심이 될지라. 그로써 의려하여 지금껏 생심치 아니함이로다.」

하거늘, 낭자가 대왈,

「비록 그러하오나 인륜이야 어찌 폐하오리까. 듣사오니 구촌의 아들 正熙(정희)의 나이 비록 어리나 공부에 잠심하고 천질이 명민하며 부모께 효행이 있다 하오니, 대저 효도는 백행의 근본이라. 효행이 있사오면 다른 행실은 다시 말씀하올 것 없사오니, 정희를 率養(솔양)하사 후사를 받들게 하심이 좋을까 하나이다.」

하니, 좌수가 그 말을 옳이 여겨 영홍 고향으로 나가서 정희의 아비를 보고 솔양할 뜻을 이르니, 원래 좌수의 덕행을 추앙하던 터이라 조금도 의려치 아니하고 일언에 허락하거늘, 좌수가 대희하여 정희를 데리고 고원으로 내려오니 부인과 낭자가 기뻐하여 친아들과 동포 아우로 대접하니, 이때에 정희의 나이 십사세라. 연기는 비록 어리나 어려서부터 공부에 열심하고, 겸하여 총명영리하며 효우가 특출하여 좌수 부처를 소생 부모같이 효성으로 뫼시고 낭자를 장형과 친매로 받들거늘, 좌수가 사랑함을 마지 아니하더라.

세월이 유수 같아 어언간 해가 바뀌고, 이때에 사해가 태평하고 조정에 일이 없으니, 雨順風調(우순풍조)하고 家給人足(가급인족)하여 擊壤歌(격양가)를 처처에 부르더라.

이적에 상이 太平科(태평과)를 보이사 어진 선비를 가리려 하사 각도 각읍에 조서를 내리시니, 낭자가 과거 기별을 듣

고 생더러 일러 왈,

「첩이 듣사오니 태평과를 보이신다 하오니, 남자가 세상에 출생하여 어려서 五經(오경)을 다스리고 百家之書(백가지서)를 통하옴은 그 뜻이 장차 青雲(청운)에 올라 입신 양명하여 성상을 돕고 만민을 다스려 덕택이 사회에 덮이고, 이름이 竹帛(죽백)에 유전하여 부모께 영화로움을 보이고 아름다운 이름을 누리시게 하려 함이라. 이제 군자가 경사에 올라가 月中丹桂(월중단계)의 第一枝(제일지)를 꺾어 머리에 御賜花(어사화)를 꽂고 몸에는 청포를 입고 손에 玉笏(옥홀)을 들고 영화로이 돌아오심은 어찌 인간의 상쾌한 일이 아니리오. 바라건대 군자는 행리를 차려 경사로 올라가소서.」

하거늘, 생이 그 말을 옳이 여겨 즉시 행구를 갖추고 부모와 좌수 부처에게 하직을 고하고 발행할새, 낭자의 손을 잡고 일러 왈,

「부모의 奉養之節(봉양지절)이 부인이 만생보다 일층 더 恪勤(각근)하심은 일찌기 아는 바라 다시 부탁할 것 없사오나 만번 바라옵나니 부인은 만생이 떠나간 후에 부모께서 필연 염려하사 날로 근심하시리니, 때로 위로하사 병이 나시지 아니케 하소서.」

하니, 낭자 대왈,

「군자가 집에 계실 때에도 첩이 감히 태만치 못하였삽거든, 하물며 군자가 계시지 아니함이리오. 정성을 다하여 晨昏(신혼) 精誠(정성)과 근심하시는 때에 좋은 말씀으로 위로하와 외로이 계시는 군자의 마음을 안온케 하오리니 염려치 말으소서.」

하거늘, 생이 무수히 칭사하고 길을 떠나 십여 일 만에 무사히 상경하여 주인을 정하고 과일을 기다리더라.

그러구러 과일을 당하매, 생이 의관을 정제히 하고, 試紙(시지)를 들어 장중으로 들어가니, 사방 선비가 구름 모이듯 하였더라.

글제를 내어 걸거늘, 살펴보니 하였으되 「康衢(강구)에 問童謠(문동요)라」 하였으니, 이는 평생에 익히 짓던 바이라. 시지를 펼쳐 놓고 별로히 생각할 것 없이 龍硯(용연)에 먹을 갈아 一筆揮之(일필휘지)하니, 글은 司馬遷(사마천), 董仲舒(동중서)요, 필법은 王羲之(왕희지), 歐陽詢(구양순)이라.

이렇듯 시지를 일천에 올렸더니, 상이 그 글을 보시고 千顔(천안)이 大悅(대열)하사 크게 칭찬 왈,

「이 글을 보니 忠君愛國(충군애국)하는 마음이 글장에 나타나니, 그 사람을 가히 알리로다.」

하시고, 자자히 批點(비점)*이요, 귀귀마다 貫珠(관주)* 쳐서 장원급제를 제수하시고 비봉을 떼어 보시니, 함경도 고원군 이춘발의 아들 이시업이라. 금년 십칠세라 하였거늘, 상이 기특히 여기사 차례로 여러 글 고르시고 호명하라 하시니, 시업이 호명을 듣고 萬人(만인) 叢中(총중)*을 헤치고 탑전에 복지하온대, 상이 위인의 준수 특출함을 보시고 더욱 칭찬하심을 마지 아니하시며 어사화를 주시니, 시업이 천은을 숙사하고 물러나와 三日遊街(삼일유가)를 지내니, 상이 인견하시고 특히 사랑하심을 마지 아니하사 翰林待敎(한림대교) 겸 永興府使(영흥부사)를 제수하시거늘 장원이 계주 사은하고 철문 밖에 물러나와 주인에 돌아와서 고향에 동기하고 명일에 三公六卿(삼공육경)을 하직하고 내려오더라.

이때에 두 집이 이 기별을 듣고 기쁨을 마지 아니하

---

*비점 : 시(詩)나 문장 등을 비평 또는 정정하여 매기는 평점.
*관주 : 글자나 시문의 잘된 곳에 그리는 권점(圈點).
*총중 : 떼를 지은 뭇사람의 속.

며 잔치를 준비하고 기다리더라.

장원이 여러 날 만에 鄕第(향제)로 돌아와 부모와 김좌수 양인께 보이니, 그 즐거워함을 어찌 측량하리오.

이적에 영흥 新延(신연)이 위의를 갖추어 대령하거늘, 부사가 신연을 거느리고 도임할새, 지나는 길에 구경하는 사람이 물끓듯하며 칭찬하는 소리 진동하더라.

도임한 지 삼월 만에 대연을 배설하여 원근 사람을 청하여 盡日(진일)토록 즐기고, 영흥옥에 갇혔을 때에 각호하던 옥졸 등을 후히 상사하며, 병들어 죽은 옥리의 아들을 후히 상주어 전일 은혜를 갚으며, 淸白(청백)함을 숭상하여 백성을 사랑하니, 도적이 자취를 멀리하고 송사가 끊어진지라. 일군의 일이 없으니 道不拾遺(도불습유)하고 밤에 문을 닫지 아니하더라.

세월이 여류하여 瓜滿(과만)이 되매, 감사가 부사의 선정을 조정에 주달하니, 상이 아름다이 여기사 다른 지방으로 옮기려 하시더니, 부사가 부모의 나이 늙으므로 벼슬에 뜻이 없어 그 사연으로 나라에 아뢰니, 상이 그 효심을 기특히 여기사 부모의 천년을 마친 후에 나라를 도우라 하시고, 금은 채단을 많이 상사하사 부모를 봉양케 하시니, 부사가 천은을 못내 축사하고 고향에 돌아와 조석으로 부모를 뫼셔 잠시 떠나지 아니하고 농업에 힘쓰니, 가산이 더욱 요족하고 슬하에 자녀를 두었으매, 父風母習(부풍모습)하여 모두 玉人淑女(옥인숙녀)라. 점점 자라매 명문 거족에 男婚女家(남혼여가)하니, 부귀가 일세에 극진하더라.

춘발의 부처가 향년 팔십여 세에 내외가 구몰하니, 부사 내외가 애통함을 극히 하여 선산에 안장하고 삼년 초토를 마치니, 상이 다시 부르사 守令方伯(수령방백)을 차례로 제수하시고 내직으로 들어와 여러 벼슬을 다 지내고 戶曹判書(호조판서)에 이르니, 그 무궁한 복록을 부러워하지 아니리오.

이로조차 세상의 으뜸 부귀를 누리다가 향년 구십에 판서 내외가 昇彼白雲(승피백운)하고 至于祭享(지우제향)하니, 그 후로 자손이 번성하여 가성을 떨어치지 아니하더라.

그 사이에 정희도 또한 벼슬하여 좌수 내외를 영화로이 봉양하다가, 좌수 내외가 천년으로 팔십사세에 상천하니, 정희가 예도를 극진히 하여 선산에 안장한 후에 치산을 부지런히 하여 부호의 이름을 듣고 有子生女(유자생녀)하여 지금껏 그 기업을 이어 전한다 하니, 옥랑의 절행이 천고에 드물기로 그 내력을 대강 기록하여 후세에 유전하노라.

〈활판본〉

柳文成傳

〔해　설〕 柳文成傳

——보기 드문 영웅의 사랑과 무용담

이 작품은 중국을 배경으로 한 영웅소설이나, 전반 플롯에 있어서 남녀 주인공들의 연애담은 다른 작품에서 볼 수 없는 진실성을 띠고 있다.

남주인공 유문성이 과거를 보기 위하여 상경하다가 낙양에 이르러 이승상의 집에서 그의 딸을 한 번 보고는 반하여, 과거도 중단하고 돌아와 연모 끝에 득병까지 하고, 부모를 움직여 끝내 약혼을 성립시키는 결단에, 우리는 찬사를 보내지 않을 수 없다.

그런데 이 영웅소설에서는 중원에서 천하를 놓고 다투는 명태조 주원장(朱元璋)을 우리 민족으로 설정해 놓았다는 것이다.

역사상의 주원장은 중원의 인물이다. 이 작품에서는 중원 출신의 영웅 유문성과 조선 출신의 영웅 주원장이 천하를 놓고 싸우게 되는데, 작자는 천명(天命)에 의하여 천명을 받은 주원장이 중원을 차지하도록 표현해 놓았다는 사실이다.

이 문제는 변족인 몽고족도 중원에 들어가 천자 노릇을 하였고, 만주족도 그러하였으니, 우리 민족도 할 수 있다는 능력을 과시해 보였던 것이다.

유 문 성 전

柳文成傳

화설, 元(원)나라 明宗皇帝(명종황제) 시절에 洛陽(낙양) 땅에 일위 재상이 있으니, 성은 李(이)요 명은 慶雲(경운)이라. 대대 명문 후예라. 소년 등과하여 벼슬이 吏部尙書(이부상서)에 처하니, 명망이 천하에 震動(진동)하고 부귀 일국에 으뜸이라.

세상에 꺼릴 것이 없으나, 다만 슬하에 一點(일점) 血肉(혈육)이 없어 매양 恨歎(한탄)하더니, 일일은 상서 一夢(일몽)을 얻으니, 하늘에서 한 선녀 구름을 타고 공중에서 웨어 왈,

「그대 자식이 없어 매양 한탄하기로 일개 玉女(옥녀)를 점지하나니, 남자 아님을 한치 말고 귀히 기르소서. 연기 차면 萬鍾祿(만종록)을 받들어 영화 일국에 진동하리이다.」

하거늘, 상서 듣고 恍惚(황홀)하여 다시 천상을 바라보니 心星(심성)이 떨어져 앞에 내려지거늘 받아 부인 林(임)씨께 드린대, 임씨 받으려 할 때 깨달으니 南柯一夢(남가일몽)이라. 서로 기뻐하고

위로하여 왈,

「至誠(지성)이면 感天(감천)이라.」

하니, 天佑神助(천우신조)하와 귀자를 볼까 바라더니, 과연 그달부터 태기 있어 십삭이 차매, 일일은 집안에 彩雲(채운)이 玲瓏(영롱)하고 향내 진동하더니, 홀연 부인이 일개 옥녀를 탄생하니, 이때는 계축년 하사월 초팔일이라.

즉시 향수로 아해를 씻기고 자세히 보니, 비록 襁褓幼兒(강보유아)나 얼굴이 백옥 같고 울음소리 錚然(쟁연)한지라. 행여 남자인가 하고 다시 보니 과연 여자라.

모두 섭섭하여 하되, 상서는 조금도 안색을 변치 아니하고 부인을 위로하여 삼칠일을 극진히 구완하고, 복록을 北斗七星(북두칠성)께 축원하고 이름을 春英(춘영)이라 하더라.

그 아해 점점 자라매 夭夭(요요)한 태도와 덕행이며 부모에게 효행이 妊姒(임사)에 비길러라. 뉘 아니 칭찬하리오. 부부 사랑하기를 掌中寶玉(장중보옥)같이 하더라.

각설, 이때는 정묘년 오월 단오일이라. 낭자 동산에 올라 수양 가지에 추천을 매고 시비 난향과 더불어 春光(춘광)을 戲弄(희롱)할새, 이때 마침 汝南(여남) 北村(북촌) 柳文成(유문성)은 柳丞相(유승상)의 아들이요, 연광이 십육세라. 위인이 준수하고 학문은 司馬遷(사마천)*의 문장이며 杜牧之(두목지)*의 풍채와 蘇秦(소진)·張儀(장의)*의 구변을 겸하였는지라.

그 부친 유승상이 극히 사랑하사 名門巨族(명문거족)에 널리 구혼하매 매파 구름 모이듯 하되, 年少成冠(연소성관)을 애체하여 등과한 후 成婚(성혼)하라 하더니, 국가 태평하여 마침 과거를 보이거늘, 즉시 행장을 차려 황성으로 보낼새, 이 길은 낙양

---

* 사마천 : 중국 한나라 때의 역사가. 사기(史記)를 지었음.
* 두목지 : 중국 당나라 때의 시인.
* 소진 · 장의 : 중국 전국시대의 정치가.

땅 李丞相(이승상) 집 앞으로 지나는지라.

마상에서 바라보니 한 高樓巨閣(고루거각)이 있는데, 그 후원 수양 속에 한 낭자가 綠衣紅裳(녹의홍상)으로 鞦韆(추천) 줄을 갈라 잡고 綠林間(녹림간)에 왕래하니, 綠鬢紅顔(녹빈홍안)은 녹수에 노니는 듯, 滄海(창해)의 외로운 학이 고기를 엿보는 듯, 벽해 황룡이 如意珠(여의주)를 희롱하는 듯, 耽耽(탐탐)한 기상과 황홀한 태도 사람의 정신을 놀래더라.

유공자 거동을 보매 심신이 황홀하여 말께 내려 노래를 불러 왈,

「꽃다운 난초가 잡초에 섞였으나
향기를 감추지 못하고,
해상에 뜬 기러기 漁翁(어옹)을 어찌 두려하리오.
洞庭 明月(동정 명월)이 처음으로 돋음 같고,
부용이 반만 피어 이슬을 머금은 듯하도다.」

길 가기를 잊고 박힌 듯이 섰더니, 홀연 그 낭자 추천에서 내려 羞態(수태)를 머금고 몸을 감추어 다시 보이지 않는지라. 아무리 보려 한들 弱水 三千里(약수 삼천리)와 萬里長城(만리장성)이 가리운 듯하여 다시 어찌 그림자나 보리오.

이로부터 심정이 錯亂(착란)하고 정신이 不穩(불온)하매, 자연 몸이 불평하여 황성으로 가지 못하고 도로 집으로 回程(회정)하매, 그 낭자의 形容(형용)이 눈에 삼삼하여 잠시 잊을 수 없는지라.

주야 내심하여 병이 점점 沈重(침중)하거늘, 상서부부 遑遑罔措(황황망조)하여 주야 구호하되 終始(종시) 차도 없는지라, 부인이 공자의 손을 잡고 落淚(낙루)하며 문왈,

「성아, 네 무슨 병으로 수월을 신음하니 必有曲折(필유곡절)이라. 소회를 기이지 말고 자세히 말하라. 모자간에 무슨 말을 못하리오.」

하고 낙루하니, 문성이 마지 못하여 여쭈오되,

「소자 어찌 欺罔(기망)하오리까. 금번 과행길에 洛陽(낙양)을 지나 옵더니, 이상서 집 후원에 어떠한 낭자 시비를 데리고 추천하옵는데, 한번 보매 자연 심신이 豪蕩(호탕)하와 병이 되었나이다.」

부인이 이 말을 상서에게 고한대, 상서 듣고 가로되,

「이는 반드시 李丞相(이승상)의 딸이라. 그 현숙하다는 말은 이왕도 들었으나, 매파로는 개유치 못할 것이니 내 몸소 가리라.」

하고 이날 즉시 발행하더라.

차설, 이낭자 마침 추천하다가 앞길을 바라보니, 어떠한 공자가 청삼을 입고 노새를 머무르고 의연히 서서 무슨 소리로 부르는지라. 얼른 보매 늠름한 風度(풍도)와 활달한 氣像(기상)이 사람을 놀래는지라. 수괴함을 이기지 못하여 몸을 감추고 閨中(규중)으로 들어오니 자연 감동하는 마음이 있더라.

이때 상서부부 낭자를 사랑하여 저와 같은 배필을 구하여 슬하에 영광도 보려니와 生前死後(생전사후) 의탁을 바라더니, 일일은 柳丞相(유승상)이 와 보기를 청하거늘, 상서 나와 맞아 禮(예) 畢坐定(필좌정) 후 이상서 가로되,

「승상이 기약 없이 누지에 왕림하시어 光彩倍勝(광채배승)이로소이다.」

하고 주찬을 내와 서로 고의를 이르고 酬酌(수작)하더니, 유승상 왈,

「이제 온 뜻은 다름아니라, 노부 늦게야 자식 하나를 두었더니 지금 십육세라. 군자의 풍도는 미치지 못하오나 凡兒(범아)와 다르기로, 매양 원하는 바는 저와 같은 숙녀를 구하여 슬하 영화를 볼까 바라되 마땅한 곳이 없

어 항상 한탄이온 중, 들은즉 상공이 귀녀를 두었다 하기로 반가이 듣삽고 不遠千里(불원천리) 왔사오니, 바라건대 상공은 누하다 마르시고 秦晉(진진)의 言約(언약)을 맺음이 어떠하시오리까.」

하고 말씀이 간절한지라. 상서 듣고 謙讓(겸양)하며 왈,

「내 역시 말년에 일녀를 두었으나 부모 된 마음에 극히 사랑하와 가르친 바가 없삽고, 또한 재질이 庸愚(용우)하와 귀문에 합당치 못할지라. 어찌 외람치 않사오리까.」

승상 왈,

「혼인은 인간 대사라. 하물며 天定配匹(천정배필)을 어찌 인력으로 하오리까. 상공은 너무 겸양치 마옵시고 쾌히 허락하옵소서. 노부의 깊은 뜻을 저버리지 마르소서.」

하고 재삼 간청함이 恭極(공극)하거늘, 상서 왈,

「상공이 이처럼 말씀하오니, 도리어 미안하오나 어찌 사양하오리까.」

하고 즉시 허락하니, 승상이 대희하더라.

다시 주찬을 내와 서로 즐길새, 유승상이 가로되,

「이제 상공이 노부의 사정을 살피시고 曲盡(곡진)히 소원을 이루게 하시니 不勝感激(불승감격)하거니와, 이제 언약을 맺으매 금석 같은지라. 상공의 여식이 곧 노부의 자식이 되었사오니, 바라건대 상공은 노부의 말을 망령되다 마르시면 낭자를 한번 보고자 하오니, 상공의 뜻이 어떠하시니까.」

상서 흔연히 허락하고 즉시 시비를 명하여 이 뜻으로 내당에 통하니, 부인이 듣고 대경 왈,

「상서 매양 처사를 강명하시더니, 오늘은 만번 당치 못한지라. 어찌 봉행하리오.」

하고 답 전갈하여 왈,

「소저가 요사이 독감으로 身恙(신양)이 불평하와 세수도 않삽고, 단장을 이루지 못하와 嚴命(엄명)을 봉행하지 못하나이다.」

하였거늘, 상서가 청파에 대로하여 시비로 하여금 책하여 왈,

「국가에는 신하가 황명을 거역하면 나라가 망하는 법이요, 私家(사가)에도 가장의 명을 좇지 아니하면 필경 그 집이 망할지라, 어찌 놀랍지 아니하리오. 옛 사람도 혹 여자로 하여금 신랑을 對面(대면)하여 혼인을 지낸 일도 있거든 무슨 허물이 있사오리오. 이제 언약을 정하매 당당한 유씨 댁 사람이 되었는지라, 어찌 이같이 無嚴(무엄)하리오. 빨리 나와 無聊(무료)함을 면케 하라.」

하시고 재촉이 星火(성화) 같은지라, 부인이 감히 다시 명을 어기지 못할 줄 알고 낭자에게 傳令(전령)하니, 낭자 듣고 부명을 거역지 못하고 즉시 단장을 장속하고 시비를 데리고 나올새, 彩衣(채의) 玲瓏(영롱)하더라.

승상께 배알한대 눈을 들어 보니, 그 窈窕(요조)한 태도와 황홀한 기상이 百態(백태) 구비하여 덕행이 외모에 나타나는지라. 승상이 한번 보매 심중에 대열하여 웃으며 가로되,

「진실로 진세 사람은 아니요, 瑤池宴(요지연) 淑英娘子(숙영낭자) 廣寒殿(광한전)을 이별하고 화정에 내리는 듯, 月宮仙女(월궁선녀) 王母(왕모)를 이별하고 은하 위로 내리는 듯, 아미를 반만 들어 羞態(수태)를 못 이기며 앉았으니, 萬古絶色(만고절색)이요 閨中神仙(규중신선) 같더라.」

승상이 가라사대,

「낭자의 방년이 얼마나 되었느뇨.」

낭자 부끄러움을 이기지 못하여 감히 대답치 못하는지

라. 시비 곁에 모셨다가 여쭈오되,

「소저의 나이 지금 십오세로소이다.」

승상이 웃으시고 왈,

「내가 낭자더러 물었거늘 어찌 대답을 용이하게 하느뇨.」

시비 황공하여 즉시 계하에 내려 복지하여 여쭈오되,

「소비는 낭자의 시비옵더니, 지금 낭자의 수괴함을 아끼어 방자히 대답한 죄 萬死無惜(만사무석)이로소이다.」

한대, 낭자 내심에 기특히 여기고, 승상과 상서는 희락함을 이기지 못하며 시비로 하여금 낭자를 뫼시라 하고, 승상이 옥지환 한 쌍을 내어 주며 왈,

「일후에 이로써 信物(신물)을 삼으라.」

하시니, 시비 받자와 낭자를 주매 낭자 다시 절하고 물러가니라.

유승상이 상서께 치하하여 왈,

「상서의 후은을 입사와 극진히 소원을 이루어 주시니 불승 감사하여이다. 수이 택일하여 秦晉之禮(진진지례)를 이루게 하소서.」

상서 응낙하고 피차 연연히 이별하니라.

승상이 喜不自勝(희불자승)하여 집으로 돌아오시니, 부인이 맞아 원로에 곤하심을 위로하고 버금 혼사를 물은대, 승상이 전후 수말을 다 하시고 칭찬하시니, 부인이 듣고 못내 기뻐하고, 공자도 그 말씀을 듣고 흉중에 맺힌 한과 골수에 깊은 병이 이날부터 차도 있어 점점 물러가매 신양이 雲捲天晴(운권천청)* 같더라.

차설, 이상서 택일하여 유상서 댁으로 보내니, 승상이

*운권천청 : 구름이 걷히고 하늘이 맑게 갬.

대회하여 예단을 먼저 보내고 길일을 기다리매 수월이 격하였더라. 슬프다, 好事多魔(호사다마)하고 佳期不調(가기부조)하니, 어찌 세상사를 측량하리오.

차설, 이때 황제 후궁을 정치 못하여 근심하시더니, 일일은 조신을 모으시고 의논하사 왈,

「아름다운 閨孃(규양)을 각각 중매하라.」

하신대, 이때 兵部侍郎(병부시랑) 鄭翰(정한)이 주왈,

「吏部尚書(이부상서) 李慶雲(이경운)의 여식은 덕행이 겸비하여 국내의 제일이라 하오니, 황상은 조서를 내리시와 청혼하옵소서.」

하거늘, 황제가 가장 기뻐하사 즉시 勅教(칙교)하시되, 「경의 집에 아름다운 규양이 있다 하니, 청컨대 진진의의를 맺을까 바라노라」 하였거늘, 상서 대경하여 즉시 상소하여 왈,

「신자가 되어 어찌 황명을 받들지 아니하오리까마는, 신이 과연 용우한 여식이 있삽더니, 전년에 승상 유현의 자식과 청혼하와 이미 택일하옵고, 예단을 받았삽고 혼인날이 삼일 격하온지라. 사세 절박하와 황명을 봉승치 못하오니 罪死無惜(죄사무석)이로소이다.」

하였거늘, 황제 보시고 다시 조정에 의논하시니 이때 左僕射(좌복야) 謝靖(사정)은 본디 간신이라. 出班奏曰(출반주왈),

「제 비록 유가와 결혼하였을지라도 황명을 중히 여길진대 유가를 물리치고 군명을 좇음이 옳거늘, 방자히 거역하오니 어찌 신자의 도리라 하오리까. 또한 다시 칙교하사 一向頑拒(일향완거)하거든 유가와 한가지로 취하여 그 죄를 밝히옵소서.」

황제 그 말을 옳게 알으시고 다시 조서를 내려 청혼하시니 상서 황공하여 즉시 궐내에 들어가 叩頭謝罪(고두사죄)하고 전

후 사실을 일일이 주달하니, 황제 대로하여 상서와 유승상을 한가지로 나입하여 鞠問(국문)하시며 왈,

「황명을 종시 거역하니 어찌 신자의 도리라 하리오.」

하시고, 禁府(금부)로 내려 가두라 하시고 칙교하사 왈,

「일향 완거하면 逆律(역률)로 시행하리라.」

하시니, 이때 이상서와 유승상이 不義之患(불의지환)을 당하매, 천지가 아득하고 憤氣(분기) 滿心(만심)한지라. 유승상이 이상서를 위로하여 왈,

「군명이 여차하시니 공연히 몸을 상치 말고 군명을 봉승함만 같지 못할까 하나이다.」

상서가 勃然變色(발연변색)하여 왈,

「승상을 강직한 군자로 알았더니, 이제 말씀을 들으니 可謂(가위) 匹夫(필부)로소이다. 대장부 세상에 처하여 몸이 죽을지언정 자식을 路柳墻花(노류장화)같이 하리오. 내 이미 승상과 더불어 金石之約(금석지약)을 정하였을 뿐 아니라, 하물며 대면까지 시키어 신물을 받고 예단을 머물러 둔 지 오랜지라, 어찌 마음을 변하고 뜻을 고치리오.」

승상이 탄복하여 무수히 사례하더라.

날마다 잡아들여 곤경을 당하되 종시 굴치 아니하니, 두 집안 정경이 말 못 되더라.

이러구러 육칠삭이 되매, 이때 황제 졸연 득병하여 붕하시고 태자로 즉위하여 大赦天下(대사천하)하시니, 상서와 승상이 방송되어 각각 본집으로 돌아와 즐기더니, 興盡悲來(흥진비래)와 苦盡甘來(고진감래)는 人間常事(인간상사)라.

유승상이 우연 득병하여 점점 침중하매, 부인과 문성이 주야 지성으로 구완하되 百藥(백약)이 無效(무효)한지라. 스스로 이기지 못할 줄 알고 문성의 손을 잡고 눈물을 흘려 왈,

「내 이제 세상을 이별하매 너의 혼사를 보지 못하니 죽어도 한이 되거니와, 이상서는 강직한 군자라 전일 언약을 배반치 아니할 것이니, 부디 신을 저버리지 말고 가사를 整齊(정제)하며, 立身揚名(입신양명)하여 父道(부도)를 어기지 말지어다.」

하시고, 또 부인을 붙들고 체읍 왈,

「세상 사람이 한번 죽으면 다시 오지 못하므로, 秦始皇(진시황)은 萬乘天子(만승천자)로되 三神山(삼신산)에 不死藥(불사약)을 구하여 長生不死(장생불사)하려다 가야산의 一抔冢(일부총)이 되어 있고, 漢武帝(한무제)는 玉液瓊章(옥액경장)이 유여하나 武陵園(무릉원)에 묻혔으니, 하물며 草露人生(초로인생)이야 천명을 어찌하리오. 바라건대 부인은 나 죽은 후 과히 슬퍼하여 몸을 상치 마르시고, 어린 자식을 잘 보호하여 슬하의 榮貴(영귀)함을 보게 하소서.」

하고 인하여 세상을 버리시니, 부인과 문성이 罔極哀痛(망극애통)하더라.

문성이 그 모친을 붙들어 위로하며, 초상 범절을 극진히 하여 예로써 선산에 안장하더니 嗚呼痛哉(오호통재)라, 몇 날이 못 되어 또 그 모친이 기세하시니, 이때 문성의 참혹한 정경을 어찌 측량하리오. 가련타, 문성이 單獨一身(단독일신)으로 일조에 天崩之痛(천붕지통)을 당하매, 세상 궁박과 팔자 소관을 어찌 언필하리오. 일분도 살고 싶은 마음이 없고 부모 뒤를 따라 죽을 생각이 불꽃 같으나 다시 생각한즉,

「모친의 초상 범절과 先塋香火(선영향화)를 뉘께 부탁하리오.」

하고, 마음을 굳게 먹고 정신을 가다듬어 장례를 극진히 차려 부친 곁에 합장하다.

이러구러 가세가 蕩敗(탕패)하니 家運(가운)을 어찌하리오. 동서남북으로 지향 없이 다니매 형용이 憔悴(초췌)하고 의복이 襤褸(남루)하

니, 뉘라 유승상의 아들인 줄 알리오.

이적에 이상서 그 소문을 듣고 친히 여남 땅을 찾아갔더니, 집이 다 무너지고 인적이 없는지라. 참연한 심사를 금치 못하여 동리 사람에게 유공자 거취를 물은대, 초인들이 대답하되,

「홀지에 兩親喪(양친상)을 당하매 가세가 탕패하여 거처없이 나간 후에 다시 소식을 모르나이다.」

하거늘, 상서가 비감하여 사방으로 두루 찾아다니더니, 여러 날 만에 한 곳에 다다르니 한 아해 있되, 머리털이 흩어져 귀밑을 덮고 검은 때 줄줄이 맺혔는데, 또한 의복이 남루하여 살을 가리지 못하였거늘, 상서가 자세히 보니, 비록 걸객이나 荊山白玉(형산백옥)이 塵土(진토)에 묻힌 듯하여 범인과 다른지라. 그 손을 잡고 親近(친근)히 물어 왈,

「네 어찌 이같이 되었느뇨.」

유생이 고개를 숙이고 여쭈오되,

「소자는 천한 사람으로 본디 아는 사람이 없삽거늘, 대인이 뉘시관데 이같이 款曲(관곡)히 물으시는지 황공하오나 생각지 못하겠나이다.」

상서 왈,

「너는 나를 모르려니와, 나는 너를 짐작하므로 묻노라. 나는 다른 사람이 아니라 낙양 땅 이상서로라. 너의 부친과 동조에 있어 정의 형제 같더니, 불행히 먼저 세상을 버리셨다 하여 이제 너를 보니, 어찌 슬프지 아니하리오.」

하고 또 가로되,

「너의 부친 생시에 노부의 여식과 결혼하였더니, 지금 와서 背約(배약)할 길 없는지라. 이제 노부를 따라감이 어떠

하뇨.」

문성이 승상의 말씀을 듣고 복지 대왈,

「부친을 뵈온 듯 반갑사오며, 그러하오나 소자의 미천한 몸을 더럽다 아니하시고 千金玉女(천금옥녀)의 일생을 허락하시고 거두어 슬하에 두고자 하시니, 소자의 몸이 마치도록 궁도에 구제하신 은혜를 만분지일이나 갚사올까 바라나이다.」

상서 대희하사 즉시 데리고 돌아와 별당을 소쇄하고 한 벌의 의복을 사급하니, 표표한 모양은 丹穴(단혈)의 鳳凰(봉황) 같고, 웅장한 기상은 深山(심산) 猛虎(맹호) 같더라. 상서 더욱 사랑하여 일시도 떠나지 아니하고, 내당에 들어가면 유생의 풍도를 칭찬하시더라. 상서의 知人之鑑(지인지감)이 아니면 어찌 이러하리오. 혼일을 다시 擇定(택정)하매 일삭이 격하였는지라.

이때 右丞相(우승상) 達目(달목)은 간사한 소인이라. 挾天子以令諸侯(협천자이령제후)* 하니, 부귀와 공명이 일국에 제일이라. 아들을 두었으되 雄圖出衆(웅도출중)한지라. 어진 숙녀를 구하더니, 마침 이소저의 현명을 듣고 구혼코자 하다가, 유가와 더불어 다시 혼인한단 말을 듣고 불량한 간계를 내어 선황제께 주달하되,

「선황제께옵서 이상서의 여식으로 후궁을 봉하려 하신즉, 유현의 자식과 정혼하였다 하고 종시 거역하기로 황제 진노하사 囚禁問罪(수금문죄)하시되 일향 순종치 아니하더니, 이제 다시 유가와 정혼하고 황제 붕하심을 즐거워한다 하오니, 어찌 신자의 도리라 하오리까. 유가와 성친함이 더욱 痛忿(통분)하오니, 급히 다스려 국법 중한 줄을 알게 하시고, 다시 勅敎(칙교)하시와 신의 자식과 성친하게 하옵시면 성은이 태산 같을까 바라나이다.」

---

* 협천자이령제후 : 천자를 끼고 제후를 호령함.

황제 그 말을 옳게 들으시고 대로하사 즉시 이상서에게 엄교를 내리시되,

「들은즉 경의 여식을 다시 유가와 성친한다 하니 이는 逆上之罪(역상지죄)라. 짐이 마땅히 主婚(주혼)할 것이니, 바삐 유가를 물리치고 공변되이 승상 달목의 아들과 정혼하라. 만일 그렇지 아니하면 마땅히 擬律處斬(의율처참)하리라.」

하였거늘, 이때 상서가 不義之患(불의지환)을 또 당하매 황공하여 어찌할 줄 모르고, 내당에 들어가 부인과 더불어 사연을 통하니, 부인이 가로되,

「이제 황명이 이렇듯 엄숙하시니, 만일 거역하면 대환을 당할지라. 진즉 순종함만 못할까 하나이다.」

하매, 상서 차마 못하여 수삼일 廢飮(폐음)하다가 결단치 못하고 근심으로 지내더니, 황제 또 엄교를 내리사 달가에 혼사를 빨리 택일하라 하였거늘, 상서 이때를 당하여 百爾思之(백이사지)하여도 계책이 없는지라, 할 수 없이 달가에 허혼하고 황상께 주달하니라.

이때 낭자 이 말을 듣고 대경하여 만단으로 생각하여도 할 수 없어 다만 죽기로 결단하고 부친께 나아가 여쭈오되,

「듣자오니 소녀의 혼사를 달가에 허하셨다 하오니, 어찌 한 자식으로 두 사람에게 정혼하시나이까. 소녀 아무리 불초하오나 봉승치 못하겠나이다. 차라리 부모 슬하에 한갓 죽을지언정 어찌 두 마음을 가지오리까.」

상서 어이없어 낭자의 손을 잡고 왈,

「어찌 이런 말을 하느냐. 비록 언약이 있으나 지금 황상이 선제의 뜻을 위하여 수삼차 엄교를 내리시니, 아무리 면코자 하여도 無可奈何(무가내하)라. 생각다 못하여 부득

이한 일이어니와, 너는 번거히 말고 부모의 지휘대로 하여라.」

낭자 변색 대왈,

「당초에 유가의 결약이 없사오면 규중 여자로 어찌 번거히 혼사에 간섭하오리까마는, 유승상께 자식예로 뵈올 때에 신물까지 받삽고 택일하와 예단까지 받았사오니, 이는 金石相約(금석상약)*이온즉, 이제 비록 유가에서 배약할지라도 소녀 반드시 행실을 지키어 죽는 것이 옳삽거든, 하물며 유생을 데려다가 집안에 두고 혼일을 정하와 불과 몇 날 남지 아니하온데, 다시 달가에 허혼한즉 이는 차마 못할 바이옵고, 또한 자고로 忠臣烈女(충신열녀)의 두 사람 섬기지 아니한 일 생각하옵소서. 복망 부친은 이윽히 생각하옵시며, 지금 소녀의 몸은 죽어도 유가를 좇고 살아도 유가 집 사람이오니, 세상에 여자로 나서 불미한 행실로 후세라도 더러운 이름을 면치 못하오리니, 차라리 한번 죽어 절을 지킬밖에 수 없나이다.」

하고, 부용 양협에 눈물이 솟아나 옥면에 가득한지라.

이때 상서부부의 창연한 심사를 어찌 다 기록하리오마는, 다시 개유하여 왈,

「네 말은 당연하다마는 낸들 모르는 것이 아니로되, 신자가 되어 군명을 거역지 못할 뿐 아니라, 또한 일문이 망할 지경이니 너는 깊이 생각하여라.」

낭자 가로되,

「예로부터 충신의 집에 열녀 있고, 열녀의 집에 효자가 난다 하오니, 남자는 충효로써 근본을 삼고, 여자는 정절로써 근본을 삼삽나니, 사람이 세상에 나서 이 두 가

---

* 금석상약 : 쇠붙이나 돌처럼 굳고 변함 없는 언약.

지에 벗어나오면 남녀간에 어찌 사람이라 칭하오리까. 전일 부친께옵서 항상 교훈하신 말씀이오매, 소녀 불초하오나 이미 뼈에 새겼삽는지라. 유생이 또한 녹록한 사람이 아니오라, 지금 불행하여 일조에 양친을 다 여의고 孑孑無依(혈혈무의)하와 동서 개걸하는 것을 부친께서 친히 데려다가 동실에 처하여 두고 佳期(가기)를 기다리고 있삽더니, 홀연 뜻을 변하와 다른 곳에 결친한다 하오면 그 심정이 어떠하오며, 그 경상을 차마 어찌 보고 보내리이까. 사람은 다 한가지라. 소녀같이 박명한 인생이 세상에 낳삽다가 부모께 근심을 끼치옵고, 남에게 못할 노릇을 시키어 生前死後(생전사후)에 무궁한 시비를 어찌 면하오리까. 바라옵나니 부모님은 불초 여식을 다시 생각지 마옵소서.」

하고, 침방으로 들어가 식음을 전폐하고 錦衾(금금)에 누워 일어나지 아니하니, 상서부부 悵惘(창망)하여 자로 개유하여 왈,

「어찌 부모의 정경을 생각지 아니하고 일단 절개만 위하여 몸을 버리고자 하느냐. 우리 부부 다른 자식 없고 다만 너 하나를 의지하고자 하였더니, 너는 어찌 부모를 조금도 생각지 아니하느냐. 정절도 중하거니와 부모에서 더할소냐.」

낭자 눈물을 흘려 왈,

「부모 자식은 한골육이라. 자식 된 도리에 어찌 후환을 끼치오리까마는, 어려서는 부모를 봉양하옵고, 장성한 후는 天定緣分(천정연분)을 맺어 夫唱婦隨(부창부수)는 여자의 三從之樂(삼종지락)*이라. 예로부터 이러하온데 부모를 위하여 다른 가

* 삼종지락 : 어렸을 때는 어버이를 좇고, 시집 가서는 남편을 좇고, 남편이 죽은 뒤에는 아들을 좇으라는 것.

문에 간 자가 없사오니, 이로 보건대 여모 정렬은 여자의 행실이온지라. 유씨 댁 납폐를 받고 다른 가문에 가오면 천지 일월성신이 다 미워하리니, 어찌 두렵지 아니하오리까.」

하며, 嘘唏長歎(허희장탄)하고 珠淚(주루) 滿面(만면)하더라.

이때 달목이 또 황상께 주촉하되,

「만일 유문성을 집에 두면 문성은 잡아다가 陵遲處斬(능지처참)하고, 이상서는 三族(삼족)을 멸하리라.」

하였거늘, 상서 황급하여 조서를 가지고 내당에 들어가 부인과 더불어 驚惶罔措(경황망조)함이 측량없더라.

낭자 이 광경을 보고 가로되,

「내가 살아 있다가는 화를 면치 못하리니 한번 죽어 부모의 후환을 없이하리라.」

하고 부모전에 여쭈오되,

「조그마한 소녀의 한 몸으로 이다지 煩惱(번뇌)하시니 소녀의 죄 만사무석이온지라. 지금 형세 위급하오니 事機(사기)대로 좇도록 하옵소서.」

한대, 상서부부 일변은 다행하나 애련한 마음 측량없더라.

차설, 광음이 훌훌하여 달가의 혼일이 격하였는지라. 이때 낭자 죽기로 결심하고, 이날 밤 삼경에 깁수건으로 목을 매니, 그 원통하고 분한 마음 어찌 다 成言(성언)하리오.

「밤은 깊어 삼경인데, 뒷동산 귀촉새는 누구를 위하여 슬피 울며, 벽간에 실솔성이 자주 울어 슬픈 간장 자아낸다. 석양에 지는 해와 동령에 돋는 달은 가고올 때 있건마는, 황천은 어디기로 한번 가면 다시 오지 못하는고. 울 밖에 섰는 단풍과 담밑에 피는 국화 철을 찾아 돌아오고, 청천에 뜬 기러기 새벽달 찬바람에 짝 잃고 슬피 울며 어디로 향하느냐. 나도 너와 같이 황천에 돌아가 후세나 인연을 만나 볼까. 가련타, 이내 몸이 세상에 생겨 이팔 청춘에 抱恨節死(포한절사)하여 지하에 돌아가도 옳은 귀신이 못 될 터이니 어찌 아니 분하리오. 織女星(직녀성)은 있건만 牽牛星(견우성)은 어디 가고, 한집에 있건만 지척이 천리 되어 바라보기 아득타. 蓬萊山(봉래산)이 가리우고 弱水 三千里(약수 삼천 리)가 가렸으니 소식인들 뉘 전하리. 가련타 이내 몸, 자결은 무슨 일고. 삼척 나건 끝에 살기 일어나니, 서산에 지는 해 값을 주고 머물소냐. 이내 간장 썩은 물이 눈으로 솟아나니, 나건에 뿌린 흔적 점점이 붉었도다. 흉중에 불은 골수에 일어나니, 쇠잔한 혼백 촉하에 날렸도다. 九曲(구곡)에 맺힌 한 九泉(구천)에 사무쳤다. 金石之約(금석지약) 저버리고 부모 은정 끊은 후 永訣終天(영결종천)하는구나. 슬프다, 저 촉불은 어느 날 다시 보며 비취금·원앙침은 언제나 덮잔 말가. 불쌍한 유공자는 앉았는가 누웠는가. 우리집 일을 아는가 모르는가. 西王母(서왕모)의 靑鳥(청조) 없으니 뉘로 알게 하리오. 나 죽은 후에 알면 결코 잊지 않고, 所向無處(소향무처)하여 사방으로 유리하는 모양 혼백인들 어찌 보며, 지하에 간들 무슨 낯으로 대면하며 무슨 말로 대접할꼬. 悠悠蒼天(유유창천)은 살피소서. 전생에 무슨 죄로 이다지 박절한고. 造物(조물)은 별로이 미워 아니하련마는, 하늘이 미워하사 이팔 청춘 여자로 非命冤死(비명원사)하니 어찌 아니 가련한가. 뒷동산의 促魂鳥(촉혼조)야 슬피 우지 마라. 나도 죽으면 너와 같이 국굴새 되어, 유공자를 못 보아서 국굴국굴 울어 보자. 오늘 밤 죽은 후에 冥魂(명혼)이 갈 곳 없어 晝夜長天(주야장천) 애통한들 어느 누가 알아보며 뉘라서 짐작할까. 무심한 유공자는 지척에 있건마는 신을 지켜 죽는 줄을 아지 못하며, 뉘라서 알게 하리오.」

이에 난향을 불러 왈,

「네 비록 나와 이름은 다르나 어려서부터 한가지로 자라나서 정의 형제 같은지라. 이제 나를 위하여 별당에 가서 유공자의 동정이나 보고 오라.」

하니, 난향이 즉시 별당에 가 몸을 감추고 공자의 거동을 살펴보니 밤은 깊어 三更(삼경)인데, 적적한 빈 방 안에 촉불은 耿耿(경경)하고 실솔성은 적적한데, 백옥 같은 유공자 시름없이 홀로 앉았더니, 문을 열고 나와 하늘을 바라보고 탄식하며 하는 말이,

「전생에 무슨 죄로 早失父母(조실부모)하고 의탁없이 無情歲月(무정세월)을 유수같이 보내니, 장부의 공명 속절없이 늦었도다. 玉階(옥계)의 王孫草(왕손초)는 해마다 푸르건마는, 우리 부모 한번 가신 후 소식이 망연하니, 어느 때나 다시 뵈오리오. 洞庭(동정)에 자는 새는 공작인가 원앙인가. 綠水(녹수)를 의지하며 사랑으로 살자 하고 나래를 서로 덮고 구구히 하는 말이 재미도 있고 유정도 하다마는, 가련할사 이내 신세는 무슨 일로 부모 친척 동기 없고, 벗도 없고 짝도 없어, 적적한 빈 방 안에 주야 사철 홀로 있어 수심으로 세월을 보내니, 어찌 한심치 아니리오.」

하더라.

난향이 거동을 보고 자연 회심하여 눈물을 흘리고 내당으로 들어와 전후 사정을 세세히 전하매, 낭자 이 말을 듣고 간장이 녹는 듯하여 슬픈 눈물이 솟아나 양협을 적시다가, 양구에 또 가로되,

「유공자 필연 우리 일을 망연히 모르고 언약만 기다리고 태연히 있으니, 내 어찌 애닯지 아니리오.」

손가락을 깨물어 離別書(이별서)를 쓰려 하니 구곡에 쌓인 말이 첩첩이 솟아나 先後倒錯(선후도착)하며, 정신이 혼미하여 이루 기록지 못하고 대강만 써서 난향을 주며 왈,

「이것을 가지고 별당에 나아가 유공자에게 전하되 아무도 모르게 드리라.」

각설, 난향이 낭자의 서신을 품에 품고 몸을 감추어 꽃아 내길로 가만가만히 유공자 계신 서당으로 행하여 나갈새, 이때 秋七月(추칠월) 望間(망간)이라. 월색은 만정하고 花香(화향)은 襲衣(습의)하는데, 유공자 혜음 없이 잠을 이루지 못하고 書床(서상)을 의지하여 월색을 대하여 앉았으매, 萬端愁心(만단수심)을 자연히 금치 못하여 이리로 생각 저리로 생각 구비구비 암암히 생각하니, 남방으로 떠오르는 구름을 바라보면, 완연히 우리 부모 그 구름 아래 계신 듯하며, 벽공에 둥글게 달린 달빛을 바라보면, 천연히 낭자의 花容月態(화용월태)를 눈에 대한 듯, 巧言華語(교언화어)가 귀에 들리는 듯, 이리 부모의 생각 저리로 낭자의 생각, 이 생각 저 생각이 물 쏟듯 구름 모이듯 무궁무궁히 이리저리 생각하고 달 비친 창을 대하여 앉았더니, 밤은 이미 五更(오경)이요 달은 이미 서산에 내리는지라.

적적하고 울울한 마음 이기지 못하던 차에, 천만 의외에 창밖에 인적 소리 있고, 사람의 그림자 창에 비치더니, 아지 못하는 일개 여환이 창문을 열고 들어와 서상 앞에 두 손을 공손히 잡고 섰는지라.

공자 벽안을 잠깐 열어 바라보니, 花顔櫻脣(화안앵순)에 翠眉紅頰(취미홍협)이 春風東園(춘풍동원)에 홍도화가 반개한 듯, 碧波池塘(벽파지당)에 홍련화가 새로 핀 듯, 奇妙絶勝(기묘절승)한 여환이라.

그 여환이 纖纖玉手(섬섬옥수)로 품속에서 金華箋紙(금화전지) 서간을 내어 두 손으로 높이 들어 고하는 말이,

「소녀는 이상서 댁 소저의 시비 난향이더니, 소저의 서신을 받들어 왔나이다.」

하는지라.

공자 심신이 산란하던 차에 난향의 말을 들으매, 자연 심신이 如醉如夢(여취여몽)에 悲懷交感(비회교감)하여 忙手開封(망수개봉)하여 서간을 열어 보니, 그 글에 하였으되,

「一室之內(일실지내)에 귀객이 와 유하신 지 三星霜(삼성상)을 지냈으나, 남녀간 예법이 엄중한 탓으로 피차 면목을 상대치 못하고 성음을 통치 못하였으되, 이왕 양가 부모님께옵서 혼인을 정하여 혼일까지 정하였으나, 天運(천운)이 불행하고 造物(조물)이 시기하여 승상 달목이 禽獸(금수)의 행실을 행하고자 하는고로 예를 이루지 못하였으나, 이왕 혼인을 택정한 일기가 있고, 또 춘부 상공께옵서 신물 주신 옥지환이 있는지라 이 몸이 비록 성례치 못하였으나, 이왕 우리 부모님께 閨門禮節(규문예절)을 배운 바 있사오니, 여자의 몸이 되어 한번 혼인을 정하여 주단을 받았으면 다시 고치지 못한다 하였으니, 이몸이 예방을 무거이 여겨 죽기로 자처한고로 성례치 못한 혐의를 피하지 아니하고 두어 자 글자를 올리오니, 미거한 허물을 용서하시고 下鑑(하감)하옵소서. 이 사이 신량이 선선하온데 客中貴體(객중귀체)가 안강하옵신지 아옵지 못하와, 구구히 염려되는 마음 부리옵지 못하나이다. 이곳은 일자 환란 이후로 가슴이 무너지는 듯 간담이 떨어지는 듯하여, 정신이 황홀하고 심사가 비참하여, 산을 대하여도 근심이요, 물을 대하여도 근심이라. 어쩌다 이내 몸이 혈혈단신 여자 되어 나서, 가문을 보전치 못하고 절개를 잃지 말고자 하여, 죽기를 하늘에 맹세하고 땅에 맹세

하였으니, 나 죽은 후 無他子女(무타자녀)한 우리 부모를 뉘라서 봉양할꼬. 내 몸 하나 죽기는 어렵지 아니하나, 나 죽은 후에 백발 양친 누구를 의지하실까 암암히 생각하니, 일변은 不孝莫大(불효막대)하고 일변은 청춘이 가련하다. 당초에 먹은 마음 산을 두고 맹세하며 물을 두고 맹세하여, 月下(월하)에 芳緣(방연)을 맺어 두 집 문호를 보전할까 하였더니, 뜻밖에 금수 같은 달목의 불칙한 환란을 만나 玉碎金山(옥쇄금산)에 봉황이 各飛(각비)하고, 金丹失節(금단실절)에 원앙이 相離(상리)할 줄을 어찌 알았사오리까. 그러나 공자는 대장부라. 하늘이 영웅을 내시매 반드시 그 心志(심지)를 먼저 괴롭게 하는 고로, 周文王(주문왕) 때 呂尙(여상)은 渭水(위수)에 낚시질하고, 殷王(은왕) 成湯(성탕) 때 伊尹(이윤)은 薪野(신야)에 밭을 갈고, 殷(은) 高宗(고종) 때 傅說(부열)은 傅巖(부암)에 담을 씻고, 漢(한) 高祖(고조) 때 韓信(한신)은 漂母(표모)에게 밥을 빌었으니, 자고로 영웅이 고초를 지낸 것인지라. 공자도 지금은 비록 곤란 중에 있으나 이런 겁운을 지내시면 장래에 王運(왕운)이 돌아와 대공을 세워 出將入相(출장입상)하실 것이니 부디 안심하옵소서. 공자에게 禍色(화색)이 박두하여 생사 경각에 있사오니 행장을 속히 차려 이날 밤 새기 전에 피신하옵소서. 황금 한 근을 보내오니, 이걸로 행비를 하여 어디로 가시든지 종적을 감추고 착한 스승을 찾아 공부를 힘써, 六韜三略(육도삼략)에 孫吳兵書(손오병서)를 통달하여 일후에 국가에 대공을 세워 달목의 원수를 갚고, 다른 가문의 窈窕淑女(요조숙녀) 어진 배필을 얻어 일국의 권세를 잡아 무궁한 복록을 누리옵소서. 이때 다행히 우리 양친 부모 살아계시거든, 공자의 친부모와 같이 생각하시어 봉양하여 주옵소서. 내 죽어 지하에 있어서 공자의 부귀 영화 극진하시기를 빌리이다. 이몸이 죽어도 혼백이 유씨 댁 혼백이오니, 바라건대 공자는 이 서신을 잃지 마르시고 행장 중에 留置(유치)하셨다가, 후일 부귀 영화하실 때에 이 사람을 본 듯이 두고 보옵소서. 나 죽은 후 백골이라도 유씨 댁 선산에 묻어 주시면, 영혼이 지하에 있어도 한이 없겠나이다. 나 죽어 閻羅府(염라부)에 들어가거든, 염라대왕께 이런 원통한 사정을 하소하여, 내생에 다시 나서 月下芳緣(월하방연)을 다시 맺어 雲爲雨情(운위우정)에 맺힌 한을 풀어볼까 하나이다. 슬프도다. 나 죽은 후 혼령이라도 가련한 이 정상을 누구를 찾아 설화할까. 瀟湘江(소상강) 明月夜(명월야)에 娥皇女英(아황여영) 찾아서 설화할까. 성이 무너지도록 울던 杞梁(기양)의 처 孟姜(맹강)을 찾아 설화할까. 河水(하수)에 고기 얻어 제 지내던 명기옥의 부인 양씨를 찾아 설화할까. 天上玉京(천상옥경) 올라가서 瑤池(요지)의 西王母(서왕모)를 찾아 보고 설화할까. 산같이 쌓이고 바다같이 깊고 깊은 이내 심정을 뉘라서 알아줄까. 공자의 총명하시고 민첩하신 마음이 십분 짐작하실 듯하외다. 할 말씀 산같이 높고 바다같이 깊어 무궁무궁 남사오나, 붓을 잡고 종이를 임하매, 하염없는 눈물이 물 솟듯 하여 지면을 적시는고로 그만 붓을 그치나이다. 재삼 말씀하기 미안하오나, 부디 이 서신을 버리지 마옵소서. 이 사람은 하늘을 가리켜 맹세하고 땅을 가리켜 맹세하여, 죽기로 결심하여 절개를 잃지 아니하겠사오니, 공자는 이 사람을 생각지 마시고 귀체 안보하시와 후일 부귀 공명을 극진한 후, 천추 백제 후에 다시 인간에 만나 방연을 맺기로 마음에 새겨 결단하고 황천길을 향하겠사오니, 부디 이 박명한 사람을 생각지 마르시고 어진 스승을 찾아 공부를 잘하옵소서.」

하였더라.

공자 편지 보기를 다하매 정신이 아득하고 심신이 비창하여, 덥지 아니하되 가슴에 불이 나고, 춥지 아니하되 전신에 소름이 끼치는지라. 정신없이 한참 앉았다가 흐르는 눈물을 씻고 난향을 바라보고 말하여 가로되,

「난향아, 너의 소저 편지하신 걸 보니 절개를 지켜 죽기로 자처하셨으니 이게 무슨 말씀이냐. 내 곧 편지답장하여 줄 것이니, 갖다드리고 아무쪼록 귀체를 안보하여, 환란을 피하여 생명을 보전하여, 일후 다시 만나 보기를 기약하나이다 하여라. 자세한 말은 편지에다 하여 주마.」

하고, 서상을 당겨놓고 먹을 갈아 편지 일장을 써서 난향을 주고 다시 부탁하되,

「너의 연광이 필경 소저의 연광과 방불할지라. 만일 소저가 불행하면 너도 의탁할 곳이 없을 것이니, 아무쪼록 정성을 다하여 소저를 잘 모시어, 잠시라도 소저 곁을 떠나지 말고 있어서 이 액운을 피하게 하라.」

난향이 추파를 들어 공자를 바라보고 서서 앵순을 잠깐 열어 말소리를 나직이 하여 앵무같이 낭랑하게 대답하여 가로되,

「공자의 분부하시는 말씀이 과시 천리 인정에 적당한 말씀이라, 어찌 분부대로 행치 아니하오리까. 천하 만사가 다만 살아 있은 후에 일이지요. 죽은 후 영혼이 서로 만난다 하는 말을 어찌 믿사오리까. 소저와 공자께옵서 불행히 액운을 당하여 세상 만고에 없는 변괴를 당하였사오나, 필경 액운이 다하고 왕운이 돌아올 날이 있을지라. 공자의 말씀대로 소저께 고하고 소저

의 마음을 위로하겠삽나이다.」

하고, 손을 들어 하직하고 서간을 받아 품에 품고 돌아오니라.

각설, 소저 난향을 보낸 후에 목욕 재계하고 후원 초당에 올라가 정화수 한 그릇을 떠서 하느님께 올리고 빌어 가로되,

「박명한 이춘영은 하느님께 비나이다. 유씨가에 인연을 맺었다가 흉악한 액운을 당하와 유씨와 인연을 이루지 못하고 자결하여 절개를 지키겠사오니, 내생에나 유씨가에 인연을 이루게 하여 주시고, 유공자를 부귀공명을 점지하여 주소서.」

이처럼 하느님께 빈 후에 침방으로 돌아와 자결할 절차를 차려 놓고 난향 돌아오기를 기다리고, 들보에 석자 면주 수건을 걸어 놓고 앉았으니, 일변으로 부모의 생각, 일변으로 유공자의 생각, 만단 수심을 이기지 못하여 홀로 앉았으니, 천지도 무심하고 귀신도 무정하다.

유공자의 회답 편지 보고 자결차로 난향 오기만 기다리더니, 창밖의 오동나무에 깃들였던 까마귀가 별안간 울고, 연못 위의 원앙새가 뜻밖에 울더니, 난향이 창문을 열고 들어와 서신을 드린대, 소저 비감하던 차 半信半疑(반신반의)하여 편지를 받아 忙手開封(망수개봉)하여 보니, 그 편지에 하였으되,

「비록 거한 곳이 수궁지지에 지나지 못하나, 閨門(규문)과 客間(객간)의 상격함이 가위 雲山(운산)이 萬疊(만첩)이요 滄海(창해) 萬里(만리)라. 심혹사지언정 서하언통하리오. 적적 초당에 獨待孤燈(독대고등)하여 홀로 앉았더니, 천만 뜻밖에 난향이 瑤池(요지) 西王母(서왕모)의 靑鳥使(청조사)가 되어 瓊章(경장)을 던지는지라. 쌍수로 봉독하

오니 소저의 花容月態(화용월태)를 눈으로 대한 듯하오며, 영민한 말씀과 정직한 말씀이 양양하여 玉盤(옥반)에 구슬을 던지는 듯 보검으로 푸른 대쪽을 쪼개는 듯하여 귀로 듣는 듯하오이다. 그러나 뜻밖에 액운을 당하와 만단 수심 중에 계신 듯하오니, 너무 과도히 마음을 상하지 마옵소서. 이 근심은 피차 일반이라. 이 사이 신량이 너무도 선선하온데 귀체 미령하실 듯하오니, 염려되는 마음 구구 간절 부리옵지 못하나이다. 이곳은 비록 객중이나 椿夫相公(춘부상공)의 은택을 입어 침식이 평안하게 있으나, 혈혈 단신이 귀댁을 하직하고 사해로 집을 삼아 유리하여 다닐 일을 생각하니, 처연 강개한 마음을 이기지 못하겠삽나이다. 이 사람의 궁곤함은 당연한 일이라, 誰怨誰咎(수원수구)할 수 없거니와, 소저는 무단히 이 사람으로 인연하여 자결하기로 자처하시니, 이 사람도 하늘이 주신 천성이 있는지라, 어찌 마음이 평안하오리까. 원컨대 소저는 천금 같은 몸을 안보하옵소서. 소저의 몸이 비록 여자나, 소저 댁으로 의론하면 백발 쌍친이 당상에 계시고 無他兄弟(무타형제)하오니, 소저의 몸이 남자와 여자를 겸한지라. 만일 소저 자결하면 이건 성례치 못한 부부간 절개만 생각하는 게요, 백발 양친을 잊어버리는 것이니, 천륜에 막대한 不孝之罪(불효지죄)를 짓는 것이라. 이는 하나만 생각하고 둘은 생각지 못하신 일이니, 소저의 영민한 마음으로 다시 돌려 생각하여 아무쪼록 몸을 피하여 환란을 면하게 하옵소서. 소저나 이 사람이나 액운을 당하여 이런 것이오니 어찌 한탄하리오. 대장부 세상에 처하여 한번 고생을 지내는 것은 상사라, 액운이 다하는 날이 있을 게요. 왕운이 돌아오는 날이 있을지라. 어찌 녹록히 이 세상을 지내리이까. 죽어서 지하에 만나는 것이, 살아서 액운을 버리고 활달한 대장부의 마음을 돌려잡아, 자결하지 마시고 환란을 피하여 귀체를 보전하옵소서. 만일 소저가 자결하면 이것은 곧 나의 연고라. 대장부 초년에 아녀자에게 원한을 끼치게 하고, 어찌 장래 부귀 공명을 경영하리오. 만일 소저가 자결하였다 하면, 이 사람의 평생이 곤궁을 면치 못할 것이라. 차라리 소저와 같이 자결하는 것이 마땅할지라, 어찌 구구히 세상에 살아 있으리이까. 원컨대 소저는 백규를 삼복하여 깊이 생각하여 보옵소서. 만일 소저 자결하면 정절은 장하다 할지나, 지하에 가면 필경 불효지죄를 면치 못할 것이니, 이 아니 한심하지 아니하리오. 아무쪼록 천신만고하여 환란을 피하고 살아나서 효도와 절개를 쌍으로 보전하는 것이 인류상에 당당한 일이오니, 비나이다. 소저는 이 사람의 말을 저버리지 마시고 千思萬度(천사만탁)하여 이 사람의 전정을 생각하여 주옵소서. 할 말 많사오나 붓끝마다 한숨이요 글자마다 눈물이라 그만 붓끝을 그치나이다. 지금 곧 행장을 차려 발행할 것이니, 그리 아시고 이 사람의 부탁한 말씀을 잊지 마시옵소서. 이 서신을 버리지 마시고 잘 두었다가, 피차 후일에 신물을 삼게 하소서.」

하였더라.

차설, 이때 유공자 입었던 의복을 벗어 놓고 전에 입었던 옷을 입고 난향으로 하여금 상서께 전갈하여 왈,

「상서의 河海之澤(하해지택)을 입사와 지금껏 잔명을 보전함은 白骨難忘(백골난망)이오나, 하늘이 미워하시고 造物(조물)이 시기하와

인연이 끊칠 때라. 기약없는 이별을 지으며 渺蒼海之(묘창해지)一粟(일속)이라. 이별이 총총하와 슬하에 하직을 고하지 못하는 죄는 萬死無惜(만사무석)이외다. 복망 상서는 내내 무양하옵소서.」

하고, 행장을 차려 문밖에서 하늘을 우러러 탄식하여 왈,

「悠悠蒼天(유유창천)은 살피소서. 전생에 무슨 죄로 이러하오리까.」

하고 엎어져 기절하니, 난향이 달려들어 공자를 안고 통곡 왈,

「공자는 진정하옵소서.」

하고 만단 위로하니, 공자 다시 정신을 차려 난향을 하직하고 나서니, 망망한 천지에 갈 곳이 망연하매, 청천의 부운 같더라.

난향이 공자의 정경과 떠나는 행색을 보고 눈물을 흘리며 내당에 들어가, 상서부부께 공자의 전갈 말씀과 그 떠나던 정경을 세세히 고하니, 상서부부 듣고 창연하여 눈물을 머금고 즉시 별당에 나가 보니 벌써 종적이 없더라.

난향이 또 낭자께 편지를 드리고 떠나던 거동을 고하며 눈물을 머금어 말을 못하니, 낭자 창연함을 이기지 못하여, 편지를 忙手開封(망수개봉)하여 보기를 다하매 가슴이 찢어지는 듯, 그 보내던 정경을 생각하매 목석간장이라도 차마 견디지 못할러라.

이에 편지를 다시 봉하여 품에 품고 입었던 의상을 벗어놓고 綠衣紅裳(녹의홍상) 내어 입고 세수 단장 정히 하고 북향 사배하여 왈,

「비나이다. 玉皇上帝(옥황상제)와 北斗七星(북두칠성)은 굽어살피사, 박복

한 소첩 이춘영은 이팔 청춘에 抱冤節死(포원절사)하와 부모에게 불효하고 天定因緣(천정인연)을 저버리오니 어찌 천지가 두렵지 않사오리까.」

빌기를 마친 후 그 자리에 주저앉아 일장 통곡하고 삼척 나건으로 연연한 목숨을 결단하니, 아깝고 가련하다. 낭자의 명이 경각에 있는지라.

이러구러 날이 밝으매, 부인이 낭자를 위로코자 방으로 들어가 보니, 낭자 結項(결항)하여 命在頃刻(명재경각)이라. 부인이 대경하여 그 맨 것을 끄르고 시비로 약을 가져다가 구호하여 수족을 주무르니, 이윽고 숨을 통한지라. 부인이 낭자의 가슴을 어루만지며 얼굴을 한데 대고 失性痛哭(실성통곡)하여 왈,

「네 이것이 웬일이냐. 마라 마라, 그리 마라. 절개도 중커니와 백발 쌍친을 뉘게 의탁하라고 이 지경을 하느냐. 우리 부부 늦게야 너를 두고 金枝玉葉(금지옥엽)같이 사랑하여 終身之事(종신지사)를 의탁하고자 하였더니, 하늘이 우리를 미워하고 귀신이 作戱(작희)함이요, 반드시 즐겨하는 일은 아니라. 특별히 권세에 압제되어 강잉함이라. 너의 거울같이 맑은 마음으로 어찌 이다지 조급하뇨.」

하더라.

상서는 기가 막혀 아무 말도 못하고 앉았더니, 낭자 차차 숨을 돌려 길이 한숨 쉬고 돌아누우니, 맑은 눈에 붉은 눈물이 흘러 자리 적시더라. 상서 왈,

「네가 전일에 말하기를 부모의 명대로 하리이다 하더니, 지금 대사 임박하여 이렇듯 참혹한 경상을 보이느냐. 아뭏든 열번 생각하여라. 당초에 이럴 줄 알았으면 일문이 망할지라도 군명을 거역하였을지라. 네 마

음이 종시 이러한 줄은 몰랐도다. 우리 부부 네 앞에서 먼저 죽어 모르는 것이 마땅하도다.」

하니, 낭자 이윽히 앉아 눈물만 흘릴 따름이라.

차설, 세월이 여류하여 어언간 달가의 혼일이 달하였는지라. 달생이 위의를 갖추어 이르거늘, 교배석에 나아가 초례를 이루고자 하여 상서 낭자를 나오라 하니, 낭자 머리를 싸고 누워 종시 일지 아니하는지라, 상서부부 낭자를 붙들고 만단 개유하여 왈,

「지금 신랑이 왔으니 이 일을 어찌하잔 말이냐. 일향 불순하면 우리 부부 당장 네 앞에서 죽으리라.」

하니, 낭자 경황 중 정신없이 앉아 양협에 누수 여우하더니, 약간 단장을 수습하고 시녀로 옹위하여 奠雁廳(전안청)에 나아가 百態千光(백태천광)이 구름 속에 들어 靑天明月(청천명월)이 부운에 가림 같고, 春三月(춘삼월) 碧桃花(벽도화)가 광풍을 싫어하는 듯하더라.

겨우 예를 마친 후에 바로 신행하여 갈새 상서부부 슬픈 안색으로 낭자를 잡고 왈,

「네 오늘날 비로소 부모 슬하를 떠나 가고 보내는 정이야 이루 말할 수 없으나, 옛말에 이르기를 「여자의 유한이 부모 섬길 날은 적다」하였으니, 어찌 괴로이 심장을 상하리오. 부디 구고를 지성으로 봉양하고, 가군을 정성껏 섬겨 뜻을 어기지 말고, 노복을 인의로 다스려 즐거운 소문이 돌아오게 하여라.」

또 달생의 손을 잡고 못내 애련하여 왈,

「우리 자식이 다만 이뿐이라. 부디 사랑하여 허물을 붙들며 적은 공을 초양하여 영광이 있게 하면, 우리 또한 종신 대사를 그대에게 붙이고자 하노니 부디 잊지 말라.」

하더라.

이때 낭자 눈물을 흘리며 왈,

「바라나니 부모님은 불초 여식을 과도히 생각지 마옵시고 만세 무양하옵소서. 다만 한 말씀을 부탁하옵나니, 가련한 유생을 찾아다가 소녀 본 듯이 후히 대접하옵소서.」

머리를 숙이고 정 안에 들어앉으니, 달생이 정 앞으로 지나는지라. 낭자 시비를 꾸짖어 정문을 닫으라 하니, 달생이 무료하여 안색이 불평하거늘, 상서 생의 손을 잡고 왈,

「여아의 성정이 본시 고집된 연고니 허물치 말라.」

하더라.

달생이 낭자의 정을 앞세우고 돌아올새, 쌍쌍 시녀는 십리에 나열하고 위의 찬란하니, 관광인이 칭찬 아닐이 없더라.

원래 낭자 忠孝兼全(충효겸전)하고 절행이 빙설 같은지라, 어찌 대례 전에 못 죽었으리오마는, 후환을 염려하여 잠시 참고 달가에 혐의가 없게 함일러라.

차설, 이때 승상이 친척과 빈객을 모으고 대연을 배설하고 기다리더니, 이윽고 신부의 교자 당도하는지라. 시녀들이 정문을 열어 보니, 낭자 수건으로 목을 매어 죽었는지라. 달가로 하여금 백옥 같은 정렬 낭자를 죽게 하였으니, 어찌 천도 무심하리오. 홀연 천지 진동하고 흑운이 만천하며 일월이 무광하더라.

유모와 시비 난향이 방성 통곡하며 신체를 붙들고 기절하니, 관광 제인이 아니 우는 자 없더라.

달승상 왈,

「낭자의 죽음은 단지 유가를 위함이니, 내 집에서 감장함이 불가타.」

하고, 즉시 그 정을 도로 보내니라.

난향 등이 발상 통곡하며 돌아올새, 사람마다 말하되, 설마 죽었으랴 하고 다투어 구경하더라.

이적에 상서부부 낭자를 보내고 마음이 창연하여 침석에 누웠더니, 홀연 곡성이 진동하며 유모와 난향이 발상하고 들어오니, 어찌 놀랍지 아니하리오. 혼가 대경하여 일시에 달려들어 시신을 붙들고 통곡 기절하는지라. 비복 등이 붙들어 진정한 후 시체를 모시어 낭자 방으로 들어가 염습 제구를 차리고, 상서와 부인은 땅을 두드려 통곡 왈,

「일정 죽을 줄 알았다면 황명을 거역하고 우리가 먼저 죽을 것을, 세상에 이런 참혹한 일도 또 있는가. 춘영아 춘영아, 이것이 웬일이냐. 부모를 속이고 하늘이 무심하랴. 우리 죽은 후에 혼백인들 뉘게 위탁하며, 백골인들 뉘라서 掩土(엄토)하여 주리오. 차라리 너와 같이 죽어 혼이라도 따라가고 백골이라도 한데 묻히자.」

하고, 눈물이 화하여 피가 되더라.

일변 염습 제구를 차려 입은 옷을 벗기니, 품 가운데 일봉서가 있는지라. 상서부부 떼어 보니, 그 부모에게 드리는 永訣書(영결서)라. 그 글에 하였으되,

「불초 여식 춘영은 천명이 당하와 부모님을 영결하오니, 꽃이라 다시 되며 잎이라 다시 필까. 부모를 잠시 못 뵈와도 삼춘 같삽더니, 오늘 永訣終天(영결종천)할 줄 어찌 알았사오리까. 부모 슬하에 다른 자식 없삽고 소녀뿐이라. 금옥같이 사랑하사 그 은덕을 만분지일이라도 갚

사올까 바라옵더니, 천명을 도망치 못하와 불효를 끼치오니, 일후 지하에 가 무슨 면목으로 뵈오리까. 이팔 청춘 원혼이 구천에 돌아간들 어찌 설원하오리까. 유생을 비록 면목도 본 바가 없사오나, 신물과 예단을 받았으니, 여자의 행실로 어찌 다른 가문에 가오리까. 이러하므로 신체라도 임자는 유생이온즉, 염습할 때 옥지환 한 짝과 금봉채 반 편을 가슴 위에 얹어 염습하옵고, 또 유씨 댁 산소 발치에 묻어 주시고, 銘旌(명정)에도 「유문성의 처 이씨」라 하여 주옵시면 혼백이라도 여한이 없이 눈을 감고 가겠사오니 부디 잊지 마옵소서. 지원한 말씀을 이루 다 못하옵고 대강 알리옵나이다.」

하였거늘, 상서부부 보기를 다하고 더욱 설워하여 왈,

「이 글 지어 두고 죽으려 한 줄 어찌 알았으리오.」

머리도 탕탕 부딪치며 가슴도 광광 두드리며 실성 통곡하니, 시비 등이 일변 위로하며 일변 염습할 신물과 예단을 가슴 위에 얹어 왈,

「이것으로 말미암아 죽었으니 가련코 참혹하다. 유언대로 시행하오니 낭자는 아옵소서.」

하고, 또한 명정에 「柳文成夫人李氏之柩(유문성부인이씨지구)」라 하였더라. 또한 유씨 선산을 찾아가니라.

차설, 이때 국운이 불행하여 사방에 도적이 벌 일어나듯 하니 백성이 피란하는지라. 이때 상여를 운구하다가 중로에서 도적을 만나매 미처 가지 못하고, 青麗山(청려산) 開雲寺(개운사)라 하는 절 동구 앞에 停柩(정구)하고 피란하더니, 도적이 점점 강성하여 사람이 모두 도망하더라.

차설, 유문성이 이상서 댁을 하직하매 所向無處(소향무처)라. 어

디로 갈 줄 모르더니, 부모 산소 앞에 막을 짓고 세월을 보내는지라.

일일은 몸이 곤하여 잠깐 졸새, 非夢似夢間(비몽사몽간) 청량한 울음소리 반공에 들리거늘 자세히 보니, 한 여자 녹의 홍상에 깁수건으로 목을 매고 머리를 산발하고 유생을 부르거늘, 생이 놀래어 물어 왈,

「어떠한 사람이관데 무슨 일로 슬피 울며 다니느뇨.」

그 여자 대답하되,

「낭군은 첩을 모르시나이까. 낭군을 위하여 자결하였삽더니, 이제 죽은 혼이라도 인연을 찾고자 왔나이다.」

가장 슬퍼하는지라. 유생이 달려들어 붙들려 하니 소저 간 곳 없고, 잠을 깨니 南柯一夢(남가일몽)이라. 생각하되,

「낭자 정녕 죽어 혼이 왔도다.」

하고, 심신이 산란하여 마음을 진정치 못하다가 마을 근처로 내려가니, 여러 사람들이 말하되,

「황성 이상서 댁 낭자가 혼인하여 가다가 자결하매, 달가 무료함이 측량없고 낭자의 절행이 아깝다.」

하더라.

유상이 듣고 대경하여 자세히 물으니 적실한지라, 일자를 헤아려 본즉 전일 현몽하던 날이라. 즉시 돌아와 香燭(향촉)을 갖추고 낭자 영혼을 위로하며 통곡 왈,

「참혹하다. 낭자는 이 몸으로 하여금 절개를 위하여 청춘에 원사하니, 절개도 중커니와 천금 일신을 어찌 헛되이 버리셨나이까.」

무수 애통하니, 이때는 마침 춘삼월 망간이라. 명월은 만공한데, 짝을 잃은 두견새는 처처에 슬피 울고, 유유한 잔나비는 무심히 왕래하니, 생이 더욱 심사 울

적하여 초막에 누웠더니, 홀연 非夢間(비몽간)에 청아한 옥동자 은연히 내려와 재배하여 왈,

「玉京(옥경)에서 부르시니 바삐 가사이다.」

생이 따라가 한 곳에 이르니, 백옥 난간이 층층한데 옥적소리 錚然(쟁연)하거늘, 마음이 황홀하여 점점 들어가니 옥게문이 반공에 걸려 있고, 무지개다리는 금슬문을 연하였는데 검은 현판에 금자로 썼으되 「通天普化門(통천보화문)」이라 하였더라.

여러 화각을 지나 한 전각이 당도하니, 유리 차일은 일광이 영롱하고 주란 화각이 반공에 솟았는데, 앵무·공작은 쌍쌍이 춤을 추고 기화 요초는 사방에 나열한데, 벽도화 만발하여 봉황이 왕래하니, 가위 선경이요, 인간은 아닐러라.

여러 선관은 학을 타고 녹의 홍상한 선녀들은 옥패를 손에 들고 채운간에 왕래하는데, 천상을 바라보니 운무 병풍 높이 치고 칠보 포진한데, 한 선관이 머리에 화관을 쓰고 몸에 풍운자를 입고 백옥홀을 쥐고 전상에 앉았거늘, 유생이 계하에 복지한대, 그 선관이 내달아 생의 손을 잡고 왈,

「반갑다, 문성아. 그 사이 무양하더냐.」

하거늘, 황홀하여 다시 보니, 평생에 그리던 부친일러라. 생이 붙들고 통곡하니, 승상이 개유하여 왈,

「문성아, 슬퍼 말고 진정하여라. 낸들 어찌 슬프지 아니하랴마는, 이곳은 곡성을 내는 곳이 아니라. 너를 이곳으로 인도하기는 너의 가련한 정경과 이낭자의 참혹한 원정을 상제께 주달하여, 너희 양인의 平生怨(평생원)을 풀게 함이라.」

하시고, 문성을 데리고 전상으로 올라가 풍악을 갖추고 대연을 배설하며, 선관을 명하여 紅袍官帶(홍포관대)를 입히고, 좌수에 鳳尾扇(봉미선)을 들고 우수에 옥홀을 잡았으며, 錦繡遮日(금수차일)을 반공에 높이 치고 시위 선관이 나열한대, 그 안에서 여러 선녀가 한 낭자를 옹위하여 나오니, 七寶花冠(칠보화관)에 녹의홍상으로 교배석에 나오니, 그 거동이 찬란하더라.

황홀하여 잠깐 눈을 들어 보니, 이는 다른 사람이 아니라, 평생에 그리고 원하던 이낭자라. 반갑고 의의하여 진정치 못하더니, 예를 마치고 화촉동방으로 돌아가니 날이 이미 저문지라. 낭자 칠보 화관으로 촉하에 앉았다가, 유생을 보고 아미를 숙이고 수태를 이기지 못하여 하거늘, 유생이 달려들어 낭자를 붙들고 왈,

「낭자는 어찌 나를 보고 반기지 아니하느뇨.」

하고 눈물을 흘리거늘, 낭자도 이제 반가움을 이기지 못하여, 유생의 손을 잡고 눈물을 흘려 왈,

「첩은 낭군을 위하여 세상을 버렸었거니와, 오늘 이곳에 와 만나 볼 줄 어찌 알았사오리까. 그러나 그 사이 어찌 지내시며 오죽 곤궁하오리까.」

하고 전후 지낸 일을 세세히 설화하니, 유생이 또한 지내던 일을 일일이 설화하매, 피차 오열하여 밤 드는 줄을 모르다가, 촉을 물리고 금금에 나아가니, 그 탐탐한 마음과 은근한 정이 비할 데 없으며, 원앙이 녹수에 노는 듯하더라.

낭자 또 가로되,

「일후에 나를 보시려거든 청려산으로 오소서.」

하고, 무궁한 회포를 다 못하여 홀연 용골새 우는 소리에 놀라 깨니 一場春夢(일장춘몽)이라.

지낸 일을 생각하니 허탈하고 이상하나, 꿈일망정 하도 역력하고, 또한 청려산으로 찾아오라던 말이 괴이하나, 혹여 그곳에 무덤이 있는가 한번 가 보리라 하고 부모 산소에 하직하고, 즉일 발행하여 전전히 찾아가니, 이때는 마침 삼춘이라.

종일 가더니 날은 저물고 다리는 아프고 기갈이 자심한지라, 암상에 앉아 잠깐 쉬더니, 야색은 적적하고 산새는 날아들며, 동령에 돋는 달은 뚜렷이 밝았는데, 슬피 우는 두견새는 不如歸(불여귀)를 일삼으며, 처량한 잔나비는 자식 잃고 슬피 울며, 청천에 떼기러기는 짝을 잃고 돌아가고, 적막 공산에 바람은 삽삽하고, 층암 절벽 상에 흐르는 폭포성은 장부 심사 가려낸다.

사면을 둘러보며 심회를 정치 못하고 앉았더니, 홀연 은은한 경쇠소리 풍편에 들리거늘, 정신이 쇄락하여 그 소리를 좇아 들어가니, 산간에 한 절이 있는지라. 반가이 찾아간즉 한 동자 나오거늘, 따라 들어가니 한 소승이 있으되 蒼顔白髮(창안백발)에 미옥이 淸秀(청수)한지라. 생이 나아가 예하니, 노승이 합장 배례 왈,

「소승은 이 산을 지키는 중이옵더니, 공자의 행차를 문외에 맞지 못하와 미안하여이다. 그러나 어디 계시며, 무슨 일로 이 깊은 산중에 오신가.」

생이 답왈,

「생은 원토 사람으로 불행하와 早失父母(조실부모)하고 孑孑無依(혈혈무의)하여 東西流離(동서유리)하옵더니 우연히 이곳에 왔삽거니와, 다시 묻잡나니 이 산 이름은 무엇이며, 존사는 뉘라 하나이까.」

노승이 답왈,

「이 산 이름은 청려산이요, 이 산은 개야산 선유암이요, 소승은 남이 이르기를 越經大師(월경대사)라 하노이다.」

유생이 이 말을 듣고 대희하여 왈,

「수년간에 혹 이 산에 장사 지낸 일이 있나이까.」

노승이 답왈,

「이 산은 깊고 험하여 속인이 임의로 다니지 못하더니, 연전에 어떠한 喪行(상행)이 지나다가 동구 밖에 정구하고 도적을 만나 가더니, 다시 오지 아니하매 차마 그저 둘 길 없어 이 산에 掩土(엄토)하였거니와, 공자는 어찌 묻나이까.」

유생 왈,

「이는 소생과 동기간이라. 병란 후로 東西奔竄(동서분찬)하여 미처 찾지 못하였더니, 이제는 존사의 덕으로 이처럼 엄토하셨다 하오니 불승 감격하여이다.」

하고, 날 새기를 기다려 노승께 하례하고 다시 청하여 왈,

「그 무덤을 자세히 가르쳐 주시기를 바라나이다.」

노승이 산에 올라 청려장을 들어 가리키는지라. 자세히 듣고 찾아가니, 금산일곡에 한 분묘 있거늘, 분상을 두드리며 일장 통곡하고 제문을 지어 읽으니, 그 제문에 하였으되,

「모년 모월 모일 여남 북촌 거하는 유문성은 근고 우리 낭자 혼령전하나이다. 이별 삼년에 소식이 영절터니, 창오산 저문 날에 찾아오기 망연하다. 몽중에 이르던 말씀 허황 중 분명키로, 跋涉滔滔(발섭도도)하여 근근히 찾아왔으나, 音形(음형)은 간 곳 없고 심산 궁곡에 외로운 무덤뿐이로다. 幽明(유명)은 다르나 영혼이 분명커든 흔적이나 보이소서. 가련한 낭자의 정절은 고금에 없도다. 부귀

를 돌아보지 아니하고 일단 절개만 지켜 옥 같은 몸을 버려 黃壤之客(황양지객)이 되었으니, 어찌 슬프고 애닯지 아니하리오.」

방성 통곡하니, 영혼인들 감동치 아니하리오. 청아한 곡성이 공중에 나며 분묘가 벌어지더니, 꽃 같은 낭자 묘중에서 나오는데 신색이 의연한지라. 낭자의 절행을 하늘이 감동하사, 그 원억하고 참절함을 불쌍히 여기시고, 그 인연을 만나 積冤深愁(적원심수)를 풀게 하심이니, 어찌 生還(생환)키 어려우리오.

이때 유생이 三魂夢(삼혼몽)을 새로 깬 듯하여 낭자를 붙들고 실성 통곡 왈,

「참인지 꿈인지 진가를 분명히 알지 못하리로다. 자고로 死者復生(사자부생)한다는 말은 혹 있으나 항상 믿지 못하였더니, 이제 볼 줄 어찌 알았으리오. 반갑고 기쁘도다.」

雲鬢花顔(운빈화안)과 녹의 홍상이 전일 선경에서 보던 모양과 조금도 다름이 없더라.

낭자 도리어 수괴를 머금고 고개를 숙이고 눈물만 흘리며 유생을 잡고 위로 왈,

「낭군은 잠깐 진정하소서. 박명한 첩으로 하여금 무한한 간장을 사르시고, 이같이 험한 심산 궁곡에 근고하시니 도시 첩의 죄라, 어찌 참괴치 아니하오리까.」

유생이 탐탐한 정을 이기지 못하여, 전후 지내던 일과, 몽중에 보이던 말과, 천상에서 지내던 일과, 청려산으로 찾아오란 말이 역력하기로 즉시 찾아온 말을 세세히 설화하니, 피차 오열하여 태산같이 높은 의와 하해같이 깊은 정을 어찌 측량하리오.

유생이 낭자를 이끌고 마을로 내려와 우선 곡기를 시

켜 완인이 된 후, 유생 왈,

「낭자 지금 의탁할 곳이 없으니, 황성으로 바로 가 부모를 찾아뵈옴이 어떠하오리까.」

낭자 대왈,

「부모 뵈올 마음은 一刻(일각)이 如三秋(여삼추)오나, 원로 험지에 행보도 어렵거니와 황제와 달가의 화가 두렵사오니, 아직은 가지 못할까 하나이다.」

유생이 또한 깨닫고 길을 떠나 산하로 내려가더니, 문득 경쇠소리 은은히 들리거늘, 생각하되 이곳에 절이 있는 듯하나, 여승이 없으면 낭자의 거처가 불편할 듯하여 주저할 즈음에, 산곡에서 한 노승이 육환장을 짚고 완완히 내려오거늘, 자세히 보니 여승이라. 공자를 보고 합장 배례 왈,

「소승은 이 산 지키는 중이옵거니와, 공자는 어디로 가시관데, 이같이 험한 산중에서 주저하나이까.」

공자 공손히 대왈,

「우리는 원토 사람으로 조실부모하옵고 의탁없이 사방으로 유리하더니, 우연히 이곳에 와 존사를 만나오니 만행이온지라. 바라건대 길을 인도하옵소서.」

노승 왈,

「묻잡나니 공자는 여남 땅 유승상 자제 아니시며, 저 낭자는 낙양 이상서 댁 낭자 아니시니까. 스승의 말씀을 듣고 청려산에 가 공자와 낭자를 찾삽다가 종적을 몰라 답답하옵더니, 다행으로 도중에서 만나오니 반갑사외다. 소승을 따라 가사이다.」

하거늘, 공자와 낭자 이말을 듣고 놀라 왈,

「한번도 뵈옴이 없거늘 어찌 두 사람을 아시나이까.

또한 존사를 뵈온 즉 鶴髮蒼顔(학발창안)이라, 연세 얼마나 되시며, 또 스승이 계시다 하오니 놀랍거니와, 청려산까지 찾아가심은 어쩐 연고니까.」

노승이 대왈,

「소승의 나이는 백팔이옵고, 사부의 연세는 일만팔천세라. 산중에 은거하신 지 수천년이요, 도학과 천문 지리를 能通(능통)하옵는지라. 이러하므로 공자와 낭자의 이름을 아시고 소승더러 하시기를, 「내게 잠시 연분이 있으니 데려오라」 하시기로 찾아왔나이다.」

하고 길을 인도하여 한가지로 가니, 층암 절벽에 운무 잠겨 있고 기화 요초와 飛禽走獸(비금주수)가 많으며, 蒼松(창송)은 落落(낙락) 桃花(도화)는 綽綽(작작)한데, 앵무·공작은 날아들고, 楊柳千萬絲(양류천만사)는 폭포 상에 푸르렀으니, 可謂別有天地非人間(가위별유천지비인간)이라.

노승을 따라 점점 들어가니, 과연 한 노승이 황금탑 위에 단정히 앉았으되, 백발이 낯을 덮어 있고, 몸에 羽衣裳(우의상)을 입고 우수로 감중연하고 좌수로 이허중하며, 위풍이 엄숙하여 바라보기 어렵더라. 과연 생불인 줄 알고 마음에 황홀하여 계하에 복지하니, 노승이 가로되,

「이 산에 은거하여 세상에 종적이 없거니와, 그대 등은 전생에 죄가 있어 초년 고생이 많거니와, 차역 운수라 일시라도 면치 못하노니, 나와 잠시 연분이 있기로 인도하였으니, 신통한 술법과 기이한 재주를 배워 세상 풍진을 쓸어 버리고, 出將入相(출장입상)하여 무궁지락을 누릴지라.」

한대, 낭자와 공자 공경 대왈,

「천생 등은 세상에 있을 데 없는 목숨이라. 어찌 산경에 무궁한 도술을 배우며, 세상 공명을 바라오리까마

는, 이처럼 하념하시니 불승 감격하여이다.」

노승이 동자를 명하여 옥병에 약을 따라 주거늘, 받아 마시니 정신이 씩씩하고 기운이 대발하며 의사 광활한지라. 책을 내어놓고 天文地理(천문지리)와 六韜三略(육도삼략)이며, 奇文遁甲(기문둔갑)과 五行變化之術(오행변화지술)을 가르치니, 재주 一覽輒記(일람첩기)하여 삼일 지내에 달통하고, 또 陣法(진법)을 가르치며 劒術(검술)을 가르치니, 또한 삼일에 통하는지라. 노승이 칭찬하고 양인을 데리고 산상에 올라가 천기를 보고,

「이제 세상이 분분하니 즉시 나아가 성공하라. 영웅이 때가 돌아오니 어찌 녹록히 산중에만 있으리오. 나는 이르기를 日光道士(일광도사)라 하거니와, 그대는 당초에 天上文星(천상문성)이요, 낭자는 月宮姮娥(월궁항아)의 총녀라. 장명이 상제의 명을 받아 월궁 도야차로 갔을 때에 서로 눈 주어 희롱한 죄로 인간에 적강하여 초분 고생을 지낸 후, 중분비 첨비로서 액을 면하고 좋은 운수가 돌아오게 마련하였으니, 상제께 빌어 연분을 맺은 후에 후사를 인도하리라. 이 산에서 하루 가면 일년이 되매, 이러하므로 이곳에 와 칠일 지낸 것이 인간 칠년이라. 적장이 또한 오봉산 충령도사에게 술법을 배워 재주가 神出鬼沒(신출귀몰)하니 부디 조심하며, 낭자는 남복을 입고 서로 도와 대공을 이루게 하라. 지금 남방이 요란하니 創業之人(창업지인)을 찾아 천시를 어기지 말라. 일후에 만나리라.」

하고 이별할새, 피차 연연한 정을 이기지 못하여 백배 치하하여 왈,

「선생의 은덕은 백골 난망이온지라. 이제 하직하오면 어느 때나 다시 뵈오리까.」

하고 차마 떠나지 못하니, 도사 왈,

「천수를 어기지 못하리니 바삐 나아가 朱氏(주씨)를 도우라.
용마를 보내나니 남방으로 갈지어다.」

말을 마치고 소매를 만지며 紅扇(홍선)을 내어 부치니, 홀연 광풍이 대작하며 뇌성 벽력이 천지 진동하여 산악을 뒤치는 듯, 운무 자욱하여 지척을 분별치 못할러라.

이윽고 날이 청명하며 도사 간 곳 없거늘, 크게 괴이하여 사면을 살펴보니, 집은 간 데 없고 송정과 반석뿐일러라. 공중을 향하여 탄식하고 盤石(반석)에 題名(제명)하고 낭자를 데리고 길을 찾아 나오니라.

차설, 이때는 順宗(순종) 십삼년 하오월이라. 유생이 인가를 찾아 유리 걸식하며 전전 도보하여 한 곳에 다다르니, 이 땅은 양주 무주 지경이라. 낭자는 변복하여 서생의 복색으로 주점을 찾아가더니, 이는 여화강촌이라. 인가는 즐비하나 문앞에 푸른 대와 황토를 피고 문을 굳이 닫고 잡인을 금하거늘 괴이하여 주저하더니, 강변에서 한 노인이 황양건을 쓰고 낚싯대를 들고 오거늘, 유생이 반겨 나아가 절하고 왈,

「일세 저물기로 유숙코자 하되, 일촌이 다 문을 닫고
사람을 피하오니 실로 괴이하여이다.」

도인이 답왈,

「주점 사람이 행인을 피하니 괴이한 일이나, 그대 등
은 무슨 흉이 있어서 금하는지 낸들 어찌 알리오.」

하고, 다시 본 체 아니하고 일엽 편주를 타고 범범 중류하여 내려가며 길게 노래하여 왈,

「女化爲男(여화위남)하니 행색이 수상하다.
선생을 이별하니 심사가 비창하다.
부모에 배반하고 남경을 찾아가니 행실 부정하도다.

죽은 지 삼년 만에 다시 살아나니 인형이 변하도다.
군부에게 죄를 얻고 亡命逃走(망명도주)하니 의사도 오활하다.
칠일간 배운 재주로 성공도 하려니와,
원수도 갚은 후에 광광 영웅으로 검술도 보려니와,
煙霞流雪(연하유설)에 전정도 거룩하다.
깨달으면 說客(세객)이요, 의심하면 刺客(자객)이라.
일시 몽사로써 지휘 분명하다.
부모를 만나 반갑기도 하려니와, 싫어함은 무슨 일고.
천지 지인하사 자객을 용서하면
부귀를 받아 부귀 영화할 것이니,
初分(초분)을 한치 말고 後分(후분)을 기다리라.」

노래를 그치고 간 데 없더라.

이때는 추칠월 망간이라. 수백호 인가에 인적이 고요한데, 일도 추풍에 월색은 교교하고 금풍은 소슬한데, 離鄕孤客(이향고객)의 수회를 돕는지라. 야색을 탐하여 낭자의 손을 잡고 강서로 내려가니, 앞으로는 洞庭湖(동정호) 칠백리요 뒤로는 巫山(무산) 十二峯(십이봉)이라. 옛날 春秋戰國時代(춘추전국시대)에 충신 열사와 영웅 호걸이 각각 제명했더라.

경개를 구경하며 추연 탄식하더니, 홀연 천둥 같은 소리 나며 하늘이 진동하고 땅이 뒤치는 듯하는지라. 괴이하여 살펴보니 강수에서 오색 채운이 일어나며 이윽고 한 소년이 자화관을 쓰고 옥대를 띠고 千里龍驄馬(천리용총마)를 타고 백사장 수백보를 뛰어날으더니, 그 거동은 비룡 같고 날래기 맹호 같더라. 소년은 말을 타고 북촌으로 가고, 용은 죽림으로 오르려 하니, 사장에서 서로 힐난하다가 봉황각에 다다르니 과연 인적이 있는지라. 말께 내려 올라가니 유생이 차면하고 있다가, 총망히 일어나 맞아 예

필 후 살펴보니 단정한 형용이 비범한지라, 유생 왈,

「선동은 어디로 오시나이까.」

선동이 대왈,

「소동은 연화강 용왕의 아들이라. 상제의 명을 받아 수궁 용마를 내어다가 여남 땅 유문성을 주라 하시매 기다린 지 수월이라, 마침 부친께옵서 구경차로 갔삽다가 귀인을 보시고 돌아와 재촉하시기로 왔삽더니, 용마 먼저 임자를 알고 이곳으로 인도하여 귀인을 뵈오니 또한 천명이로다.」

유생이 이 말을 듣고 대경 대희하여 사례 왈,

「천생은 인간 백면 서생이라. 우미한 눈이 용왕을 뵈와도 아지 못하였사오니 도리어 황공하여이다. 생은 본래 노둔한지라, 용마를 쓸 데 없을 뿐더러, 유문성이란 사람이 필연 다른 사람인가 하나이다.」

선동이 답왈,

「과도히 겸사치 마르소서. 유문성이라는 사람이 세상에 셋이로되, 하나는 서쪽 땅 유문성이니 봉사의 아들이라. 불과 여염집 필부고, 또 하나는 남니국 유돌경의 아들이로되, 불과 削髮爲僧(삭발위승)이오며, 여남 땅 유승상의 자제를 찾음이니 어찌 의심하오리까.」

유생이 두 번 절하고 사례 왈,

「이런 용총을 주시니 감사하여이다.」

용자 또 청룡초운갑과 칠성대검을 주며 왈,

「칠성검은 즉 용궁소작이라. 弓矢劍戟(궁시검극)이 범치 못하오며, 칼은 은하검이니 七星精氣(칠성정기)를 응하여 사람의 정신을 돕고, 용력을 도와 침침한 漆夜三更(칠야삼경)이라도 명랑하여 능히 陰邪(음사)를 제어하고, 비록 백근철갑이라도 운무같이 돌아가 한번 실수치 아니하리니, 세 가지를 가지면 어찌 대장부의 성공하기를 근심하오리까. 天數(천수) 임박하였으니 남경으로 향하소서.」

하고 간 데 없거늘, 유생이 가장 대희하여 낭자의 손을 잡고 왈,

「이에 하늘이 도우시니 달가 원수를 갚으리라.」

하고, 검술을 시험코자 하여 문앞에 나아가니, 빛은 불빛 같고 장은 십척이요, 눈은 샛별 같아 짐짓 천하 명마라. 유생을 보고 굽을 치며 소리질러 가장 반기거늘, 생이 말을 붙들고 경계하여 왈,

「너와 연분이 있어 사생을 같이할 것이니, 힘을 다하여 성공하게 하라.」

하고, 은하검을 들고 용마를 한번 타고 馳騁(치빙)하니, 용마 소리를 지르고 반구에 솟아 올라 풍운을 무릅쓰고 벽해를 뒤치는 듯 탄탄 사장에 동서 치빙하매, 살기 충천하고 의기 늠름하니, 천하 영웅이요 당세 준걸일러라.

낭자 보고 즐거움을 이기지 못하여 생을 붙들고 못내 치하하고, 생은 낭자의 손을 잡고 왈,

「남아 세상에 나매 풍진을 소탕하고 공업을 세워 이름을 천추에 유전함이 장부의 원하는 바이라, 어찌 치하하느뇨.」

하더라.

이때는 明宗(명종) 십육년이라. 順宗皇帝(순종황제) 새로 즉위하여 親(친)小人(소인)·遠賢臣(원현신)하고, 충렬을 투기하며, 참소를 신청하여 정사를 전폐하고, 승상 달목은 본시 간신이라. 인군의 뜻을 맞추어 아첨하니, 조정 백관이 모두 그 뒤를 좇는지라. 달목이 찬역할 뜻을 두고 모든 백관을 締結(체결)하여 제

말을 좇는 자는 높이 쓰고, 제 뜻을 항거하는 자는 내치니, 이때 조신이 다 좇아가매 영을 어길 자가 없으니, 권세가 일국에 제일이라.

일일은 달목이 대연을 배설하고 조정 백관을 다 모아 종일 즐기더니, 달목이 좌중에 통하여 왈,

「지금 신황제 나이 어리고 정치 밝지 못하여 국가 어지러우니 장차 천하 분분할지라, 군 등 소견은 어찌하면 좋을꼬.」

이때 백관이 달목의 뜻을 알고 일제히 가로되,

「천하는 한 사람의 천하 아니요, 조정은 십대의 조정이 없나니 국가 대사 어찌 어린 아이에게 맡겨 세상을 분분하게 하리오. 복원 승상은 때를 잃지 말고 천명을 순수하와 바삐 도모하옵소서.」

하는지라, 달목이 대희하여 이날 밤에 백관을 지휘하고, 무사 수백명을 불러 이 뜻을 이르고, 바로 궐내에 들어가 좌기하고 신황제를 내쳐 왈,

「천명이 이미 진한지라, 인력으로 어찌 하리오.」

하고, 무사를 명하여 황제를 외객관에 내치고, 바로 용상에 좌정하니, 조정 백관이 옥새를 바치고 일제히 만세를 부르니, 그 위세 엄숙하고 호령이 엄숙하더라. 달황제 새로 등극하매 국호를 고치고 大赦免(대사면)하라 하더라.

차설, 이때 기주 땅에 朱太公(주태공)이라 하는 사람이 있으되 天出之人(천출지인)이라. 어려서부터 뜻이 활달하여 가사를 돌아보지 아니하며, 병서를 힘쓰고 말 타기와 칼 쓰기를 좋아하더니, 전주 북해 상등봉에 들어가 觀音道士(관음도사)에게 술법을 배워, 육도삼략과 천지 음양 도술은 司馬相如(사마상여)라도 미치지 못할러라.

이때 천수를 알고 남방에 나가 인심을 수습하여 영웅을 모아 반적을 치려 할새, 倉穀(창곡)을 흩어 백성을 건지고, 남방에 군사를 모아 물밀듯 쳐들어가니, 장사와 영웅이 바람을 따라 좇고, 가는 곳마다 항복지 아니할 자가 없더라.

남경 사십여 주를 쳐 항복받고 장차 도성으로 향하려 할새, 장사 천여 원이요, 정병이 수십만병이라.

차시 유문성이 날이 밝으매 강가로 향하여 내려가더니, 西胡(서호) 오랑캐 동국으로 물화를 배에 싣고 상고차로 내려오다가 배를 강가에 머물고 있거늘, 호적인 줄 알고 유생이 크게 웨어 왈,

「나는 급히 남경으로 가니 배를 빨리 대라.」

한대, 이는 서호 자약이라 하는 놈이라. 이 말을 듣고 선두에 나서며 대질 왈,

「너는 어떠한 놈이관데 방자히 고성하느뇨.」

유생이 대분하여 눈을 부릅뜨고 칼을 들고 호령 왈,

「네 어찌 나를 알리오. 이제 천하 분분하매 생민을 위하여 남경으로 향하거늘, 네 어찌 방자히 배를 대이지 아니하느냐.」

자약이 대소 왈,

「하룻강아지 맹호를 모름이라. 네 강포만 믿고 강구에 다니며 상고의 물화 탈취코자 하나, 내 이제 수만금 보화를 싣고 사해 팔방을 무인지경같이 다니거니와, 너 같은 놈 보기를 개와 같이 하나니, 너를 없애어 후환을 덜게 하리라.」

하고, 문득 배 안에서 청신기를 두르며 황금 투구를 쓰고 흑포운갑을 입고 천리 대완마를 타고, 좌수에 유성퇴와

우수에 장팔삼모창을 들고 군사 오백을 거느리고 호통하며 내달으니, 유생이 미처 갑주를 갖추지 못하고 적신 단검으로 맞아 싸울새, 좌수로 오백 군사를 대적하고 우수로 자약을 접응하니, 자약은 갑주를 입었으매 유생의 칼이 자주 범하되 겁함이 없고, 유생은 적신인고로 자약의 칼이 비록 드무나 혹 상할까 염려하여 평생 근력을 다하여 싸울새 오백 군사의 궁시는 비 오듯 하고, 자약의 용력은 맹호 같은지라. 이십여 합에 날이 저물고 흑운이 충천한데 기운이 쇠진하여 큰 언덕에 의지하여 잠깐 쉬더니, 이때 이낭자 강구를 바라보니 유생이 간 곳이 없는지라. 괴이히 여겨 황망하더니, 날은 저물고 인적은 망연한데 유생을 찾아가고자 하다가 멀리 바라보니 강구에서 싸우는 듯하거늘, 급히 강변으로 내려가 크게 소리하여 왈,

「도적은 들으라. 네 어찌 감히 우리 장군을 해하리오.」
하고 급히 좇아가니, 적장 맹달이 백총마를 타고 달려오거늘, 낭자 몸을 날려 맹달을 맞아 싸울새, 그 창을 앗아 가지고 맹달을 치니 마하에 떨어지거늘, 또 말을 앗아 타고 갈새, 몸은 제비 같고 칼은 번개 같으며, 닫는 곳마다 당할 자가 없더라.

이때 유생이 언덕에 의지하여 쉬다가 보니, 어떠한 장사 백총마를 타고 달려오거늘, 야색이 침침하여 사람을 분별치 못하고 도적인 줄 알고 급히 내달아 막으니, 낭자 대로하여 왈,

「어떤 도적이 감히 길을 막느뇨.」
하고, 맞아 싸워 피차 승부를 결단치 못하고, 유생이 가만히 칼을 들어 낭자의 뒤를 치려 할새, 낭자 미리 알고 접응하여 좇으며, 도로 엄살하는 법이 비범하니, 이

검술은 일광도사의 가르친 바라. 내심에 서로 의혹하여 깨닫지 못하더니, 자약이 봉산하에서 두 장사 싸움을 보고 혜오되,

「필연 맹달이 도적과 더불어 싸우도다.」

하고 말을 몰아 달려드니, 낭자 의심하여 물러서서 동정을 보니, 자약이 백총마를 보고 맹달인가 하여 본 체도 아니하고 바로 유생에게 달려들어 싸우는지라. 그제야 의혹이 대발하여 자세히 살펴보니, 이때 심야 삼경이라. 비로소 유생인 줄 알고 대경하여 크게 소리하여 왈,

「유장군이시니까. 밤사람이 속아 해를 볼 뻔하였도다.」

하고 달려드니, 유생이 또한 살펴본즉 당당한 이낭자라. 반가와 대소하여 왈,

「도적은 잘 쳤도다.」

하고 말머리를 돌리거늘, 자약이 괴이히 여겨 살펴보니, 말은 맹달의 말이나 사람은 처음 보는 장사라. 대경하여 주저하더니, 유생의 은하검이 번뜻하며 자약의 탄 말이 엎어지니 미처 몸을 두루지 못하며 은하검을 들어 치니, 자약이 칼끝을 잡고 눈을 부릅뜨고 우뢰같이 소리를 지르니, 그 늠름한 기상이 범상치 않더라.

낭자 유생의 창대를 잡고 만류 왈,

「이는 짐짓 대장부라 죽이기 아깝고, 또한 우리에게 원수 없으니, 일시 시비로 어찌 이 같은 남자를 해하리오. 옛날 삼국 시절에 漢(한) 水晶侯(수정후) 關雲長(관운장)이 華容道(화용도)에서 曹操(조조)를 놓아 보내매, 그 의리와 충절이 천추에 유전하였으니, 원컨대 해치 마옵소서.」

유생이 칼을 잡고 탄식 왈,

「장군의 후덕이 옛사람과 같도다.」

하고, 자약을 놓아 가라 하니, 자약이 그 거동을 보고 크게 탄식하며 투구를 벗고 엎드려 백배 사죄 왈,

「소장이 비록 천미하오나 서호 장사라. 어려서부터 頑(완)惡(악)하여 세상에 적수 없음을 매양 한탄하옵더니, 오늘날 대인을 대하오니 도리어 감사무지한지라. 비나니 장군은 죄를 용서하와 막하에 두시면, 몸이 마치도록 섬겨 망극한 은혜를 만분지일이나 갚을까 하나이다.」

낭자 왈,

「무슨 은혜를 갚기를 바라리오, 너는 돌아가 사람을 경솔히 알지 말라.」

자약이 죽기로 애걸하며 따라가기를 원하거늘, 유생 왈,

「인품이 다른지라, 그 거취와 뜻을 어찌 알리오.」

자약이 다시 재배하여 왈,

「소장이 비록 용우하오나 사생을 관계치 아니하리니, 만일 간사한 뜻이 있거든 장군의 임의로 하옵소서. 다만 따르고자 함은 목숨을 위함이 아니오라, 두 장군의 넓으신 덕과 높은 은혜를 탄복함이오니, 한번 몸을 허한 후에 생사를 같이하리니, 추호도 의심치 마옵소서.」

유생이 그제야 말께 내려 투구를 씌우고 왈,

「장군은 참영웅이로다. 칼이 몸에 당하여 사생이 목전에 달렸으되 잔잉한 태도를 뵈이지 아니하니, 과히 당당한 영웅이라. 족히 대사를 도모할지라. 왕사를 허물치 말라.」

이로조차 의를 맺고 정을 통하니, 그 중에 맹장이 수천원이요, 정병이 수십기라. 그 산에 올라가 백마를 잡

아 맹세하여 군사를 犒饋(호궤)하고 발행할새, 이때는 을유년 추구월이라. 큰 배에 풍범을 달고 순풍을 좇아가니, 망망 대해에 배 빠르기 살 같더라.

수로로 이십여 일 만에 공도섬에 들어가 별장 부윤을 베고, 추월령에 들어가 현령 설공을 항복받고, 소동부에 들어가 부사 풍경을 항복받고, 등현주에 가 자사 목통을 항복받고, 천옥산 삼천리 내에 풍파 수천리를 들어가 수성장 허성적과 싸워 칠십여 성 팔진을 함몰하니, 군병이 수십만이요 맹장이 천여 원이요 치중이 십여 원이요 군량이 십여 만석이요 군사와 기계는 불가승수라.

각초대장 소임을 정할새, 이낭자로 都督(도독) 副元帥(부원수)를 정하고, 자약으로 征南大將先鋒(정남대장선봉)을 정하고, 설공산으로 大司馬(대사마)를 하이시고, 황통으로 征北將(정북장)을 하이시고, 허성적으로 副都督(부도독) 겸 동장군을 하이시고, 풍경으로 平西將軍(평서장군) 겸 左翼將(좌익장)을 하이시고, 소성담으로 中郎將(중랑장)을 하이시고, 강한덕으로 南朱雀(남주작) 겸 右翼將(우익장)을 하이시고, 채용으로 北玄武(북현무)를 하이시고, 백세화로 左青龍(좌청룡)을 하이시고, 윤걸로 右白虎(우백호)를 하이시고, 양기로 守城將(수성장)을 하이시고, 송명월로 探知將(탐지장)를 하이시고, 그 남은 제장은 차례로 약속을 정한 후에 기주를 칠새, 일성 호통에 사단귀를 베고 성중을 함락하니, 이때는 병술년 정월이라.

군중에 영을 내려 백성을 해치 말라 하고, 성중 부로를 불러 창곡을 흩어 賑恤(진휼)하고, 의로써 일러 왈.

「이제 천하 요란하여 인륜이 상하고 도적이 天意(천의)를 簒逆(찬역)하여 창생이 도탄에 이르니, 이는 왕부 같은 역적이라. 이제 천명을 받아 도적을 치려 하니, 너희는 겁내지 말고 이 곡식을 갖다가 화를 면하라.」

하니, 백성들이 다 감복하고 성중 호걸들이 다 따르기를 원하거늘, 일변 백성을 按撫(안무)하고 인심을 수습하며, 군대를 편케 하여 군율을 성립하며, 군기를 수정하여 대소 장졸을 교련 점고하며, 항오를 정제하여 황성으로 발행하려 하더라.

화설, 진 元國(원국) 말년에 조선 황해도 평산 땅에 한 사람이 있으되, 성은 朱(주)요 이름은 元璋(원장)이라. 용모와 재주 특이하므로, 일찌기 입학하여 武經七書(무경칠서)와 文經七書(문경칠서)며 諸子百書(제자백서)를 無不通知(무불통지)하더라. 조실 부모하고 혈혈 단신으로 유리 개걸하여 渤海關(발해관)에 도달하니라.

이때 마침 인군이 貪財好色(탐재호색)하여 정령이 문란하고 법강이 해이하므로 貪官汚吏(탐관오리) 여차한 기회를 이용하여 剝奪民財(박탈민재)하매, 백성들이 하늘을 부르짖어 나라를 원망하는 중에, 旱災(한재) 太甚(태심)함을 인하여 사방에 흉년이 되므로, 인심이 흉흉하여 도적이 벌 일듯 하는지라. 이러므로 각처 영걸들이 도탄에 든 창생을 구제하여 창업을 경영하는 기회를 삼아 主謀設計(주모설계)하는 시대일러라.

차시, 파능 땅에 사는 柳琦(유기)라 하는 사람이 救濟蒼生(구제창생)하려는 대의를 품고 영걸한 인재를 교제코자 하여 사방으로 다니다가 발해 땅에 내도하매 마침 걸객 양인을 만나 통성한즉 朱元璋(주원장)과 李靖(이정)이라.

그 주씨의 용모를 잠깐 살펴본즉, 비록 의복은 남루하나 용모 특이하여, 隆準麟角(융준인각)이며 龍顏鳳目(용안봉목)과 廣額頂顚(광액정전)이 평만하며, 康衢煙月(강구연월)과 지각이 광활하며, 이백과면하여 碧眼紫髯(벽안자염)으로 수수심화하며, 龍步虎行(용보호행)으로 좌각에 칠십이 혹자 분명하며, 양족에 紫黃色(자황색)으로 큰 사마귀가 명륜하고, 이마에 三台星(삼태성)과 가슴에 七星(칠성)이 은은히 박혀 있으며, 등에 二十八宿(이십팔수)와, 배에 三十三天(삼십삼천)과 좌우협에 八卦(팔괘)가 天威(천위)를 응하여 은은히 박혀 있더라.

그 용모 비범함을 보고 내심으로 천자의 기상이 분명함을 깨닫고, 그날부터 두 사람을 친형제와 같이 친밀하게 교섭하며, 자기 집 부요한 재산을 기울여 사방 걸인을 모집하매, 기한이 도골한 사람들이 이러한 소문을 듣고 구름 모이듯 하여 수십만 중에 이르매, 크고 큰 단체가 되었더라.

차시, 주원장이 유기와 이정과 더불어 도탄에 든 만민을 구제코자 晝思夜度(주사야탁)하여 만단 계책을 특정한 후에, 군복 군기를 준비하며, 군대를 편집하여 군율을 정하며, 항오를 정제하여 발해관을 떠나 황성으로 행하려 할새, 檄書(격서)를 닦아 冀州刺史(기주자사)에게로 보내니라.

차시, 수문장이 급고하여 왈,

「발해관에 이름 없는 적진에서 격서가 내도하였기로 올리나이다.」

하였거늘, 그 격서를 개탁하여 본즉, 그 글에 하였으되,

「천하 분분하매 만민이 도탄에 든지라. 하늘이 나를 명하사 창생을 구제하라 하시기로, 창업 대원수 주씨는 천명을 받아 무도한 元天子(원천자)를 토죄코자 하여 황성으로 향하여 갈새, 사해 望風歸順(망풍귀순)하매, 천명을 순종하는 자는 생하고 거역하는 자는 참하였거니와, 이제 한번 북쳐 사십여 성을 항복받고, 명일은 기주로 행하려 하니, 자사는 모름지기 군량과 주식을 많이 준비하여 등대하라. 만일 거역하면 그 죄를 단불용대할 터이니, 그대는 명심 거행하라.」

하였더라.

辭意(사의) 怪亂(괴란)하며 言辭(언사) 悖慢(패만)한지라, 유원수 남필에 대로하여 격서 가지고 온 군사를 잡아들이라 하여, 장전에 세우고 대질 왈,

「네 어떠한 도적이관데 이렇듯 교만 방자하뇨.」

군사 황겁하여 전후 말을 아뢰며 사라지기 애걸하거늘, 유원수 그 군사를 불쌍히 여겨 왈,

「마땅히 너를 죽일 것이로되 네 죄가 아니기로 살려 보내나니, 빨리 돌아가 나의 영을 전하라. 나는 창업 대원수 유씨요, 자사는 이미 내 칼 아래 놀란 혼이 되었으니, 네 잔명을 보전하려거든 내 영을 자세히 전하라.」

하매, 그 군사 백배 사례하고 주진으로 돌아가 유진에서 지내던 사연을 일일이 주달하더라.

주원수 이 말을 듣고 대경 대로하여 선봉장 이정을 불러 왈,

「이제 무명 도적이 기주를 치고 외람한 뜻을 두어 내 영을 항거하며 언사조차 무례한지라, 가장 분통하니 급히 행군하여 토죄하라.」

할새, 장하에 한 장수 출반 주왈,

「복원 대왕은 영은 잠깐 정지하시고 대사를 자세히 살피소서.」

하거늘, 모두 보니 이는 파능 사람 유기러라. 유기 사람됨이 본래 지식이 과인하여, 천문 자리와 무경 칠서며 기문둔갑 장신법을 능통하는고로, 자칭하되 연나라 郭隗(곽외)와 제나라 管仲(관중)이며, 서한시 대장 子房(사방)에게 비하더니, 천시를 미리 알고 주씨를 위하여 찬조하매, 유기로 하여금

대소 군무 가사를 신용 위임함이 삼국시대 劉皇叔이 諸葛孔明 믿듯 하더라.

차시, 주원수 유기의 말을 듣고 식노하여 문왈,

「선생은 어찌 조치하려 하시나이까.」

유기 답왈,

「병법에 일렀으되 「驕子는 敗한다」 하며, 「兵忿者는 망한다」 하였고 「軍行百里하면 闕上將이라」 하니, 이제 도적을 헤아리지 아니하시니, 이는 병이 교함이요, 일시 분을 참지 못함은, 이는 병이 분함이요, 예산 없이 수백리를 행하려 하시니 이는 上將이 없음이라. 원컨대 분을 참고 군사를 택정하여 약속을 굳게 하고 명일로 친행하소서.」

주원수 유기의 손을 잡고 왈,

「선생은 진실로 기이한지라, 하마터면 대사를 그르칠 뻔하였도다. 나의 용우한 말을 허물치 말라. 선생이 깊이 생각하와 비밀하소서.」

유기 왈,

「군중에 만일 태만한 자가 있거든 군법을 시행하옵시며, 또한 소장을 쓰려 하시거든 인검을 빌리소서.」

주원수 칭찬하시며 都督을 봉하시고 하령 왈,

「만일 태만한 자 있으면 군법으로 시행하리라.」

하니, 제장 군졸이 경황하여 감히 우러러보지 못하더라.

유기 대상에 높이 앉아 군사를 경계하여 왈,

「군중에는 사정이 없나니, 제장 군졸이 만일 위령하는 자가 있으면 군법으로 시행하리라.」

하니, 제장이 일시에 고두 수명하더라.

주원수 각초 대장 소임을 정할새, 이정으로 先鋒將을

봉하시고, 임천주로 中軍將(중군장)을 하이시고, 남은 제장은 재주를 따라 직임을 정하여 고저를 평정한 후에, 군율을 정하며 대소 장졸을 교련하고, 항오를 정제하여 기주로 행군하더라.

차시, 유원수 제장에게 하령하여 왈,

「도적이 미구에 내도하여 침범할 터이니, 대소 제장은 각기 직책대로 예선 준비하되, 안병 부동하여 확실히 知彼知己(지피지기)한 후에 응전하리라. 병법에 일렀으되 「적은 도적을 이길 듯한 후에 나아가고 그 도적을 헤아린 후에 싸우라」 하였으며, 「적은 도적을 또한 크게 보라」 하였으니, 내 영 없이 나아가 싸우지 말고 십분 조심하여 불의에 나아가 엄살하라. 이는 장수 하나에 수백 도적을 당하는 꾀니, 조금도 태만치 말라.」

신칙하더라.

차시, 유도독이 선봉을 재촉하여 동파강에 다다르니, 기주 성문에 旗幟槍劍(기치창검)이 별 같고 군기 철통 같은지라.

「도적을 간 대로 경솔히 이기지 못할지라」 하고 팔십만여 병을 몰아 鼓角喊聲(고각함성)하며 성하에 다다르니, 적진이 성문을 굳게 닫고 다만 성중에서 외로운 북소리만 자주 나고 하나도 요동치 아니하거늘, 주원수 왈,

「이는 필시 겁함이라.」

하매, 유도독 왈,

「그렇지 아니하니이다. 적진 중에 반드시 꾀 많은 자가 있어 동정과 천심을 보려 하는 연고니, 이는 경한 도적이 아니라.」

하고 퇴병하여 백마강 어구에 진치고, 이튿날 평명에 대장 이정을 불러 진문을 크게 열고, 성하에 나아가 칼

춤추며 크게 웨어 왈,

「도적은 빨리 나오라. 어찌 한번도 싸우지 않고 미리 황겁하느뇨. 만일 명을 도모코자 하거든 속히 나와 항복하라.」

하고 무수히 질욕하니, 자약이 격분하여 장창을 빗겨 들고 웨어 왈,

「이제 조그마한 도적이 이렇듯 조롱하니 어찌 그저 두리오. 원컨대 소장이 저놈의 머리를 베어 장졸의 욕을 씻으리다.」

한대, 유원수 왈,

「아직 요동치 말고 나의 지휘만 기다리라.」

하니, 자약이 물러오니라,

이정이 유연히 돌아온 후에 이튿날 문영이 또 나와 도전하되 종시 응치 아니하니, 또한 무료히 돌아가더라. 그리하기를 여러 날 하되 조금도 요동치 아니하거늘, 유기 이정을 불러 왈,

「도적이 꽤 많은지라, 우리 피잔한 때를 타 엄살코자 하니, 우리 먼저 계교를 행하리라.」

하고, 이날 밤에 섶과 염초와 화약을 준비하여 치라 하더라.

이때 유원수 설공산을 불러 왈,

「그대는 오늘 밤 이경 초에 정병 이만을 거느리고 원산곡에 매복했다가 접응하라.」

하고, 허성적을 불러 왈,

「그대는 정병 오만을 거느려 대해륙을 지나 호도산에 이르러 적진 뒤에 매복하였다가, 삼경 일점에 우리 진에 불이 일어나고 함성이 나거든 급히 적진을 엄살하

라.」

하고, 마경을 불러 왈,

「내 천기를 보니 火光(화광)이 우리 진에 비쳤으니, 필경 도적이 오늘 밤에 불로 칠 것이니, 그대 등은 각각 십만 병씩 조발하여 남북문에 매복하였다가, 삼경에 불이 일어나고 장대에서 방포소리 나거든 일시에 내달아 치라.」

하니, 제장이 각각 영을 듣고 물러가 대후하더라.

이때 장차 이경이 당한지라, 유기 군사를 적진에 보내어 탐정하여 본즉, 손발을 끊고 등화를 끊고 잠이 깊이 들었거늘, 대희하여 이에 내달아 비계를 놓고, 이정이 창을 들고 성을 넘어 火箭(화전)을 놓으니, 화광이 충천하고 함성이 진동하더니, 문득 장대에서 방포소리 나며, 사면으로 촉불이 명랑하며 남문으로 허성적이 내닫고, 북문으로 마경이 내달아 일시에 북을 치고 달려들어 호통하니, 홀연 광풍이 일어나며 궂은 비 흩어져 물이 경각에 끊어지고 지척을 분별치 못할러라.

이때에 주진 장졸이 頭尾(두미)를 잃어, 저의 장졸을 아지 못하여, 군사 항오를 차리지 못하고, 물에도 빠지고 구렁에도 엎어져 밟혀 죽는 자가 不知其數(부지기수)라.

이때 유도독이 황겁하여 주원수를 모시고 장대에 올라 적진을 바라보더니, 홀연 그 뒤에서 호통소리 나며 일진 대병이 진문을 헤치고 달려 들어오거늘, 주원수 창황 망조하여 형세 위급하매 뉘 능히 당하리오. 유기 대경하여 제장을 불러 약속하되,

「경태로 십만군을 거느려 동으로부터 청기를 잡아 백신기를 받고 오라.」

하고, 유기는 친히 붉은 관을 쓰고 군사 구천을 거느리

고 오방대기를 잡아 세우고, 자방으로부터 오방을 싸고 묘방으로부터 태방을 붙이고, 오방진을 풀어 구궁진을 치며, 일자 금사진을 치니, 형세 철통 같아 허성적이 우연히 진 밖에 물러서고, 진중에 궂은 비 오고, 음기 소소하여 냉기 진동하니, 진실로 진법을 측량치 못할러라.

만일 유기 곧 아니면 뉘라서 방안에 든 범을 물리치리오. 옛날 八陣圖(팔진도) 치던 諸葛亮(제갈량)이 아니면 알 자가 없을러라.

허성적이 그 기이함을 보고 감히 다시 범치 못하고 군사를 몰아 돌아오더니, 홀연 적군이 오거늘 앞을 막고 크게 웨어 왈,

「도적은 닫지 말고 목을 늘여 내 칼을 받으라.」
하니, 이정이 겨우 벗어나 망망히 돌아오다가 뜻밖에 복병을 만나매, 창황 망조하여 명장 양기로 뒤를 막으라 하고, 죽도록 싸워 삼십여 합에 장수를 많이 죽이고 겨우 달아나니, 군사의 죽음이 不可勝數(불가승수)러라.

날이 밝으매 이정은 본진으로 돌아가고, 허성적은 군사를 돌려 돌아올새, 대해륙 넓은 들에 주검이 산 같고, 피 흘러 내 되었더라.

허성적이 본진으로 돌아와 주진 중에 신기한 신인이 있음을 칭찬하고, 또 주진 중에 제갈량 같은 사람 있음을 칭찬하더라.

그 이튿날 평명에 다시 격서를 전하고 대전할새, 주진 중에서 대장 기치를 세우고 진문을 크게 열고 호통을 지르며, 일원 대장이 황금투구에 백포은갑을 입고 정창 출마하여 내달으니, 이는 하남 이정이라. 좌익장군 문영이 또 오거늘, 유진 중에서 응포하고 청신기 일어나며 일원

대장이 백금투구에 홍포은갑을 입고 천리대완마를 타고, 좌수에 유성검을 들고 달려드니, 전부는 설공산이요, 후부는 허성적이라.

또 주진 중에서 오방기치 일어나며 일원 대장이 순금갑주에 장팔 사모창을 들고 진전에 나서니 이는 두원경일러라.

또 유진 중에서 방포소리 나며 황신기 아래로서 한 장수 순금투구를 쓰고 백근 철퇴를 두르며 우뢰 같은 소리를 지르며 내달으니 이는 황통이라. 피차 기를 둘러 진을 합하매, 이정이 크게 웨어 왈,

「적장 자약은 들으라. 네 나를 아는가 모르는가. 나는 하남 이정이라. 우리 황상의 명을 받자와 무도한 반적을 소멸하고 백성을 건지라 하실새, 백만 대병을 일으켜 향하는 바에 항복 아니할 자 없거늘, 너는 개 같은 무리라. 태산 같은 위업을 방자히 대적코자 하니, 이는 돼지 밥을 다투는 바라, 목숨을 어찌 도모하리오. 각각 인군을 위하여 雌雄(자웅)을 결단하자.」

하고, 말을 마치고 달려드니, 고각 함성은 천지 진동하며, 이정의 청천검광은 일광을 가리고, 자약의 유성검은 상설이 날리는 듯, 양진 장졸이 서로 접응하니, 씩씩한 병기는 백설이 흩날리고 천둥 같은 호통소리는 산천을 흔드는 듯, 티끌이 일어나며 지척을 분별치 못할러라.

수십여 합에 이르러 자약이 소리를 우뢰같이 지르며 이정의 말을 치니, 이정의 부장 황윤걸이 달려들어 자약의 투구를 치거늘, 자약이 대로하여 윤걸을 치니, 윤걸이 미처 손을 수습치 못하여 머리 유성검을 좇아 마하에 떨어지거늘, 이정이 윤걸의 죽음을 보고 대경하여 몸

을 수십길이나 솟아 자약을 치려 할새, 자약의 부장 황통이 내달아 이정의 창든 손을 치니, 이정이 더욱 분노하여 청천검을 들어 황통을 치니, 미처 손를 놀리지 못하여 황통의 머리 마하에 떨어지는지라. 자약이 웨어 왈,

「이정아, 어찌 나의 수족 같은 장수를 해하느냐.」

하며, 칼을 들어 치니, 칼이 번뜻하며 투구 마하에 내려지는지라.

유기 대경하여 군사 사십만을 좌편에 매복하였다가 三才五行陣(삼재오행진)을 치고, 또 이십만군을 우편에 매복하였다가 風雨變化陣(풍우변화진)을 칠새, 生死門(생사문)을 벌려 六丁六甲神將(육정육갑신장)을 매복하여 장수 하나씩 팔방을 지키게 하고 하령 왈,

「도적이 生門方(생문방)으로 오거든 열지 말고 死門方(사문방)으로 들어오거든 들이라.」

하니, 이는 九宮法(구궁법)이라. 친히 사자 그린 경옥관을 쓰고 홍금사포를 입고, 좌수에 수기를 잡고, 우수에 홍기를 들고, 날랜 장수 오십만을 호위하여 朱雀旗(주작기)를 잡고 장대 앞에 내달아 크게 웨어 왈,

「도적은 들으라. 파능현 유기를 네 어찌 알리오. 내 이제 黃帝(황제) 軒轅氏(헌원씨) 치우시던 병법을 배워 우리 황상을 모시고 왔더니, 너희 개 같은 무리가 천수를 모르고 감히 우리 장수를 해하는가. 내 오늘날 너희를 씨 없이 함몰하리라.」

하고, 기를 들고 북을 울리며 완완히 들어오니, 자약이 대로하여 왈,

「저 관 쓴 아이야, 네 어디서 조그마한 요술을 배워 병기를 잘 쓴다 하거니와, 네 어찌 나를 당하리오.」

하고 달려드니, 유기 이에 백보나 물러서며 왈,

「내 비록 분하나 어찌 너 같은 아이와 더불어 다투리오. 유문성을 내어 보내라. 그제야 내 칼을 놓으리라.」

방패를 타고 은근히 호령하니, 자약이 본대 용맹만 믿고 미련한지라, 분기 충천하여 크게 꾸짖어 왈,

「내 들으니 너의 진에 신인이 있다 하더니, 너를 두고 이름이라.」

하고 달려드니, 유기 방패를 던지고 도로 수기를 들고 맞아 싸울새, 수십합이 못하여 자약의 투구 맞아 벗어지거늘, 허성적과 설공산이 자약의 급함을 보고 일시에 달려드니, 유기 거짓 패하여 본진으로 돌아가는지라.

자약이 승승하여 적장을 호령하며 진전에 달려드니, 진문을 열었거늘 의심없이 들어가더니, 십여 보나 나가서 유기는 문득 간 데 없고 뒤에서 호통소리 나더니, 흑운이 일어나며 지척이 암암하며, 한기 냉랭하여 사람의 살을 에어내는지라 갈 바를 모르고 창황 망조하더니, 유기 장대에 높이 앉아 안문고를 무릎 위에 놓고 율을 호통하며 군사를 호령하니, 함성이 천지 진동하고 정신이 막막하여, 닫는 곳마다 날개 있어도 벗어날 길 없더라.

이때 유원수 장대에서 보다가 대경하여 기를 써 호령하니, 백서 황총과 양기 황통이 일시에 번창 출마하여 적진에 달려드니, 또한 정신이 아득하여 동서를 분별치 못하고, 무수한 신장과 귀졸이 공중으로 왕래하며 독한 기운을 쏘이니, 눈을 뜨지 못하와 허공에 엎어지매, 수십만군의 위급함이 시각에 있는지라.

유원수 급히 청총마를 타고 은하검을 들고 장대 앞에 나서니, 선창 전부는 소만이요 후부는 차영이라. 전후로 옹위하고 적진에 달려들며 왈,

「도적은 들으라. 네 나를 아는가. 나는 여남 사람 유문성이라. 하늘께 명을 받아 도적을 치려 하니, 나를 감히 당할 자가 있거든 나와 대적하라.」

하고 선봉장 소만을 불러 왈,

「도적이 감히 푸른 진을 쳐 사귀로 하여금 사람을 현황케 하니, 어찌 방자치 아니하리오. 진 허리를 베고 생문방을 흩어 바로 치라.」

하고, 원수는 은하검을 들어 귀졸을 흩이고, 六丁六甲(육성육갑)을 외어 五方神將(오방신상)을 호령하여 바삐 邪鬼(사귀)를 물리치라 하니, 이윽고 공중에서 한 줄 무지개 일어나며, 오방신장이 각각 방위를 차지하여 사귀를 물리치니, 귀졸이 일시에 간데 없거늘 팔원팔괘를 외어 풍운경을 불러 風伯(풍백)을 호령하니, 풍세 잔잔하고 일기 청명하매, 왕래하던 것이 다 초인일러라. 다시 좌우 제장을 총독하여 칼 가는 곳마다 장졸의 머리 秋風落葉(추풍낙엽)이라.

주진 중에서 이 거동을 보고 일시에 내달아 접응하거늘, 유원수 더욱 분노하여 대갈 일성에 중군장 진 뒤를 베고 크게 웨어 왈,

「유기는 들으라. 네 진법을 어디서 배웠느뇨, 전일에 나를 보기 원하더니, 이제 왔으니 빨리 나와 대적하라.」

하며 칼을 던지니, 칼 가는 곳마다 주검이 산같이 쌓이고, 동서남북으로 무인지경같이 횡행하니, 유기 대경하여 왈,

「이 장수는 과히 천하 명장이로다. 적신 단검으로 팔만 진중에 횡행하는 거동이 옛날 長板橋(장판교)에서 축답 粗造(조조)하던 商山(상산) 趙子龍(조자룡) 같고, 병법과 신술은 司馬相如(사마상여)라

도 미치지 못할지라.」

하고 퇴진할 마음을 두고, 기와 북을 따라 일변 싸는 듯 도로 물리고, 물리는 듯 도로 싸며 전체로 퇴병하려 하고, 가만히 퇴병하려 하니 제장 군졸이 각각 살기를 바라며 기와 북 가는 곳만 따라가매, 문득 班師陣(반사진)이 된지라.

유원수 유기를 무수히 칭찬하고, 징을 쳐 군사를 거두어 돌아올새, 승전고는 산천이 진동하고, 군사와 장수의 의기는 양양하여, 武王(무왕)이 殷紂(은주)를 칠새 牧野方應(목야방응)한 것 같더라.

본진에 돌아와 제장을 상사하니 장졸이 다 따라와 사례하여 왈,

「우리 원수는 諸葛先生(제갈선생)이라도 당치 못하리라.」

이날 밤에 주원수 유기더러 왈,

「적장 유문성은 지략이 겸비한지라 나의 지모와 술법은 귀신도 측량치 못하거늘, 제 능히 벗어나니, 이는 당시 영웅이라. 인력으로 잡지 못하리니, 이는 적지 아니한 근심이라. 장차 어찌 하면 좋으리오.」

유기 왈,

「소장이 파능에 있을 때에 角星(각성)이 떨어져 남방에 있고, 또 心星(심성)이 떨어지매 반드시 영웅 나리라 하였더니, 여남은 곧 남방이라. 각성인가 하옵거니와, 그 병법과 술법은 黃石公(황석공)의 병법이라. 세상이 알 이 없고, 다만 日光道士(일광도사)가 알 따름이러니, 이제 문성의 재주 이러하오니, 반드시 일광도사의 가르친 바가 아니오면, 제 어찌 사귀를 제어하리이까. 진실로 괴이하고, 또한 적진 중에 심성이 있는 듯하오니, 비록 女將(여장)이오나 장성

이오매, 범상한 기상이 아니라. 각성은 왕후의 직성이요, 심성은 왕비의 직성이라. 이에서 더 지나지 못하려니와, 어찌 왕의 직성을 당하오리까. 과히 근심치 마옵소서. 소장이 비록 용우하오나 천기를 아옵나니, 오늘 밤에 삼척 비수를 가지고 적진에 들어가 유문성의 머리를 베어 오리다.」

하니, 주원수 왈,

「내가 선생의 재주를 알거니와, 만일 탄로되면 대사를 그르치고 돌아오지 못할까 근심하나이다.」

유기 왈,

「그는 염려 마옵소서. 옛날 荊軻(형가)의 자객과 섭정의 자객은 불과 검술뿐이라. 육신을 공중에 감추고 초인을 의지하여 둔갑하는 술법은 孔明(공명)의 술법이라. 事不如意(사불여의)할지라도 몸을 죽기로써 도모할 것이요, 또한 형세를 살펴 顯露(현로)될진대 바로 대면하여 서로 의로써 달래어, 제 만일 이해를 알진대 반드시 좇을 것이요, 그렇지 아니하면 자웅을 결단하리라. 옛말에 하였으되, 「不入虎穴(불입호혈)하면 安得虎子(안득호자)리오」 하였으니, 어찌 몸을 아껴 국사를 태만히 하리이까.」

주원수 유기의 손을 잡고 왈,

「선생은 참 만고 영웅이라. 내 이제 선생 믿기를 漢太祖(한태조) 張子房(장자방) 믿듯 하나니 부디 조심하소서.」

유기 하직하니 밤이 이미 삼경이라. 이적에 유원수 도독과 더불어 촉하에 앉아 병서를 보며 고금 영웅의 득실과 역대 흥망을 의논하더니, 홀연 몽롱하여 서안을 의지하여 잠깐 졸새, 일광도사가 생시와 같이 몸에 가사를 입고, 백팔염주를 목에 걸고, 육환장 손에 쥐고 완

연히 들어와 장대 앞에 들어와 읍하여 왈,

「반갑도다, 유장군은 그 사이 무양한가, 긴요한 말을 전코자 왔노라. 그대 오늘 싸움에 천수를 모르고 헛되이 승부를 다투었거니와, 朱太公(주태공)은 하늘이 정하신 바라. 承位(승위)할 운수 임박하였으니, 공연히 힐난 말고 서로 화친하라. 지금 자객이 오나니 어찌 잠을 깊이 자느뇨.」

유원수 반갑기 측량없어 급히 내달아 보려 할 즈음에 놀라 깨니 南柯一夢(남가일몽)이라. 심사 망연하여 이도독을 깨우니, 일어 앉으며 왈,

「홀연 호접을 따라가니 일광도사가 생시같이 이르시되, 「도독은 그 사이 무양한가」 하시고, 「평생에 품은 원을 이제야 비로소 설치할 날이 머지 아니하였으니, 어찌 아름답지 아니하리오」 하시고, 또 가로되 「그러나 지금 자객이 들어오니 바삐 일어나 살펴 조심하라. 刺客(자객)이 변하여 說客(세객)이 되리라. 부디 마음을 돌이켜 주씨를 도와 천의를 거역지 말라. 길이 총총하여 가노라」 하거늘, 반겨 깨달으니 한 꿈이라. 한 말도 다시 묻지 못하고 섭섭함이 측량없나이다.」

「내 역시 몽사 그러하니, 비록 몽사를 믿지 못할 일이나, 양인의 몽사 이렇듯 분명하니 무심치 아니하도다.」

하고 작작이 수작하더니, 문득 창외에 음풍이 소슬하며 인적이 있거늘, 도독이 대경하여 칼을 들고 밖에 나서며 왈,

「만일 세객이 변하여 자객이 되면 사생을 결단하리라.」

하고 좌우를 살펴본즉, 월하에 한 대장이 비수를 품고

공중으로 내려와 장대 앞으로 자취없이 들어오거늘, 이 도독이 칼을 들고 호령 왈,

「네 어떤 사람인데, 이 깊은 밤에 남의 진중에 방자히 들어오니, 빨리 성명을 통하라. 만일 기망하면 목숨을 보전치 못하리라.」

유기 창하에 서서 쳐다보니, 촉하에 옥 같은 장수 화양건을 쓰고, 몸에 운용단전포를 입고, 허리에 칠자 단전대를 띠고, 추상 같은 장창을 들었으니, 기상은 태산을 끼고 북해를 뛰는 듯하며, 눈은 샛별 같고, 눈썹은 팔각산을 그린 듯하여 화색은 유유하고 태도는 정정하니, 진실로 만고 절색이요, 세상의 기남자라. 처음 보매 반갑고, 두 번 보매 두렵고, 세 번 보매 탐탐하매 해할 마음이 전혀 없고, 자연 감동하여 허리를 굽히고 길이 읍하여 왈,

「이 진이 유장군진이 아니오니까. 유장군과 평생 좋아하는 벗일러니, 소장이 도적에게 잡혀 갔거니와, 전정을 잊지 못하여 도주하였삽더니, 저다지 노하사 죽이고자 하시니 人心難測(인심난측)이로다.」

이장군 왈,

「네 간사한 필부로다. 밤을 의지하여 친구를 유인코자 하니, 비록 骨肉之親(골육지친)이라도 군중에 장령 없이 들지 못하나니, 하물며 백의노갑을 탐하여 연객의 좁은 꾀로 속이려 하니 가장 방자하도다. 바삐 성명을 아뢰라.」

하고 호령이 서리 같으니, 유기 내심에 칭찬하여 위협치 못할 줄 알고, 다시 두 번 절하여 왈,

「소장이 과연 처음에는 해코자 하였더니, 밝으신 거

울이 추상에 비치어 부초의 영화로서 감히 바로 보지 못하나니, 어찌 감히 기망하오리까. 소장의 성명은 유기요, 거주는 파능이라. 몸을 돌아보지 아니하고 심정을 보려 하시면, 반드시 한 말씀을 고하리이다.」

한대, 이도독이 더욱 노하여 왈,

「네 종시 세객으로 칭탁하니 크게 괴상하도다. 만일 세객일진대 밝은 낮을 버리고 밤을 좇아 왔으며, 또한 소매 가운데 주해의 철퇴가 무슨 일고, 공명과 천금도 중커니와, 목숨인들 아니 중할소냐. 바삐 목을 늘이어 칼을 받으라.」

호령이 추상 같은지라. 유기 그제야 비수를 던지고 실정으로써 말하여 왈,

「세상 사람이 모두 무지하온들 어찌 이러한 영웅을 해하리오. 원컨대 장군은 의심치 마옵소서. 소장이 처음에는 해할 마음도 있고 속일 마음도 있더니, 장군의 기상을 보오니 진세 영웅호걸이 아니라. 부귀와 복록이 천하에 진동할 것이요, 남에게 해 입을 용모 아니온즉, 이럼으로써 항복하옵나니, 용렬히 여기지 아니하시면 흉중에 품은 뜻을 말하고자 하나니, 바라건대 장군은 익히 생각하옵소서.」

도독이 그 지극한 거동을 보고 그제야 당하에 내려 맞아 답례 왈,

「처음에 홀대함은 장수에 초면이라, 허물하지 마옵소서.」

하고 장대로 영접하니, 유기 처음에는 대장의 풍도를 보고 慌惚難測(황홀난측)하여 유장군으로 알았더니, 장대에 들어가 뜻밖에 유장군을 대하니, 더욱 황망하여 총망히 예하고,

몸 둘 곳을 아지 못하여 지성으로 恭拜(공배)하고, 정신을 가다듬어 상을 살펴보니, 짐짓 仙風玉骨(선풍옥골)이요 萬古英雄(만고영웅)이라. 비컨대 청룡 속에 황룡이 없으리오. 자탄하여 왈,

「천상의 각성이 인간에 적거하였도다. 세상에 이러한 영웅이 있거늘, 천하 어찌 분분치 아니하리오.」

기거와 행보를 가장 조심하고 말씀을 나직이 하여 왈,

「소장의 성명은 유기요, 거주는 파능이옵더니, 족하에 높은 이름을 이미 들었삽더니, 천만 의외에 존안을 뵈오니 광채 비타비승이로소이다.」

원수 또한 유기의 용모를 보니, 단정한 중에 의기 유여하여 흉중에 무궁한 조화를 감추었으니, 범상한 사람이 아닐러라. 공손히 답례 왈,

「선생의 성화를 들은 지 오래더니, 하늘이 지시하사 오늘 서로 대하오니, 과연 나의 복인가 하나이다. 천수를 일러 어두운 마음을 깨닫게 하여 주옵소서.」

유기 대왈,

「이제 천하 분분하여 倫紀滅絶(윤기멸절)하여 간신이 찬역하니, 생민이 도탄에 든지라. 주씨의 三顧草廬(삼고초려)함으로 몸을 시석에 버려 망령되이 세상에 분주불가하다가, 이제 장군의 승세한 병법을 보니 孫吳(손오)에 지냄이라. 의심하여 인사를 망기하여 보온즉, 장군의 진중에 장성과 심성이 비치오니, 장성은 왕의 직성이라, 장군의 主星(주성)인 줄 알거니와, 심성은 后妃星(후비성)이라, 그를 의심하나이다. 이러하므로 죽기를 무릅쓰고 궁진하여 왔나이다. 만일 주씨와 더불어 同心同謀(동심동모)할진대 진정을 통하고, 그렇지 아니하면 소회를 행할까 하였삽더니, 이제 장군을 보오니 단정한 위인이라. 도리어 문을 도망치 못할까 하

나이다.」

유원수 유기의 말을 일일이 듣고 놀라 왈,

「그러하오면 주씨의 直星(직성)은 무엇이라 하나이까.」

유기 대왈,

「주원수는 龍顔麟角(용안인각)이요 碧眼嚴峻(벽안엄준)이며, 李白(이백)과 연하여 관대함이 두뇌를 덮었고, 知覺(지각)이 광활하여 풍치에 지나가며 수수슬하하고 龍步虎行(용보호행)이며, 火星(화성)과 金星(금성)을 겸하였으며, 紫微星(자미성)이 주야 조림하고, 角星(각성)이 시위하며, 五色瑞氣(오색서기) 옹위하였으니, 당당한 창업할 천자의 기상이니이다.」

유원수 노하여 왈,

「만일 그러하오면 長星(장성)과 황고가 빛을 다투매 누가 이기리오.」

유기 일어 앉아 절하고 왈,

「옛글에 하였으되,「毒藥(독약)이 辛口(신구)나 利於病(이어병)이요, 忠言(충언)이 逆(역)이나 利於行(이어행)이라」하오니, 소장이 녹록하오나 당당한 말로 간코자 하오니 장군의 뜻에 어떠하오리까. 옛날 春秋戰國(춘추전국) 시절에 六國(육국)을 달래어 진나라에 合從(합종)하던 蘇秦(소진)의 구변이요, 육국을 연하여 진나라를 배척하던 張儀(장의)의 구변이 아니오라, 소장이 장군을 달래고자 하매 세객이라 하려니와, 공명도 위함이 아니요, 천수를 위하여 생민을 건지려 하오니, 천하에 두 인군이 없고, 조정에 두 領相(영상)이 없는지라. 楚·漢(초한)이 서로 다툴 때에 項籍(항적)의 용맹으로 阿房宮(아방궁)을 불지르고 劉季(유계)를 쫓아 검각에 두고 橫行八年(횡행팔년)에 莫敢仰視(막감앙시)로되, 천수를 어기지 못하여 自稱(자칭) 霸王(패왕)으로 烏江(오강) 창파 어복 중에 장사하고, 또 劉邦(유방)의 활달 과인으로 鴻門宴(홍문연) 칼날 아래 잔잉한 명이 경각에 있으니, 樊噲(번쾌) 장담으로 項伯(항백)의 구함을 입어 肝腦塗地(간뇌도지)하고, 奔走八年(분주팔년)에 東敗西喪(동패서상)하나, 천수를 순수하여 약법 삼장에 인심이 가련하여 만리 산천을 마상으로 얻었으니, 사해 신기를 인력으로 볼 바가 아니라. 이러함은 다 천수오니, 이때를 당하여 항적의 영웅으로 한태조와 화친하여 시석을 사르시면 부귀 영화를 鼎足(정족)으로 비겨할 것이요, 어찌 海星(해성) 一戰(일전)에 自刎星(자문성)이 되오리까. 이러하므로 나중에 스스로 깨달아 탄식한 말이, 天之亡我(천지망아)요 非天之罪(비천지죄)라 하였으니, 이제 장군의 밝음으로 어찌 알지 못하리오. 비컨대 용이 如意珠(여의주)를 다투매, 형세 마땅히 차등이 없을지라. 장군이 지지 아니하고 전투 무궁에 자웅을 결단치 못하면, 이는 스스로 천수 어김이라. 順天者(순천자)는 興(흥)하고 逆天者(역천자)는 망하나니, 원컨대 장군은 당세 영웅으로 이때를 당하여 승부를 헛되이 다투지 말고, 몸을 한번 굽히면 장군은 바람을 얻은 범이요, 주원수는 구름을 얻은 용이라. 한번 북쳐 도적을 파하시면 이는 天時人事(천시인사)를 응함이니, 장군은 隨機應變(수기응변)하심을 사속히 행하시면, 천하 얻기를 어찌 근심하리오. 장군은 익히 살피소서, 소장의 말이 초나라를 위하는 듯하되, 또한 초나라를 위함은 主將(주장)을 위함이요, 또 장군을 위함이라. 이제 형세 좌편에 던지면 좌편이 승하고, 우편에 던지면 우편이 승하리니, 이제 천하 득실은 장군에게 달려 있고, 장군의 깨닫기는 금일 소장에게 달렸으니, 소장이 어찌 장군이 의심할까 염려하여 진정을 토치 아니하며, 장군인들 어찌 인력을 믿어 요행을 바라고 어찌 때를 잃으리오. 소장이 죽기를 무릅쓰고 왔으니, 장군의 뜻이 합치 않거든 방금 소장의 머리를 베어 군중에 회시하고, 만일 깨달으실진대 소장의 지혜를 알리로소이다.」

유원수 이 말을 들으매 일광도사의 부탁한 말을 크게 깨닫고, 즉시 일어나 유기의 손을 잡고 왈,

「선생은 진실로 만고 영웅이라. 사람의 관상을 하면 古公亶父(고공단보)* 같고, 의사는 臥龍先生(와룡선생)이요, 구변은 蘇秦(소진)·張儀(장의)가 更生(갱생)하여도 미치지 못하리로다. 어찌 서로 봄이 늦느뇨. 이제 나를 해한다 하여도 결단코 버리지 아니할 것이니, 원컨대 선생은 나를 위하여 뜻을 주장군에게 전하소서.」

한대, 유기 사례하고 하직하니 밤이 삼경이라.

차시에 주원수 유기를 적진에 보낸 후 밤이 깊도록 잠을 이루지 못하여 촉하에 앉아 기다리더니, 문득 유기 돌아와 사례하고 전후 수말을 일일이 고한대, 주원수 대희하여 유기의 등을 어루만지며,

「하늘이 나를 위하여 내시도다. 이제야 어찌 도적을 근심하며, 천하 언기를 염려하리오. 옛날 昭烈皇帝(소열황제)를 본받아 結義兄弟(결의형제)를 하리라.」

하고, 우양을 잡고 대연을 배설하니, 군졸이 처음에는 의심하더니, 나중에 비로소 알고 喜喜樂樂(희희낙락)하여 致謝紛紛(치사분분)하더라.

그 이튿날 유원수 장대에 좌정하고 제장 군졸을 모아 크게 잔치하고 사연을 설파하니, 설공산과 허성적은 돈수 수명하고, 자약은 이 말을 듣고 나서며 왈,

「장군은 어찌 간사한 필부의 간계에 빠져 대공을 일조에 버리고, 차마 무릎 꿇어 도적의 막하 되어 대의를

* 고공단보 : 중국 한나라의 선조왕(先祖王).

그르치고자 하시니, 어찌 애닯고 아깝지 아니하오리까. 소장은 죽사와도 좇지 못하겠나이다.」

하니, 원수 웃고 자약의 손을 잡고 왈,

「장사의 협기로 괴이치 아니하나 내 말을 들으라. 예로부터 천시로 얽은 자는 흥하고, 힘으로 얽은 자는 패하나니, 이제 천시가 주씨에게 있는지라. 어찌 뜻대로 하리오.」

하고, 시종을 차례로 일일이 말하니, 자약이 그제야 깨닫고 사죄 왈,

「소장이 본대 해외 천생으로 지각이 없삽고, 천의를 아지 못하옵거늘, 밝은 明鑑(명감)과 일월 같은 성정을 황연케 말씀하오니, 어찌 언약을 좇지 아니하오며, 천수를 거역하오리까.」

하고, 즉시 군사를 지휘하여 병기를 정제하며 사자로 하여금 청한대, 이때 주원수 그 請文(청문)을 보고 대희하여 장졸을 지휘하여 즉시 발행할새, 평조에 진전에 당도하니, 유원수 관문을 크게 열고 군사 십기를 거느려 예복으로 맞아 장대에 좌정하고 비로소 피차 정루를 통하니, 그 늠름한 풍도와 씩씩한 위엄과 낙락한 형용이 비할 데 없더라. 계구마의 피를 마셔 형제의 의를 금석같이 정하고 약속을 정하니, 양진 장졸이 하례 분분하더라.

주원수는 맏이 되고 유장은 둘째 되고, 이장은 세째요, 유기는 네째 되어, 서로 呼兄呼弟(호형호제)하며 공경의 의 극진히 하니, 정의 날로 깊어 일시도 떠나지 아니하고 주야 잊지 못하더라. 그러나 이장이 여잔 줄은 모르더라.

차시는 계축년 추칠월이라. 삼일 대연을 지내고 호군 발행할새, 주원수를 추존하여 대왕이라 하고, 유원수로

都督(도독) 大元帥(대원수)를 하이시고, 이장으로 總督(총독) 副元帥(부원수)를 하이시고, 이정과 자약으로 左右先鋒將(좌우선봉장)을 하이시고, 임천주로 後軍將(후군장)을 하이시고, 남은 제장은 소임을 정하여 항오를 정제하여 발행하매, 기치 창검은 일광을 희롱하고, 고각 함성은 천지 진동하더라.

행군하여 백마산을 넘어 호주자사를 베고, 북해관에 들어가 六鎭(육진)을 함몰한 후에, 육진을 위협하여 도성을 望氣(망기)하니, 소경 도로에 인적이 끊어지고, 採探(채탐)을 없이하매 소식을 어찌 통하리오.

차설, 이때 찬역 달목이 자칭 황제라 하고 의기 양양하여 정사를 전폐하고 풍류만 일삼으며 음탕이 자심하여 각박한 형벌이 霜雪(상설) 같으니, 백성이 어찌 견디며 조정이 어찌 평안하리오. 선관장이 급히 狀文(장문)을 올렸거늘 그 장문에 하였으되,

「이름 없는 도적이 서남북관 팔십여 성을 항복받고 체탐을 베어 황성 소식을 끊고, 물밀듯 들어와 도성 삼십리 밖에 범하였사오니, 복원 황상은 빨리 막으소서.」

하였거늘, 이때 달황이 보기를 다하매 대경하여 만조 제신을 모아 의논할새, 모두 창황 망조하여 아무리 할 줄 모르는지라. 옥루각 태학사 사정이 출반 주왈,

「이제 도적이 백리 안에 들었으니, 형세 위급함이 경각에 있는지라, 성문을 굳게 닫고 사신을 보내어 구원을 청하여 막을밖에 수 없나이다.」

달황이 이 말을 듣고 대희하여 수성군 삼천명을 발하여 외팔문을 굳이 닫고, 십만기를 발하여 守城都總督(수성도총독)을 삼고, 최윤으로 別將(별장)을 삼아 도성을 수직하고, 三將(삼장)을 택출하여 제국에 발동하니라.

각설, 유원수 선봉을 재촉하여 도성에 다다르니, 억만 장안에 인적이 창연하고, 외팔문을 굳이 닫고 성상에 기치 창검이 나열하여 조금도 요동치 아니하거늘, 원수 대로하여 군사로 하여금 금성문을 깨치라 하니, 천여원 제장과 팔십만 군졸이 일시에 고함하고 달려들어 치되 문이 열리지 아니하고, 천지 진동하며 함성이 벽력 같으니, 성중 백성이 질색하여 아무리 할 줄 모르더라. 이때 달황이 간담이 떨어지는 듯이 躁悶(조민)하여 지내더라.

유원수 기를 쓰며 성첩을 겹겹이 둘러싸고, 호통 일성에 유성퇴를 급히 들어 화약 염초로 홰를 매어 성중에 던지며 화전을 일시에 쏘니, 불이 일어나 화광이 충천하고, 성중에 곡성이 진동하며, 서로 밟혀 죽는 자가 부지기수라. 원수 크게 웨어 왈,

「달목아, 들으라. 네 나를 아는가, 모르는가. 나는 여남 땅 유문성이라. 위로 선황제의 유교를 받고, 아래로 사사 설원을 하려고 왔노라. 네가 신자의 도리로 군상을 찬역하고 백성을 살해하니, 이는 만고에 용납치 못할 죄요, 또 나의 부친과 이상서는 네게 무슨 혐의가 있관데 無罪謀害(무죄모해)하고, 불측한 음행으로 원수를 끼치니, 이는 나와 不共戴天之讐(불공대천지수)라. 바삐 나와 내 칼을 받으라.」

하니, 달목이 듣고 황망하여 좌우 제신을 돌아보고 왈,

「제신 중에 아무라도 도적을 물리치면 千金賞(천금상)에 萬戶侯(만호후)를 봉하리라.」

하며 눈물을 흘린대, 하나도 능히 응할 자가 없더라.

이러하기를 여러 날 하되, 청병은 미처 오지 아니하고 점점 위급한지라, 兵部尙書(병부상서) 호병이 출반 주왈,

「원컨대 황상은 항서를 보내어 급한 화를 면하소서.」

하니, 달제 옳이 여겨 항서를 쓰고자 하더니, 찬역 도모하던 사정이 주왈,

「호병의 목을 베어 군중에 예기를 돕게 하소서, 어찌 한번도 대적지 아니하고 개 같은 도적을 겁하여, 만승천자로서 무릎을 꿇어 항복하시려 하시나이까.」

달제 이 말을 듣고 또한 옳이 여겨 즉시 호병을 내어 베라 하니, 侍郎(시랑) 금병이 주왈,

「이제 군중에 능히 臨陣合壁(임진합벽)을 아는 자 없으니, 아무리 호병을 죽인들 도리어 장사 하나라도 없어질 뿐이라. 무엇이 유익하오리까.」

하고, 다시 주왈,

「그리 마옵시고 조정 사관을 山林處士(산림처사)에게 지성으로 頒布(반포)하와, 혹 周文王(주문왕) 시절에 고기 낚던 姜太公(강태공) 같은 명인이나 漢太祖(한태조) 시절에 漂母(표모)에게 乞食(걸식)하던 韓信(한신) 같은 영웅이나 얻으면 다행이려니와, 그렇지 아니하면 죽임이 불가한지라. 급히 주선하옵소서.」

이때 달황이 황겁하여 이 말을 들으면 이 말이 옳고 저 말을 들으면 놀라 마음을 진정치 못하더니, 大司馬(대사마) 공윤이 주왈,

「소신이 호주자사 갔을 때에 듣사온즉, 개야산에 있는 장발이라 하는 장사 있으되, 자칭 張飛(장비)*의 자손이라 하고, 십오세로부터 팔년 주용을 도사에게 술법을 배워 스스로 이르기를 孫臏(손빈)·吳起(오기)*에게 비하고, 장략은 양저에게 지나고, 검술은 자룡에게 비한다 하되,

---

* 장비 : 중국 한나라 때의 장수.
* 손빈 : 중국 전국시대 제(齊)나라의 병법가.
* 오기 : 중국 전국시대 위(魏)나라의 병법가.

때를 만나지 못하여 초야에 묻혔다 하옵기에, 한번 보고자 하여 여러 번 청하되 종시 오지 아니하기로, 소신이 찾아가서 보온즉, 그 얼굴이 鴻門宴(홍문연) 시절에 突入(돌입) 宴席(연석)하던 樊噲(번쾌)의 기상 같고, 신장은 팔척이요 몸이 집동 같고, 심지 완악하여 말마다 과람하니 당당한 장사라. 여러 해 호상 방문하여 정의 두터우니, 만일 이 사람을 달래어 오게 되면 폐하의 복일까 하나이다.」

달황이 이 말을 듣고 다행히 여겨 공윤의 손을 잡고 왈,

「경이 짐을 위하여 청원하는 조서를 가지고 가 달래어 오라.」

하거늘, 공윤이 하직하고 폐백과 청서를 가지고 이날 밤 삼경에 북문으로 도주하여 배를 타고 십여 일 만에 개야산에 들어가니, 장발이 마침 시냇가로 낚싯대를 들고 노래를 부르며 올라오거늘, 공윤이 대희하여 나가 예하니, 장발이 또한 반겨 낚싯대를 던지고 맞아 예필 후에, 장발이 왈,

「그 사이 오래 보지 못하여 창연하더니, 지금 어디로조차 오시나이까.」

공윤이 답왈,

「어찌 다른 곳으로 왔으리오. 장군을 위하여 왔나이다.」

장발 왈,

「산중 초부를 위하여 왔다 하시니 어쩐 일이시니까.」

공윤 왈,

「다름아니라, 방금 국가 불행하여 무명한 도적이 황도를 침범하여 사직이 위태함이 조석에 있으되, 안으로 어진 모사 없고, 밖으로 영웅이 없는지라. 이제 장

군의 竝天(병천)한 용맹으로 잔민을 위하며 사직을 보전할까 바라나니, 장군은 익히 살피소서. 영웅이 용무할 곳을 잃지 말고 칼을 들어 흉적을 물리치고, 사직을 받들어 名滿四海(명만사해)하고, 위엄을 천추에 유전하매, 장부의 쾌한 일이라. 지금 황상이 장군의 성명을 높이 들으시고 명하시기로 不遠千里(불원천리)하고 왔노라.」

천자의 청서를 전하니, 장발이 사례 왈,

「산중 미천한 사람을 이다지 천거하시니 불승황공이어니와, 본래 배운 재주 없고 또한 용우한지라. 어찌 도적을 쳐 국가 안보하기를 바라리까마는, 이제 황명이 계신즉 아니 가지 못하리니, 원컨대 상공은 빨리 돌아가 여차한 뜻을 아뢰소서.」

한대, 공윤이 대희하여 즉시 돌아와 사연을 주달하니, 달제 대희하여 왈,

「이는 하늘이 짐을 도움이라.」

하시고, 친필로 대장기에 쓰기를 「大司馬(대사마) 大都督(대도독) 겸 先鋒(선봉) 張發(장발)」이라 하고, 백모 황월과 인검을 사급하고 천리 토산마를 사급하니라.

각설, 청병 사신이 청서를 받들고 남방으로 가 燕國(연국)에 이르매, 연왕이 문무 제신을 모아 의논한대, 문신은 불가타 하고 무신은 옳게 여겨 의론이 분분한지라, 연왕이 대로하여 왈,

「아국이 비록 편소하나 지방이 칠리요 帶甲(대갑)*이 수십만이라. 조그마한 반적을 두려하여 대국의 위태함을 어찌 구치 아니하리오. 이제 대국을 안보하면 승세한 이름이 列國(열국)에 진동하리라.」

* 대갑 : 갑옷을 입은 장졸.

하고, 즉시 목고지로 大將(대장)을 봉하고 정병 이천만을 조발하여 보내더라.

또 吳王(오왕)과 楚王(초왕)이 청병 牌文(패문)을 보고 대경하여 백관을 모아 의론하여 왈,

「대국은 본시 부모국이라, 이제 위급하매 어찌 구완치 아니하리오.」

하고, 각각 장사와 군사 이십만을 조발하여 보내고, 그 외 諸國(제국)은 군량도 부족타 칭탁하고 병기도 부족타 칭탁하더라.

차시, 공윤이 인검과 토산마를 가지고 다시 개야산에 들어가 장발을 본대, 장발이 왈,

「저적에 서주강에서 상공을 이별하고 장차 돌아오려 하더니, 문득 물 가운데에서 자유마 등에 갑주와 창검을 싣고 해상에 솟아올라 소리를 지르거늘, 괴상히 여겨 그 말을 잡아내어 갑주와 창검을 보니, 범상한 기물이 아니요, 또한 천하 명마라. 이는 반드시 하늘이 도우심이라, 어찌 도적 치기를 근심하리오.」

하고, 즉시 행장을 차려 주야로 갈새, 황성 수십리 외에 다다르니, 이때 유원수 도성을 사면으로 에워싸고 형세를 철통같이 하여 갈 곳이 없으니 어찌 하리오. 장발이 소왈,

「옛날 關雲長(관운장)은 匹馬單槍(필마단창)으로 五關(오관)에 斬六將(참육장)하고, 趙子龍(조자룡)은 長板橋(장판교)에서 曹操(조조)의 억만 군사를 한칼로 대적하였거든, 내 비록 옛사람만 못하나 어찌 들어가기를 겁하리오. 상공은 다만 내 뒤를 따르라.」

하고 한 곳에 이르니 뒤로 고각 함성이 들리거늘, 의심하여 살펴보니, 큰 기를 들었으되 연국 청병장 목고지라

하였고, 그 뒤에 또 백신기와 황신기는 오·초 양국 대장이라 하였거늘, 공윤이 대희하여 크게 웨어 왈,

「우리는 대국 都元帥(도원수)라. 바삐 나오라.」

하니, 목고지 군중에 하령 왈,

「군중은 문장군지령이요, 불문천자지도라 하니 요동치 말라.」

하고 웨어 왈,

「어떠한 사람이관데 망령되이 소리하여 군령을 요란케 하느뇨.」

하거늘, 장발이 공윤을 책하여 왈,

「군중에 이령전이 없으면 가히 믿지 않나니, 어찌 의심치 아니하리오.」

사명기를 들어 보이고, 군사를 합하여 들어와 진을 둘러싸고 삼국 대장이 차례로 뵈이거늘, 예필 좌정 후에 각각 항오를 정제하니, 그 형세 엄숙하더라. 연국대장 목고지로써 先鋒(선봉)을 삼고, 초장으로 中郎將(중랑장)을 삼고, 오장으로 後軍將(후군장)을 삼아 약속하여 왈,

「군중에 만일 태만하면 군법 시행하리라.」

하고, 방포 일성에 발행하니라.

이때 유원수 일삭이 지나도록 도성을 에워싸고 도성을 깨치지 못하니, 허성적으로 군사 이십만을 거느려 성문을 깨치라 하고, 진을 옮겨 십리 외에 웅거하고, 오만병을 주어 큰 나무를 운전하여 부교를 만들라 하고, 백서화로 이십만명을 주어 밭 갈아 농사를 짓게 하고, 유기와 더불어 함락시킬 계책을 주야로 의론하더니, 일일은 이도독이 가로되,

「소장이 간밤에 천문을 보오니, 오·초·연 삼국 지

경이 요동하여 도성을 범하였으니, 필경 청병이 오는가 하나이다.」

유기 왈,

「이도독은 소조 같은 사람이라. 불의의 환을 미리 豫度(예탁)하니, 매양 대사에 의심 없을지라. 先見之明(선견지명)이 어찌 이 같으리오.」

이도독 왈,

「이제 전장을 임하매 장사 교만하고 군사 태만하면, 이는 遠疎(원소)를 생각지 못하며, 급한 일을 헤아리지 못함이라. 이때 不義之患(불의지환)이 있으면 대사 어지러울지라.」

하고, 즉시 이 뜻을 유원수께 의논하여 군사를 모아 점고하더니, 이때 장발이 군중에 하령 왈,

「이때 불의에 도적을 엄살하여 에운 것을 헤칠 것이니, 말의 방울을 떼고 鉢鈸(솔발)*과 雷鼓(뇌고)*를 일절 금하며, 喧譁(훤화) 말고 저물기를 기다리라.」

이날 밤에 마침 궂은 비 오고 야색이 침침한데, 수성장 허성적이 잠을 깊이 들었는지라. 장발이 성하에 다다라 방포 일성에 남문을 엄살하니, 장졸이 잠결에 창황망조하여 급히 말 타고 달려드니, 동서 남북에 함성이 진동하며 일위 대장이 자유마를 비껴 타고 칠척 장검을 번뜻하며 좌우로 횡행하거늘, 허성적이 아무리할 줄 몰라 경황하다가, 말을 놓아 살펴보니, 군사가 많이 나누어지고 적병이 점점 에워싸는지라, 크게 소리하고 산을 넘어 달아나더니, 장발이 호통 일성에 군사를 헤치고 달려들거늘, 허성적이 급히 싸울새, 능히 대적할 수 없는지라.

* 솔발 : 놋쇠로 만든 종(鍾)과 같은 큰 방울. 군령(軍令)·경고(警告)에 씀.
* 뇌고 : 천제(天祭)에 쓰는 북.

또 말을 놓아 달아나니, 장발이 뒤를 엄살하여 더욱 승승하며 허성적의 위태함이 경각에 있는지라.

차시, 유원수는 본진에 태연히 자더니, 도성에 화염이 비치어 은은하거늘, 대경하여 선봉장 자약을 재촉하여 십만병을 거느리고 대완마를 급히 달려 성하에 다다르니, 밤이 침침하여 동서를 분별치 못하는지라. 도중에 주검이 서로 연하였고, 적병이 물 끓듯 하는데, 화염을 헤치고 달려드니, 본진 장졸은 하나도 보지 못하고, 한 장수 서방으로조차 닫거늘 급히 말을 달려 가 본즉, 이는 곧 허성적이라. 자약을 보고 웨어 왈,

「장군은 급히 소장을 구하소서.」

자약이 유성검을 들고 좇아가 허성적을 도와 대적하니, 장발이 대로하여 소리를 벽력같이 지르고 달려드니, 자약이 맞아 싸워 십여 합에 형세 점점 급한지라, 당치 못할 줄 알고 달아나니 뉘 능히 당하리오.

장발이 쟁을 쳐 군사를 거두고 궐내에 들어가 돈수 백배하니, 달제 내달아 장발의 손을 잡고 왈,

「장군은 만고 영웅이라. 한번 북쳐 도적을 물리시고, 수십만 군사를 어린 아이같이 호령하니, 이는 하늘이 짐을 위하여 주심이라. 원컨대 장군은 힘을 다하여 구하라.」

하시니, 장발이 소왈,

「소장이 비록 잔약하오나 죽기로써 도적을 물리치고, 수십만 군사를 씨 없이 멸하올 것이니, 황상은 근심치 마옵소서.」

달제 친히 잔을 들어 위로하더라.

허성적이 들어와 불의에 패를 보아 죽을 뻔한 사연을

고하니, 유원수 못내 위로하더니, 자약이 또 내달아 여쭈오되,

「소장이 천하를 두루 다니며 싸우되, 장발 같은 장사는 처음 보았나이다.」

하니, 유원수 소왈,

「이는 적지 아니한 근심이라.」

하니, 유기 왈,

「이도독의 지혜는 이제야 탄복하리로다. 저적에 오·초·연 삼국이 강성하여 황성을 범하니, 필시 구원병이 온다 하더니 과연 그러하도다. 한 번 승패는 兵家(병가) 常事(상사)라. 내두를 보시이다.」

하고, 군중을 엄히 신칙하더라.

이튿날 평명에 장발이 대군기를 세우고, 문을 크게 열어 자유마를 타고 오방 기치 아래에 나서며 웨어 왈,

「도적은 들으라. 너희 진중에 뉘 능히 나를 당할 자가 있으리오.」

하고, 방포 일성에 말을 놓아 진전에 횡행하니, 유원수 장대에 올라 바라본즉, 키는 팔척 장신이요, 몸은 집동 같고, 눈은 샛별 같고, 소리는 벽력 같아, 제장이 모두 脫氣(탈기)하매, 가까이 나가지 못하거늘, 유원수 대경하여 친히 북채를 잡고 북을 쳐 제장을 호령하니, 援兵(원병) 조운이 정병 십만을 조발하여 혹야 내닫고, 이정과 임천주는 자약의 패함을 보고 매양 나가기를 저어하더니, 이제 함께 내달아 응접할새, 장발이 눈을 부릅뜨고 창으로 이정과 임천주를 가리켜 왈,

「저 달려오는 아이야 잔잉하도다. 무슨 일로 오늘날 황천객이 되고자 하느냐. 어찌 사람 죽이기를 좋아하

리오마는, 내 칼에 베일 것이니 나를 원망치 말라.」
하고, 호통 일성에 칼이 번뜻하며 조운의 머리 마하에 떨어지매, 점점 승승하여 가는 곳마다 장졸의 머리 추풍낙엽이라. 유원수와 제장들이 보고 대경하여 경황 분주하는지라. 유원수 격분하여 친히 나가려 한대, 이도독이 만류 왈,

「병법에 하였으되, 「분한 도적을 대치 말라」 하였으니, 적장의 용맹을 볼진대 지혜로 싸울 것이요, 힘으로는 겨루지 못할 것이니, 원컨대 장군은 잠깐 살피소서.」

한대, 유기 왈,

「그렇지 아니하여이다. 흥망이 수에 있고, 승부는 때가 있으며, 명은 하늘에 있는지라. 우리 처음에 달가 잡기를 쥐 잡듯 할 줄 알았더니, 뜻밖에 구원병이 와 도리어 패를 보니, 이제 만일 도모치 못하면 형세만 살필 따름이니, 대사를 천연하다가 후환을 아지 못하나니, 비컨대 오늘 진섭 일어나고 명일 項籍(항적) 일어나면, 도적으로 하여금 형세만 도움이라. 이제 한 장발을 두려하다가, 필경 몇 장발이 나올는지 알리오. 이러하므로 거소인 范增(범증)*이 「急擊勿失(급격물실)이 上策(상책)이라」 하였으니, 장군은 한 번 승부를 아끼지 마옵소서. 급히 도모치 아니하시면 마침내 진나라 사슴이 뉘 손에 돌아갈 줄 알리오. 소장도 비록 용우하나 뒤를 좇아 한번 승부를 결하리이다.」

원수 유기의 손을 잡고 칭찬 왈,

「이러한 영웅이 어디 있으리오.」

---

*범증 : 중국 초·한 시절 항우의 모사(謀士).

하고, 칼을 들고 왈,

「내 어찌 장발을 두려하리오.」

급히 나가려 하니, 이도독이 또한 거짓 분을 내어 칼을 잡고 먼저 나서 왈,

「소장이 이때를 당하여 이름을 빛내고자 하오니, 형장은 뒤에 오소서.」

하고 서로 다투니, 이는 다름아니라 유장군이 상할까 염려함이요, 유원수는 또한 이도독이 약질로 혹 실수할까 염려하여 이렇듯 서로 다투어 결단치 못하니, 유기가 왈,

「이번은 피차 다투다가 결단치 못하니, 내 먼저 나아가 싸우리라.」

하고, 방패를 타고 삼백근 철퇴를 들고 장사 십여 인을 거느리고 나서며, 백신기를 쓰며 방포 일성에 진전에 나와 크게 웨어 왈,

「도적 장발은 들으라. 네 이제 천의를 모르고 조그마한 재주를 믿고 태산 같은 위엄을 항거코자 하니 잔잉하도다. 빨리 나와 항복하라. 내 너 같은 아이를 보고 어찌 자웅을 결단하랴.」

하며,

「한 수기로 너희 군병을 파하리라.」

말을 마치매, 성중으로 청신기 일어나며 뇌고 함성이 천지를 진동하더니, 장발이 자유마를 타고, 좌우에 사모창을 들고, 우수에 백근 철퇴를 들고, 크게 소리하며 내달아 유기와 싸울새, 유기 몸을 번뜻하며 방패를 던지고 공중에 솟아오르니, 장발이 또 십여 장을 솟아올라 창을 앗아 버리고 급히 취한대, 유기 당치 못하여 장차 돌아

오고자 하더니, 장발이 공중을 향하여 몸을 솟구치거늘, 유기 급히 風雲經(풍운경)을 외니, 한 줄 무지개 공중을 둘러싸고, 음풍이 소슬하여 찬 기운이 일어나니, 장발이 대로 왈,

「네 능히 풍운경을 외어 사람을 속이려 하는가. 진실로 가소롭다.」

하고 입으로 푸른 기운을 토하니, 살기 사라지고 흑운이 사면에 둘러오는지라. 또 사모창을 던지니, 창이 변하여 사자 되어 공중에 날아들며 철퇴를 들고 달려드니, 유기 위급하여 맞아 싸울새, 삼십여 합에 승부를 결단치 못하고, 만단 위급하여 다만 공중에 창 맞는 소리만 쟁쟁하고, 안개 자욱하여 양장을 분별치 못하니라. 다른 장수들은 다만 구경할 따름이요, 비록 구코자 하나 사람을 보지 못하는지라.

이러구러 날이 저물어 황혼이 되니, 유기는 기력이 쇠진하고, 장발은 조금도 쇠진치 아니하여, 유기의 형세 만분 위태하여 돌아오고자 하나, 만일 잠시 실수하면 생명이 경각에 있는지라, 가만히 奇文法(기문법)을 베풀어 몸을 구름 속에 감추어 혼백을 풍백에 붙이고 성세를 수기에 의지하여 달아나니, 장발이 비록 재주 있으나 어찌 알리오.

밤새도록 싸우다가 그 이튿날 평명에 보니, 유기는 없고 다만 한 기를 데리고 싸웠는지라, 크게 놀라고 냉랭하여 무료히 돌아오며 생각하되,

「유기는 필시 천인이요 인간 사람은 아니로다.」

하고 가장 의아하더라.

유기 밤 삼경에 본진에 돌아오니, 모두 보고 대경하여 연고를 묻거늘 수말을 설화하니, 온 군중이 다 칭찬하

며 우러러보더라.

이때 유원수 장발 잡기를 가장 염려한대, 유기 왈,

「장발은 한갓 검술만 믿고 대적지 못하리니, 용맹과 둔갑을 겸하여야 능히 制御(제어)하리라. 우리 진중에는 유원수밖에 당할 이 없나이다.」

이때 주원수 유원수의 손을 잡고 왈,

「이제 모든 장졸은 車載斗量(거재두량)*이라. 장군은 장차 어찌하면 좋으리오.」

유원수 답왈,

「소장이 능히 당하오리니 근심치 마옵소서. 승패는 병가상사라, 어찌 장발을 근심하여 천하 대사를 등한히 하오리까.」

바로 나아가려 하더니, 도독이 또한 원수를 만류하여 왈,

「소장이 한번 나아가 장발을 잡으리이다.」

하고, 칼을 들고 말을 내몰아 급히 진전에 나아가니, 장발이 또한 창을 들고 나서며 가로되,

「저 백면 서생 어린 아이야, 가련하다. 네 오늘 비명에 세상을 버리고자 하니, 멀고 먼 황천 길에 조심하여 가라.」

하고 나는 듯이 달려드니, 이낭자 미처 몸을 돌리지 못하여 말이 엎어지거늘, 장발이 창으로 겨누며 왈,

「가련타. 네 얼굴을 보니 차마 죽일 마음이 없다마는, 범의 새끼를 놓으면 후환을 끼치는 법이라, 어찌 살려 보내리오.」

하고, 호통 일성에 창을 들어 치려 하니, 이장이 정신

* 거재두량 : 물건을 수레에 싣고 말로 된다는 뜻으로 큰 혼란을 이르는 말.

이 없어 하늘을 우러러 다시 유생을 보지 못함을 생각하고 눈물이 비 오듯 하더니, 이때 유원수 진중에서 바라보다가, 이장의 위급함을 보고 대경하여 급히 말을 타고 크게 소리하여 왈,

「도적은 감히 나의 장사를 해치 말라.」

하고 바로 달려들어 치니, 장발이 미처 손을 놀리지 못하여 원수의 은하검이 번뜻하며 장발의 창 든 팔이 맞아 떨어지는지라. 일변 이장을 옆에 끼고 말에 올라 칼을 들고 달려들어 장발을 치려 하니, 장발이 비록 한 팔을 잃었으나 소리를 벽력같이 지르고, 좌수로 삼백근 철퇴를 두르며 달려드니, 이때 유원수가 한 팔에 이장을 안았으매, 한 손으로 칼을 들어 대적할새, 급한 바람이 벽력을 치는 듯, 놀란 용이 벽해를 치는 듯, 천지 진동하고 산천이 무너지는 듯하더라.

삼십여 합에 승부를 결단치 못하매, 장발은 한 팔을 잃고 자연 기운이 태반이나 감하고, 유원수는 또 한편에 사람을 안았으매 자연 군속함이 많더라.

이장이 정신없어 장발에게 잡혀 가는가 하였더니, 이윽고 진정하여 가만히 본즉, 유원수에게 안겨 한 말에 실렸는지라, 필시 나를 위하여 한편 팔을 쓰지 못하면 반드시 기력이 쇠진하여 극히 곤색할까 저어하여, 몸을 요동하여 내리고자 하나, 유장이 또한 생각하되, 이장을 내릴 즈음에 혹시 상할까 염려하여, 허리를 단단히 안고 놓지 아니하며 한 팔로 장발을 대적하더니, 유원수를 쳐다보며 빌어 왈,

「만일 나를 놓지 아니하시면 필연 둘이 다 위태할 것이니 바삐 놓으소서.」

한대, 유장이 종시 놓지 않고 왈,

「둘이 다 죽을지언정 놓지 못하리라.」

하고, 더욱 승승하여 소리를 지르며 달려들어 또 수십여 합을 싸우니, 이적에 유기 장대에서 바라보다가 염려하여, 급히 허성적과 설공산이며 옥기와 문영 등 사장을 재촉하여 일시에 내달으니, 장발이 제 비록 經天緯地(경천위지)* 할 재주 있으나, 마하에 장수 하나도 접응할 자가 없으니 어찌 대적하리오. 유원수 점점 승세하여 은하검 가는 곳에 연장 목고지 머리 검광을 좇아 떨어지고, 또 허성적의 칼이 빛나며 사정의 머리 떨어지고, 장발의 마하에 제장의 머리 수없이 내려지니, 이때 장발의 진중에서 삼국 청병들이 일시에 나와 접응하니, 유원수 은하검을 높이 들어 동으로 번뜻 서장을 베고, 남으로 번뜻 북장을 베니, 장발이 기운은 쇠하나 분기를 참지 못하여, 평생 힘을 다하여 원수에게 달려들어, 소리를 지르고 사모창을 들어 치려 하니, 원수 또한 호통하고 한 팔로 이장을 안고 한 손으로 은하검을 높이 들어 일변 삼국 병마를 짓치며, 또 장발을 맞아 싸워 오십여 합에 이르매, 칼빛은 번개 같고 호통소리는 천둥 같으며, 고각 함성은 천지 진동하고, 기치 창검은 일월을 가리웠는데, 雲霧(운무)는 자욱하고 말굽은 분분하여, 급한 바람에 모진 상설이 뿌리는 듯, 장수는 정신을 잃고 군사는 넋을 잃어, 구렁에 올챙이떼같이 몰려 서서 구경만 하더라.

홀연 광풍이 대작하며 공중에서 霹靂(벽력) 같은 소리 나며 은하검이 번뜻하더니, 장발의 머리 검광을 좇아 떨어지니 한 줄기 무지개 일어나며, 슬프다, 이 같은 장사로 天(천)

* 경천위지 : 온 천하를 경륜하여 다스림.

數(수)를 알지 못하고 몸을 그릇 역적에게 허하여 천의를 거스르니, 제 비록 천하 명장이요 만고 영웅인들, 당시 창업 주씨를 어찌 대적하며 유문성을 당하리오. 산천이 슬퍼하는 듯하고, 일월이 無光(무광)하더라. 장발이 죽었으니 뉘라서 대적하리오. 無人地境(무인지경)같이 짓쳐들어가니, 삼국 청병 장졸과 본진 장졸의 머리 추풍낙엽일러라.

이때 달황이 할 수 없어 수백기를 거느리고 북문을 향하여 도망하거늘, 유원수 그 행동을 알고 급히 좇아가 사로잡고, 간신 당파 수백명을 잡아 무사로 하여금 차례로 처참하고, 본진으로 돌아와 서로 치하 분분하더라.

차시, 유원수 이도독과 더불어 전후 지낸 일과 달목 잡은 말을 좌중에 세세히 설화하며 왈,

「달목은 우리와 지극한 원수라. 평생의 품은 원을 오늘에야 풀리라.」

하니, 이때 억만 군졸이 이 말을 듣고 대경하여, 그제야 이장이 여자인 줄 알고 칭찬불이하더라.

주원수와 유기 다시 치사하여 왈,

「부부 동심하여 천하를 평정하고, 대공을 세워 평생 원수를 갚고 원을 이루니, 이는 천고에 드문 일이라. 임의로 처치하옵소서.」

한대, 유원수 도독과 더불어 칼을 들어 호령하여 왈,

「달목은 들으라. 네 이제 우리 양인을 아는가 모르는가. 나는 여남 땅 유문성이요, 저는 낙양 땅 이상서의 여자 이씨로다. 네 무도하여 陰凶(음흉)한 행실로 감히 우리 선군을 구박하고, 천조를 모함하여 남의 人倫(인륜)을 作戱(작희)하여 백옥 같은 정절을 자결하게 하니, 그 죄 어떠하

며, 또 천위를 찬역하여 賢人君子(현인군자)를 慘殺(참살)하며 백성을 塗炭(도탄)*에 빠지게 하였으니, 네 죄는 하늘에 사무치는지라. 빨리 목을 베어 천하에 회시하라.」

하니, 달가의 처와 간신 당류 등이 황겁하여 감히 한 말도 못하고 우러러보지도 못하더라. 무사를 호령하여 진문 밖에 내쳐 陵遲處斬(능지처참)하고 삼족을 멸하니, 시체가 구렁에 가득하더라.

이때 유기와 제장 군졸이 치하 분분하더라.

유원수 이낭자와 더불어 갑주를 벗어 놓고 돈수 사죄 왈,

「소장은 본시 한 미천한 인생으로, 평생 원이 있사와 천행으로 하늘이 불쌍히 여기사 도사를 만나 술법을 배우고, 용마와 갑주 창검을 하늘이 주옵셔 천의를 순수하오매, 이는 다 황상의 넓으신 덕이라. 대원수의 印綬(인수)를 차옵고 천하를 호령하와 도적을 잡아 평생 積滯之冤(적체지원)을 풀었사오니, 어찌 무엇을 더 바라오리까. 신 등이 인수를 올리옵나니, 복원 폐하는 살피사 신 등의 소원을 允許(윤허)하시와, 고향에 돌아가 농부와 어옹으로 세월을 보내어 여년을 마치고자 하옵나니, 바라건대 전하는 만세 무양하와 만대 영화하옵시기를 만번 바라옵나이다.」

대왕이 유원수의 말을 들으시고 대경하사, 그 손을 잡고 가라사대,

「우리 사인이 결의형제하여 천하를 도모하매, 의는 태산이 가비얍고, 정은 하해가 오히려 얕을지라. 풍우전장에 사생을 동고하여 흉적을 소멸하고, 천하 만민

---

*도탄 : 진구렁에 빠지고 불에 타는 듯하는 뜻.

을 안돈케 하니, 그 공을 거론하면 반드시 천하를 반분하여도 오히려 경할지라. 어찌 이런 말을 내며, 이런 의사를 두리오.」

하시고, 즉시 진을 풀어 皇極殿(황극전)으로 나가사 御座(어좌)하시고 大位(대위)에 오르시니, 제장 군졸이 일시에 무릎을 꿇고 헌수하여 만세 만세 만만세를 부르며, 국호를 大明(대명)이라 하며, 연호를 弘武(홍무)라 하고, 종묘와 사직을 봉안하시며, 천하를 大赦(대사)하시와 進賀(진하)를 마치신지라.

차설, 황상께옵서 출전하였던 제장 군졸의 공훈을 의론하여 차례로 봉작하사 충성을 표하실새, 유원수로 燕王(연왕)을 봉하시고, 이낭자로 貞烈夫人(정렬부인) 겸 王妃(왕비)를 봉하시고, 유기로 楚王(초왕)을 봉하시고, 이정으로 陸軍大都督(육군대도독)을 배하시고, 자약으로 水軍大都督(수군대도독)을 배하시고, 그 남은 제장은 차례로 봉작을 고르게 하시니, 사은 숙배하고 태평연을 배설하여 십여 일을 즐기며, 戰亡將卒(전망장졸)의 혼백을 위로하기 위하여 奬忠壇(장충단)을 굉장하게 건축하고, 사시향화를 마련하여 주시고, 원병과 임천주 두 사람의 자손은 대대로 작록을 누리어 공훈을 표하게 하라 하시고, 각종 음식을 과다히 준비하여 억만 군졸을 호궤하시고, 상사를 많이 하사하라 하시되, 각각 돌아가 농업을 힘쓰라 하시고, 오래 전장에 수고함을 치사하시니, 제장 군졸이 만세를 부르고 돌아가더라.

각설, 이때 이상서 피란하여 서주 땅 곤초산에 들어가 處士(처사)로 闡明(천명)하고 세월을 보내며, 여아를 생각하고 부인과 더불어 눈물로 세월을 보내며, 생활의 가련함이 측량없더라.

이적에 연왕이 사방에 行官(행관)하여 이상서를 찾을새, 거주 성명과 근본을 세세히 기록하여 동성 동명이라도 隱諱(은휘)치 말고 일제히 상달하라 하였더라.

이때 徐州刺史(서주자사) 李允(이윤)은 상서의 姻戚(인척)이라. 고을에 온 후로 종종 왕래하여 서로 친밀하더니, 이때 이상서 마침 왔다가 행관 사연을 본즉 반드시 처사의 일이라. 처사 대경 왈,

「지금 대원수는 의심컨대 유승상의 아들이라. 이제는 내 죽을까 하노라. 문성은 본시 승상 있을 때에 서로 결혼하였더니, 달가의 陰害(음해)로 여식이 자결하고, 문성이 또 나간 후로 병란이 분분하여 우금 소식이 없더니, 이제 나를 찾으매 반드시 연고 있도다.」

하니, 자사 왈,

「달가와 원수 있으나 상공에게는 관계 없으니 어찌 근심하리오. 은휘하다가는 죄가 내게 있을 것이니 동정을 보사이다.」

하고, 거주 성명을 낱낱이 기록하여 올리니라.

처사 돌아와 부인을 보고 행관 사연을 말하며 눈물을 흘리며 탄식하니, 부인이 못내 슬퍼하며,

「내 딸도 살았다면 이와 같이 귀히 되고 만나 볼 것이라.」

하며 슬퍼하더라.

연왕이 서주자사의 狀啓(장계)를 보고 상서 구토위섭하여 협옥에서 사는 사정을 왕비에게 설화하며 장계를 보이니, 왕비 대경 대희하여 왈,

「슬프다, 부모님 간장인들 오죽하시며, 그 사이 어찌 지내신고.」

하며 바삐 행장을 차려 가려 하니, 연왕이 또 같이 가

매, 금갑 입은 장수 십여 인이요, 기치 창검은 십리에 나열하였더라.

낭자가 彩衣(채의) 丹粧(단장)에 화관을 쓰고 금연을 타고 시녀 수백인이 옹위하였고, 연왕도 연을 타고 여러 장수·수령·방백이 시위하여 호송하니, 그 위엄이 비할 데 없더라. 노상에서 보는 자가 뉘 아니 칭찬하리오.

이때 처사부부 선두에 올라 구경하더니, 이윽고 처사댁으로 사처를 정하더라. 바로 행군하여 들어오는지라, 처사부부 황황 분주하여 아무리 할 줄 모르더니, 연왕이 문에 다다라 군사를 물리치고 예복으로 당상에 올라가니, 처사 계하에 내려 복지한대, 연왕이 내려가 처사를 붙들고 왈,

「악장은 소생을 모르나이까. 소생은 여남 땅 유문성이로소이다.」

하거늘, 상서 듣고 더욱 황망하여 아무리 할 줄 모르더니, 왕비 또한 들어오는데, 머리에 화관이요, 허리에 明月佩(명월패)로다. 삼백 시녀 옹위하였으니 위의 황홀하더라. 왕비 바로 달려들어 그 모친을 안고 뒹굴며 통곡하니, 상서부부 아무리 할 줄 모르다가, 그제야 죽었던 딸인 줄 알고 붙들고 통곡 기절하는지라. 여러 시녀 붙들어 위로하니 왕비 다시 통곡 왈,

「모친은 불초 여식 춘영을 보옵소서.」

하시매, 부인이 혼미 중 가로되,

「우리 딸 춘영은 어디 갔는고.」

하실새, 이때 난향이 달려들어 왕비를 붙들고 통곡하며 왈,

「낭자는 죽은 지 삼년이라. 혼이라도 반갑거니와, 꿈

이며 생시를 분별치 못하겠나이다.」

하고, 일변 부인을 위로하고, 일변 양인의 손을 잡으시고 무수히 서러워하시니, 연왕이 다시 고왈,

「악장께옵서 소생같이 미천한 인생을 데려다가 슬하에 두시고 기출같이 사랑하옵셔 천금 옥녀로 배필을 정하시니, 궁도에 구제하신 은혜를 뼈에 새겼삽더니, 불측한 달가로 하여금 은혜를 배반하고 동서 유리하다가, 낭자를 다시 만나 산중에 들어가 술법을 배워 천하를 평정하옵고, 공업을 세우며 원수를 갚고 이제 연왕이 되었으니, 이는 다 악장의 덕이로소이다.」

상서 듣고 눈물을 흘려 왈,

「노부 팔자 무상하여, 중간에 달가의 해를 입어 그대를 몰라봄이 아니라 가운이 불행한 탓이라, 누를 원망하리오.」

하시고, 왕비의 손을 잡고 일희 일비하더라. 연왕과 왕비와 상서부부 서로 그리던 말과, 천상에서 구하사 살아난 말씀이며, 칠성산에서 일광도사를 만나 천문 지리와 기이한 술법을 배워 주씨를 도와 도적을 멸하고 연왕이 된 말씀과, 달목을 생금하여 수죄하고 능지처참한 일과 전후 지낸 일을 다 고하니, 상서부부 들으시고 못내 칭찬하시더라.

이 사연을 천자께 주달하니, 황제 주문을 보시고 사관을 보내어 이상서를 추존하여 忠烈公(충렬공)을 봉하시고, 그 부인으로 貞烈夫人(정렬부인)을 봉하사 직첩을 내리시고, 각도 각읍에 행관하사 지경 대우를 각별 호송하며, 거행 범절을 연속 부절케 하라 하셨더라.

상서부부 북향사배한 후에 대연을 배설하여 수령·방

백이며 근동 친구를 모아 삼일을 즐긴 후에, 연왕이 난향의 손을 잡고 왈,

「너는 왕비를 모시고 어려서부터 정이 골육같이 동거한 공이 많은지라. 자금 이후로는 奴主之分(노주지분)을 버리고 형제같이 지내라.」

하고 정렬을 빛내어 淑夫人(숙부인)을 봉하시니, 난향이 백배 사례하더라.

연왕이 십여 일 만에 여남 땅 고향에 이르니, 집이 다 퇴락하여 쑥대밭이 되었거늘, 옛일을 생각하여 창연함을 이기지 못하고, 차일 즉시 선산에 올라가 축문과 예물을 갖추어 소분하고, 석물을 세워 치산을 극진히 하여 노복으로 하여금 착실히 수직하라 하고, 사당을 뫼셔 가며 상서집 가산 집물을 수습하여 연국으로 갈새, 연왕이 이상서와 두 왕비를 모시고 황성으로 올라와 황제께 알현하니, 폐하 대희하사 원로에 驅馳(구치)함을 위로하시며, 즉시 대연을 배설하사 치하하시고, 만조 백관이 또한 치하 분분하며, 예단 받던 금백이 累巨萬(누거만)일러라.

십여 일을 유숙한 후 등정하려 할새, 연왕과 이충렬 공이 천폐에 하직을 주달하니, 황제 연연하사 연왕과 충렬 공의 손을 잡고 가라사대,

「연왕과 왕비의 덕으로 짐이 만승 위에 처하여 부귀영화 극진하니, 은혜를 어찌 갚으리오. 그러나 항상 원하는 바는 평생을 한곳에서 사생 고락을 한가지로 할까 바라더니, 천의를 어기지 못하여 만리 타국에 서로 분처하니 창연한지라. 이제 이별하면 언제 다시 보리오.」

하시고 못내 연연하시며, 또 왕비 이씨를 돌아보시며 왈,

「공주는 나의 남매라. 부디 귀체를 안보하며 만세 무양하라.」

하시고, 금은 채단을 많이 상사하시고, 연국 조공은 일절 탕감하시니, 연왕부부와 이충렬공이 일시에 돈수하여 천은을 축사하매, 연왕이 차마 이별함을 결연하여 눈물을 흘리고 만세 태평하옵시기를 축수하더라. 만조 백관과 더불어 작별할새 모두 애련함을 이기지 못하여, 이때 초왕 유기 연왕의 손을 잡고 또 왕비를 대하여 창연한 정을 이기지 못하여 차마 이별치 못하거늘, 연왕과 왕비 또 손을 잡고 왈,

「우리 삼인이 전생 형제로 평생을 한가지로 하여 세월을 즐기고자 하였더니, 천수를 어기지 못하여 이제 이별을 당하니, 어찌 슬프지 아니하오리까. 燕楚之間(연초지간)이 비록 멀지 아니하니, 피차 정이 끊치지 아니함이 정의라.」

하고, 서로 손을 나누어 떠나니라.

차시, 자약이 직품이 大都督(대도독) 겸 兵部尙書(병부상서)에 처하여 공명이 일국에 제일이로되, 연왕을 따라가기를 원하매, 황제 그 의리를 기특히 여기사 허락하시매, 자약이 고향에 돌아가 가속을 거느리고 연국으로 가매, 연왕이 더욱 그 의리를 칭찬 불이하며, 만조 백관에 전별식을 예로써 답사하더라.

연왕과 왕비 충렬공 양위를 모시고 연국에 득달하니, 용장 수천과 군사 사십만이 호위하며, 시녀 삼천이 전후 좌우로 시위하며, 청홍 오색 기치 반공에 덮이고, 봉두 소리와 梨園風樂(이원풍악)은 중천에 진동하며, 연국 만민이 지경에 대후하여 만세를 부르더라.

황군후에 종묘 사직을 봉안하고 백관을 차례로 정하실새, 자약으로 대도독 겸 上將軍(상장군)을 봉하시고, 설공산으로 兵部大司馬(병부대사마)를 봉하시고, 허성적으로 吏部尙書(이부상서)를 하이시고, 풍경으로 諫議大夫(간의대부)를 하이시고, 그 남은 제장은 차례로 직품을 돋우시며, 백성의 用役(용역)을 덜고 정사를 화평히 하시니 일국이 태평하더라.

연왕이 육남오녀를 낳으니, 다 龍種鳳雛(용종봉추)라. 풍채 늠름하고 문장 명필이 당세에 제일일러라. 이러하므로 제왕가에서 예관을 보내어 청혼함이 청산에 구름 모이듯 하매, 다 부마와 왕비 되더라.

충렬공은 춘추가 구십오세에 부부 구몰하고, 숙부인 난향은 삼자이녀를 낳으니 仙風玉骨(선풍옥골)이라. 모두 公侯貴門(공후귀문)에 성친하니 부귀 영화 극진하더라.

이때 연왕과 왕비 춘추 백세에 이르매, 일일은 風和日暖(풍화일난)한데 풍월루에 올라 풍경을 구경하더니, 홀연 공중으로 옥적소리 나며 선관 선녀가 내려와 읍하여 왈,

「왕상은 그 사이 무고하시며, 인간 흥미 어떠하시니이까. 지금 상제 명하사 존공 양위를 뫼시러 왔사오니, 시간을 어기지 말고 바삐 가사이다.」

하니, 연왕부부 마지 못하여 모든 자질을 불러 왈,

「우리는 인간 사람이 아니라 천상 사람으로, 죄를 짓고 인간에 謫降(적강)하였더니, 지금 상제 명이 계시기로 아니 가지 못할지라. 너희는 영화로운 기업을 만세에 유전하라.」

하고 즉시 청학·백학을 타고 白日昇天(백일승천)한지라.

이때 여러 자녀들이 망극하여 하늘을 바라보고 백배 축수하며, 일변 희한하게 여기고 일변 슬퍼하더라.

진실로 유공과 이낭자는 선관 선녀로 인간에 적강하여 전생 죄를 속하고 도로 승천하니라.

〈활판본〉

● **編著者 略歷**

金起東 : 東國大學校卒. 文學博士
前 東國大學校 敎授
主著「韓國古典小說硏究」

全圭泰 : 延世大學校卒. 文學博士
現 全州大學校 敎授
主著「高麗歌謠의 硏究」

박씨부인전 · 옥낭자전 · 유문성전

한국고전문학 100 32

1994년 8월 10일 인쇄
1994년 8월 20일 발행

편저자 김 기 동
전 규 태
발행인 최 석 로
발행처 서 문 당

서울특별시 마포구 서교동 459-11
등록일자 1973. 10. 10.
등록번호 제7-69호
전 화 (322) 4916~8